师者有道

SHI ZHE YOU DAO

高均 著

中国广播影视出版社

师者有道(序)

　　曾经有那么一只鸟,它在孵鸟蛋育后代的过程中,发现老是蹲在鸟蛋上并不是最好的孵蛋方法;于是,它进行了有些艰苦卓绝的探索,终于找到了一些别的鸟认为的关于孵蛋更有效的办法。雏鸟在新的方法下孵出来了,孵蛋的鸟成了神圣的母亲。

　　我是在一位姓杨的小伙子的婚礼上见到的沙特富商穆罕默德。这位姓杨的小伙子,是我15年前的学生;而这位穆罕默德,是沙特最富有的商人之一,他手里掌握着大量的油田气资源和一沓沓拎不动数不清的美元。

　　当小伙把我介绍给他的沙特富商朋友的时候,我一下子感觉光芒四射,个子高了好多。不是我财迷,也不是我虚荣,只是我突然为我曾经的学生拥有这样高贵的朋友而自豪。我曾经一贯以为中东或西亚那些地方的男人名字都有点像"穆罕默德"或都带有"穆罕默德"字样,看来,一则是我太孤陋寡闻了,一则是我太狭隘偏窄了。这位穆罕默德,全身沙特男子固有打扮,中东的线条十分明朗,黝黑的面色呈现油亮的光泽,开口来了句:"您好! 老师!"虽然十分生硬,但毕竟是中国话,的确使我措手不及。

　　一番寒暄后,沙特富商请我一定坐在他的边上,并执意为我打开餐巾,直到压在餐盘底下,挺括地铺好。我感到十分抱歉。于是,我们大量的交谈在一位中国帅哥的翻译下完成

的。富商说,中国老师十分令他尊敬。富商还说,世界上要是没有老师,这个世界将十分黑暗。

其实我并不清楚,富商所指的十分黑暗,是基于怎样的考量,他的黑暗观究竟是怎样的。我更不清楚,他指的老师的重要性,是不是带有宗教的背景,或者他的民族特定的思考。

直到酒席散去,富商递给我一张印着他的各种信息的足有普通名片两倍大的折叠式名片,而且他正式告诉我,两年多来,他与我这位杨姓的学生——一个了不起的中国年轻人——合作得非常愉快。他也因此喜欢上了杭州。他同时悄悄告诉我:"老师,新郎和新郎的父亲都十分敬重您!"

我目送穆罕默德离开宾馆大厅,看他的助手帮他打开车门——

我从此后,一年内,又两次见到了穆罕默德先生。而他在婚礼上离开前最后的话,促使我郑重地打开了记忆的闸门。一下子,那么多新鲜的故事跳上了陈旧的日历。

目录

春望

我打开后窗。

后窗的风景跑进我的眼。

葳蕤是春的特权。白洁如雪的是菜花,请问您贵姓,您大名;对方不回答,默默如最沉稳的老绅士,好像在说,我无名无姓,您就别问了。我是敢大胆揣度它们的来历的:有一回,一只也没有名姓的鸟,从一朵菜花上飞过——从那一朵拥有母性、前世的、也白如雪霜的菜花头顶上飞过,敌不过引诱,一个俯冲,就吃了个半饱;它继续飞,飞到我后窗天野的上方,没有熬住,竟然拉下一泡屎———一泡伴着尿的屎;再然后,这泡英勇的屎,开始幻化,开始魔术,开始妖冶,开始纷争,开始突击;最终,在我后窗外的一方杂地上,究竟是长出秧来了。秧,不得不说它们是天地间最神奇的物件,无论你给不给它水喝,它都得意又满足,抬着头,趾高气扬,胸无块垒,都能长起来;有的拙笨到了极点的,尽没日没夜地长,不知疲倦地长,无法无天地长;你要是对它和气,冲它浇一泡热尿,把它灌饱,把它醉熟,它翌日一拂晓,风摇地醒,露唱清曲,它也逗兴兴地不复沉眠,不再寤寐,把身子挺得笔直,宛是英俊帅气的韩国一线主唱自大地:"来呀,我首先是凭身材吃饭的!"

秧肯定是经过了万千险境而后生的。

到菜花白成一片的时候,我也对自己的估测生过莫大的怀疑:这么大的一片,鸟真能拉出来吗?

毋宁如此纠结下去,不如想象风吹草低的酷炫场景。风神不屑发一雷霆,只是做一番小小的呼吸,一吐一纳,草便跛了脚了,草便散了腰了,草便虚了神了。然后,风在草的耳边絮语,声音小到了只有我能听见,声音的确是小到了只有我能听见:"亲爱的,我们私奔吧!"这还了得,我心想。可是,草禁不住风猛烈的追求,你看,风不知从哪携来了钻戒、玫瑰,以及一支丘比特的箭和一枚沉甸甸的吻。草于是坐立不安,草于是动摇心性,草于是按捺不住,草于是终于在风的唆使、挑逗、连环不息的诱引下,真的随了它,一场惊心动魄的私奔比任何一个历史时期任何一个人类故事更疯狂地上演了。它的观众,是我。我眼睁睁着风掖着草纷扬乱翔,却未知所措,真是焦坏了我的头脑。这样的翻飞,似乎永无止境,须臾不待。只是,其实你是知道的,草并不如此轻佻,它的脚穿在土这双鞋里,不是很合脚而纹丝不动么?轻佻的是谁呢?当然是草的籽。草的籽狂妄到了极点,有时候它们一定是不知天高地厚,攀登过高山的;有时候它们一定是不怕海阔江深,溺死于海洋的;有的时候它们飞进过一座高档的西餐厅,烫伤在狼藉的杯盘间;有的时候它们甚至直接在我把话说到一半的时候,就塞进我的牙齿缝里,我用两枚尖细的牙签还不够把它挑出来斩首示众的。然后,然后草籽飘飘摇摇飘飘摇,幸运地落入我的后窗的花圃里……于是,我怀疑我后窗下的不是菜花,就是些草。

假设大于实证。

我的假设往往成立。我在张望这片洁白的菜花的同时,我未曾忘却再看看一棵长了四年的树,居然被它坚强地挺住,转眼成了茁壮的小伙了。四年前,我曾徒步在一方平地上,这里有新植的编排紧密的个头一般大的乌鸡竹——这种乌鸡竹,好像是有学名的,被无端地咴为哺鸡竹,有颜色昏暗绿少黄多精神骨欠佳的短枝的黄梁,有一排紫得不明不白的叶子像个小漏斗的我到今天也叫上不名的东西,也有大片大片的并不昂贵的麦冬。就是在麦冬的簇拥下，一株显眼又不显眼的树苗歪斜着脖子，搁在左边的一片麦冬的肩胛骨上。说它显眼，是因为它的格格不入；说它不显眼，是因为它柔得蹊跷弱得荒唐，一群大妈大伯园丁足可以一把揪走它，使它完结性命，夭折于斯。我走过它的跟前，轻蔑地瞟它一眼。它灵慧得很，抬头说话："哥哥，我想活。"我知道，我知道，这我还能不知道么；不过，照你现在这个样子，今后怎么样，难说，有点儿难说；不过，老弟，哥哥祝你好运啦。经此一叙，每经此地，我必找它；后来倒是不用找了，没有人一把揪走它，它反而堂堂正正就长起来了。头一年冬天的时候，下点小雪，没把它怎么的；第二年冬天，雪就大了，它挡过了飞箭走镖，举首抬眉，神气丰润；第三年黄梅，二十多天一场完满的浸泡，反使它像个癖爱酗酒的醉鬼，把酒喝了个通饱，还学会了吟诗作对，总之，那年夏天它用长得旺盛恣意来证明并且告诉我，它学会了吟诗作对，是真正的学会，而不是一知半解。乌鸡竹自己长自己的，不管世上纷争事，独立傲然，在两年前的夏天终于晒死了一片和几枝。黄梁还是不见转型升级，精气神还在滑坡，没有躲过熊市，心情自不见好，脸颊的深处偶时黄褐斑，偶时雀斑，不知道是不是年老色衰，总之见着它，一天就没有好运道。紫骨碌冬的东西把漏斗交给老天爷，神灵庇之，一成不变，有成绩上最稳定的发挥。麦冬却不客气地长大了两三倍，头芯上真造作出个漏斗来，四周发稠丝密，墨绿到黑；只是树长起来的地方，竟少了一大圈的麦冬，被树给绞死了。我默默地叹息：嗟呼！山来水倒。

我对"山来水倒"这样的创作，是自感满意的。

后窗下的世界是清朗的世界，后窗窗台上的七八个盆栽也几近用毕我的脑汁，培养它们成才，真是挖空了我的心思，耗费了我的能量，多少休息天，我陪着它们精心度过。我曾愿望如斯：悄悄地长呵，和着窗下的世界。我的世界，无论多么喧嚣，至此,静谧平和。

今天,后窗下的世界,其实不是我的世界,我只是这办公室里的一介过客。他去我来坐,我去他来待。倒是如果后窗外世界里的每一株大小的活物,就是一个个孩子的话,我当如何尽心地帮助他们,使之尽量地成才呢?

倏忽此念,窗下跑过俩孩子。

一个说:"花园里还真有蝴蝶。"

另一个说:"科学老师哪会骗我们!"

前一个又说:"可是我不想捉它们,好好的蝴蝶为什么要做成标本呢? 我们回去就跟老师说'那儿没有蝴蝶'吧。"

"好的,好的。"

好的,好的。

痧(一)

　　痧,是个奇妙的东西。

　　这种奇妙,极尽其颜值与水准。

　　奇妙的不只有痧,还有夏。夏这种东西,更难言其妙。妙在哪里? 一千个读者眼中有一千个哈姆雷特。当然,可能在夏的脾胃里,也当是一千个哈姆雷特眼中正好也有一千个读者。我是夏的读者,我读夏;夏又读我。

　　我行走在校园里斑驳了一地树影的林荫道上,偶踩得筋骨尽裂的片片落叶,便晓得且顿悟一些人生的真理,迢迢人生路,也便这样一天天地走过了。突又转到教育的意义上来:我之教育的脚踩得实些,便落地有声;我之教育的脚踩得松些,便蜻蜓点水。然后,然后我腰上一酸,便要颓倒下去;只是不敢颓倒,硬生生地撑着,撑着撑着也就撑到了坐满了孩子的教室里。

　　孩子们更是奇妙,每次进去,他们都抡圆了眼儿,也是撑着,打量我,扫视我,盯我的梢——从上到下,从下到上,从T恤到板鞋,甚至一对质量蹩脚色彩极其老土的船袜——孩子们用奇妙的眼看着他们眼前奇妙的老师。此刻,他们心里喃喃支支吾吾嗒嗒起来:老师不对,老师今天不对!

　　老师是不对。

　　老师被夏逼到墙角,退无可退,功败垂成,最终如一支雪糕,即将被夏舔尽。你看,他的舌头这么大,这么脏,这么肥,这么糟,这么不留余地——他,舔我;他尽情地舔去我一分一毫的神魂。我已经这般瘦削,为什么还来舔我?

老师本来是头猛虎,病虎灶显,面色蜡黄,鲜有血气,平时笔挺的人又是驼了背了,又是折了腰了,话头少下去再少下去又少下去,终于就没有什么话了。"大家晚上好!"吃力地打开音乐,我照例说出这句话来,却没有其他话了。

这不科学。

老师平时在音乐旋转前一定一条格言、一则故事——讲给我们听的呀。老师不说话,我们不习惯。老师今天这是怎么了? 音乐是约翰的音乐,清流一般,洞明了孩子们的心;孩子是一色清纯的孩子,约翰的曲有了孩子便有了世界——崭新的世界、青春的世界、妙不可言的世界。

"老师,大热天,你起痧了吧?"

二马同学把位置坐得死死的,不松动,却把腰直起来,头正起来,眼光放出来,逾过约翰的曲,在教室里响出一个问句来。哦,我听见了,二马说的是我起痧了。是的,他是这么说的。可是,二马是神医么? 我的确也是起了痧了。他怎么就知道了呢?

半教室的同学与我一律,感觉二马的话好奇怪好奇怪。于是,有的把头转到后面去看二马,有的把头转到右边去看二马,有的把头转到左边去看二马,有的把腰直起来看坐在自己前面的二马。坐在教室正中间的二马倏忽成了世界的中心,仿佛这一下整个世界开始围绕他转起来。

其实世界也没有转。

转的是人心呢。

谁说新时代的孩子有些冷血的倾向了,谁说新时代的孩子都学会淡漠了。我们的教室里有约翰的曲,偶时高亢,偶时嚣动,有的时候悠扬婉转,有的时候轻松悦耳;孩子们在这里哪会不被约翰的曲撩动敏感的神经?

"老师,你起痧了吧?"

二马看大家看他,他用了复沓的修辞手法。把一个句子,一压缩,把环境描写抽将出去,一把扔掉,留个句子的骨干。

"好像是。"

话茬是接过去了,人也走到二马的身边了。只是话没有力道,像是在教室的幅面上随便写了三个笔力肯定不遒劲的毛笔字一样;路走得也趔趄,根本一点都不帅,就差一个跟头摔成稀巴烂了,像极了一个木桩,从一个地儿移到了一个地儿,中间还不自主地摇了摇,摆了个锤。

接下来。

接下来教室里上演了极奇妙的无比精彩的扭痧大戏。文行至此,本已不打算把痧这个字讲讲清楚了,可是兴头一上,还是刹不住车,满车的货倾将下来,狂倒于此,姑作一项伟大传统文化之科普:

什么是痧?感受时令不正之气,或秽浊邪毒及饮食不洁所引起的一种季节性病证,称之为"痧",又称痧气、痧胀。在我们乡下,人们是很看重痧的,这不仅仅在老人的群体中有广大的市场;即使在中年人、青年人的堆堆里,也是大有人中意于它的。尤其时逢初夏,一直到秋的头上,只要突地头晕,头痛,脘腹胀闷绞痛,欲吐不吐,欲泻不泻,四肢挛急等等,人们总能想到一些经典的传统策应之法——以痧症显,以刮痧治。

"我是起痧了。"

历史上,痧症之名,见于元代以后的医学著作,如明代戴原礼在《证治要诀》中已有卷肠痧的记载。清代郭志邃鉴于痧症发病多、传变快,治不对症,预后不良,乃总结前人有关治痧经验,著专书《痧胀玉衡》,对多种痧症的病因诊治作了较为系统的论述。

"我这次得的是热痧。"

我在教室里挪了一两个小步,声音亮不起来,暗暗地说了句中医上算是相对专业的话,然后一屁股坐在一张空椅子上。

——由于暑热秽浊内阻,病变以经脉胃肠壅闭为主,这就是热痧了。我是头几年,也于夏初得过一次热痧的,因此便有些病灶上的见解。脘腹闷痛,欲吐不吐,欲泻不泻,口有酸腐臭味,发热头痛,身热不宁,四肢酸楚,或筋脉拘急,舌红苔黄,脉数而濡,是为热痧急症的显性特征。以前,我是经人介绍,服过一种称为"藿香正气水"的灵丹妙药的;只是那一款药,其味奇绝,酒精的含量甚而高于高度白酒,下咽之难,难于上青天。捏鼻一口闷,是最经典的难忘记忆。

"老师,我会扭痧;要么,痧扭一背脊?"

这种句子的结构,真是奇妙。

二马同学手头有分量,关节有响动,看不出来是一把扭痧的好手,但又看得出来有些扭痧的经验。同桌舀得一盆清水;有水有痧,生刮不至生疼。中医上讲,痧在肌肤,可采用刮痧方法——民间有用瓷碗口边,或用手蘸食油或盐水,在后背正中线及中线两侧,或胸腹部,或颈项自颈至肘窝等部,自上而下,自内向外,沿上述部位轻刮或轻捏,至局部皮肤泛红隆起,或显示紫黑色痧点为止。然而沙地行脉,扭痧是为正宗;即单单靠手,中指与食指蜷弯,打开,形成夹口,蘸水触肤,一把接一把生生捏在脖颈上、肩胛上、背脊上。

二马同学使的是右手。

二马同学蘸水,蘸得不多,微蘸,两个指头像两管笔轻轻蘸进墨汁里,快速抽回来提起来,把笔管子一甩,指腕子就在我的脖颈上了。"扭"这个字,也是个奇妙的家伙。提手旁,证明它的确是要用到手的,手的力量不付出不交汇不效命,是对不起这个偏旁的。于是,二马死命地咬了牙地扭在我的脖颈上。旁边的同学一个个目瞪口呆,靳松同学竖了大拇指,为二马这么高明的技艺点赞;哲诚同学则走到我的跟前,把两只手摁在我的两个瘦弱的肩胛上,一面生生把我摁住,生怕我弹起来飞出去,一面可怜相地拿眼睛问我:"你不痛的啊?"正好吊扇嘎吱嘎吱嘎吱又嘎吱地响了一通,算是替我答了他的话了——也是,我哪有力气回答"痛"与"不痛"哩;尖声尖气的小女生圆圆同学则哑口无言又惊魂失魄,大喊一声:"怎么那么黑啊!"然后,我的周围围上了一圈男生女生,他们对于这种色彩究竟是红,是紫,是黑,较了好大一会儿劲,最后未定胜负。是的,教室的西北角上,扭痧大戏一幕接一幕,有序演绎。主角在台上,一般的群众演员在台上,观众也哄到台上来了。这,也真是一种奇妙的景象。

"二马,痛痛痛。"我坐在椅子上,把头靠在两只胳膊肘上,两只胳膊肘端端正正地摆在椅子靠背的沿上。

换个地儿。

换个什么地儿?

"老师,你把衣服脱了,背脊和肩胛上一定要扭的。"

脱衣服这么严肃的事情,我是要考虑过的。一则这是教室,二则老师在学生面前脱衣服合不合适?终于,我以为,这恐怕是极不合适的。最终,我也就没有脱,回头看看二马:"脖颈上扭了,就好了,扭起来挺花力气,累着你了。"

咱们年轻有力量!

是的,咱们年轻有力量! 老师,你健康最重要,你健康才可以给我上课;你上课,我们才可以学到更多的知识;学到更多的知识……互文的修辞、顶真的修辞、排比的修辞。整个教室喧腾起来。

……

年轻真好!

思维活跃,手上有劲儿,活络经营一概的人生。

果真,我的脖颈上、肩胛上、背脊上,留下了二马及随后赶

到且在我的身上试验的一纵人马集体的伟大的神一般的作品
———背脊的痧!

而于刮痧,至于再多说几句无妨,权作一次再度的无由的
科普:刮痧疗法发展到今天已经成为一种适应病种非常广泛的
自然疗法。早在明代医学家张凤逵的《伤暑全书》中,对于痧症
这个病的病因、病机、症状都有具体的描述。他认为,毒邪由皮
毛而入的话,就可以阻塞人体的脉络,阻塞气血,使气血流通不
畅;毒邪由口鼻吸入的时候,就阻塞脉络,使脉络的气血不通。
这些毒邪越深,郁积越厉害,那么它就越剧烈,甚至急如燎原之
势,对于这种情况,就必须采取急救的措施,也就是必须用刮痧
的办法来治疗。运用刮痧疗法,将刮痧器皿在表皮经络穴位上
进行刮治,直到刮出皮下出血凝结成像米粒样的红点为止,通
过发汗使汗孔张开,痧毒随即排出体外,从而达到治愈的目
的。而明代郭志邃的《痧胀玉衡》,则完整地记录了各类痧症百
余种。近代著名中医外治家吴尚先对刮痧给予了充分肯定,他
说"阳痧腹痛,莫妙以瓷调羹蘸香油刮背,盖五脏之系,咸在于
背,刮之则邪气随降,病自松解"。如此看来,刮痧疗法,历史悠
久,源远流长。

由此,则不由想到几年前,电影《刮痧》曾一度成为人们茶
余饭后之重要谈资。该片以中医刮痧疗法产生的误会为主线,
讲述了华人在国外由于东西方文化的冲突而陷入种种困境,最
后又因人们的诚恳与爱心,困境最终被冲破的故事。看来,由
痧而起,由刮痧而起的故事,面世不鲜。

我不太坚信刮痧。

有一次,一位同事起痧,另一位同事一定要用一枚啤酒瓶
盖替他刮痧,害得起痧的同事一溜烟跑得没影没踪,遁世之状,
迄今历历如在眼前。此之谓最疯狂的未尽之为。现在回想起
来,要是当初真拿了啤酒瓶盖刮了痧,不但其症未必能解,其所

经之地,必是疮痍满目,疤迹遍野了。

于是,我独钟情于地方上关于"扭痧"的奇妙之举与奇妙之效。它甚至可以是一种非常实用的自我疗法,只要中指和食指一弯曲,弯而如钩状,蘸水夹揪皮肤,造成局部瘀血,这便是一种功效可人的自救之法了。当然,他救之举更众,譬如二马之于我。

二马喜欢给我扭痧,他的手青壮富有神力,伟岸而俊美如斯,两个手指"啵啵,啵啵啵,啵啵啵啵"在我颈上、肩上、背上行走的路线是最完美的路线,发出的声音是最美妙的音乐,形成的画作是最精巧的画作。二马是一个神奇的演奏家,我的体肤是一架难得的默契配合他的品牌钢琴,奏出的音乐,弥久耳畔,动听与悦耳,一两句话说不清楚。二马在我身上的弹奏,以至于已经远远逾越了"有仇报仇,有怨报怨"的笑谈境界,而至于"老师,你的命交给我了"——这是一种奇妙的新景观。

二马叫我把命交给他;我,就把命交给了他。

照理来说,夏哪怕再奇妙,再古怪,再奥作,也不至于使我在学生面前把衣服脱了的。哪怕孩子们再用"社会上那么广大的理疗机构哪间不用脱衣裳"来鼓励我,我都是不应该脱,也不可以脱的。然而,最终,痧过留痕,手过留印,心过,还留了声。

"二马,谢了,二马。二马,你这一手,谁教的呀?"

"我太太。我太太现在没了,伊在的时候,我从来不吃药不打针,太太只用手蘸了水扭我,很痛的。"二马换口气说,"看看太太的手皮都皱了,力道却十分的大。"

"哦。"

"太太在的时候说,'扭痧救得万人命'。"二马讲起故事来津津有味,头头是道,"围垦的辰光,太太每天都要扭五个十个人的,都是排队扭的。不收钱,一分钱都不收。"

二马把一盆水扭得还剩一盆水,然后要去倒掉。然而,他反复强调了"不收钱"。"不收钱"是十分重要的,在二马太太的眼中、心中,至今,流布到了二马的身上、清澈的眸子里、傲然的骨子里。二马要救我,二马要救五个十个人。

旁边班的一个女生嘴大,听得风声,便叫了七八个女生一起趴在走廊的窗口上朝里张望;两个多事的男生排在后头,一个说:"二马,你胆肥,连老师都敢扭。"

教室内外好多人笑。

二马不笑。

二马为什么不笑?

二马不屑。

二马只说:"老师和我亲。"

其实像我们这样的一线老师,心里多少是知道的,很多教室内外发生的点滴故事,并不见奇妙,奇妙的仅仅是我们火热的心呢。

我在本文的开头是这样写的。我要重新抄一遍在这里:

奇妙的不只有痧,还有夏。夏这种东西,更难言其妙。妙在哪里?一千个读者眼中有一千个哈姆雷特。当然,可能在夏的脾胃里,也当是一千个哈姆雷特眼中正好也有一千个读者。我是夏的读者,我读夏;夏又读我。

我读孩子;孩子,正在读我。

我和孩子捆起来,是一捆书。

我一把拖开椅子,笔挺了身站起来。一使劲儿,背上的痧疤突地一走位,似利剑一击,"轰"地一下冒出一句:

"二马,我好了!"

声音,声音响彻了整间教室。

痧(二)

在我的世界观里,痧,着实是个奇妙的东西。

在我狭窄偏仄的脑子里,装着沙地四个奇件,分别是虾油鸡、桥埠头、出丧锣、痧。痧者,前面讲得有点多了,遂决定喧宾夺主,把痧晾在一边,先说一说头三件——虾油鸡、桥埠头、出丧锣。

其实这是我头一回以文字的形式记录我特有的思想,这种思想,独在外人看来,近乎诡异,因为四者似乎风马牛不相及,一个与一个离得很远,一个与一个并无瓜葛,且并没有什么间接的逻辑关联,更不用谈什么直接的逻辑关系了。有的时候自己一想,也揪不出由头,说不清道道,只是想当然,脑海中便有了这四件东西。

我之谓虾油鸡是为沙地头件奇物,是有一定道理的。其蓬勃之生命力,素来为我们所未重视,然而我们又不得不重视。说虾油鸡,必得先说虾油卤。虾油卤更是奇绝:味不但不香,反而窨臭。多少人是闻不惯它的味道的,"谈卤色变"者多矣哉。甚者如是,虾油从虾油瓶里倒出来,一入锅,火上来,味遍散开,一下子能吓退好几个人去。然而就是这样的卤料,一遇到鸡,则使鸡焕发了别样的青春。你看,黄皮白肉,色美质嫩,多美多棒!把煮熟的鸡肉块切开,或者一把菜刀一劈为二、一把菜刀一劈为四,那都是可以的。把这切好的鸡肉置入虾油中,一浸、一泡,偶者沉下去,偶者浮上来,各有间层,楼道门面一是一,二是二,色彩分明,潜水沐浴,正是一回畅游与沉浸!口味重者,

宜入盐多；口上准备淡点儿，只需稍入些盐便罢。味精之多寡，也尽听从人的口味轻重，不在于什么标准的量。什么时候加，什么时候不加，也只是心情傍之，并无科学之规矩、条条杠杠之死定。虾油鸡，这么说来，其实就是虾油浸鸡，虾油之味入鸡——鸡脯、鸡腿、鸡翅，乃至鸡爪，无一不可浸得满意，又吃得满足。多年以前，农村里正月待客，无不仰仗虾油鸡抵充门面；客随主便，黄酒热过，年糕粽子夹夹糖蘸过，虾油鸡沽酒入肚进肠，算是最漂亮最有脸的待客之道。此之为上点心、下点心。上点心吃过，便不吃正餐之中饭，客回去了，也不算没有吃过主人家的饭；上点心吃过，便不再招待正餐之中饭，送客回去了，也不算没有招待过客人在家吃饭——主客二方如此地道的默许，是人世间最朴质、冲淡、和美的人情写照。下点心，它则赋一样的道理。到如今，虾油鸡依然活跃于酒店餐馆，是为四六八道冷菜之主要角色，仍不可或缺，亦足见其本质之厚，延展性之强。我之文笔向来不巧，拙朴之外，若仍有垂涎欲滴者，算我能耐；否则，算你能耐。

除却虾油鸡，我能想到的另一奇物便是桥埠头了。桥埠头这种东西，十分精怪，长得笨拙却有条理，似老者伏地，默默奉献它的这个、它的那个——具体地，又非我等凡夫俗子可能讲清道明，它究竟奉献了什么。可是，除了沙地上叫桥埠头外，好像别的地方，更多的是唤它为河埠头的。河埠头更有灵性，而且通达，沿河上下，只要有埠，这个地方便可以统称为河埠头。沙地上的桥埠头为什么显得如此奇怪呢？是因为沙地上有河，桥却并不十分多；然而人们还是把所有的埠头叫作桥埠头。更有甚者，仅仅是一个池塘，一个偌大的池塘，抑或一个不大的池塘，但凡有个埠头，就叫桥埠头。没有桥啊，但是就叫它桥埠头。没有地方理论，也不用理论，这种死板的约定俗成，成了沙地人的命中注定。桥埠头上最多的是汰衣裳的女人、洗药水桶的男人和几个不论秋春的提着钓竿的人。他们各自欢快,甩手的衣服清净得很,药水桶汰过的水似乎根本就没有毒,鱼钓得上来钓不上来是终于不论、谁也不计较的。他们各自欢快,各自有各自的活计、心绪和情感。桥埠头最要命的是一块一块石板垒起来,一阶一阶铺开来,缝里住满了螺蛳,偶尔也能突然夹进去一尾晦气的瞎了眼的小得不能再小了的小鱼。螺蛳这个畜生天生不聪颖,榆木脑袋长在硬壳壳里,人的手一伸入去,就能逮住一手把。手一摊开,八颗十颗保管稳当。桥埠头产螺蛳,也产青乌苔。其实,青乌苔这种说法,也净是沙地人的作品。青苔之有,古来共谈,刘公所谓"苔痕上阶绿"者即是。只是刘公在陆,桥埠入水。水里桥埠头石板上的青乌苔实是恼人,若是打了赤脚,一脚踩去,重心不稳,十有八九要整个人掼进水里的,那"嘭"一声,足以吓退万千鱼兵虾将。桥埠头之神奇,还在于有的小孩兑不灵清,螺蛳一旦躲在深处,他一摸不着,便使了全身的力,"啪"地将一块石板翻起来,然后一捋,螺蛳全在手上了,满满两大捧。然而,沙地桥埠头可都是有主儿的。主人往往又格外重视桥埠头,只要发现石板被翻,一准操上竿子赶出来;前面小孩提着裤子跑,后面一个操了竿子的人一路追,甚至两个……

出丧锣,是有别于虾油鸡和桥埠头的。

出丧锣之奇,并不在锣。锣是普通的锣,锣锤是普通的锣锤。锣,铜质,磬声,音洞亮,面锃色,油光滴滑,手感一流。锣锤,即是一短木棍,皮净光洁,敲锣的一部分被挂些莫须有的说头,无由地缠上了一块红布条。敲锣人擅长敲锣,敲锣的时候,左手拎起挂绳,右手秉住锣锤,"堂",亮得很,响得很。这是普通的锣,这也就是一般的敲锣。我要说的,沙地上的出丧锣,则不是这么回事儿;远没那么简单便捷。出丧锣最典型的品质应当归功于敲出丧锣的人——这种老者的挑选,极尽其能事与水准。有这么几句得先交代清楚：一是人死后出殡，出殡时从死者家中把棺木挪出来前，要敲出丧锣；有些地方，不敲出丧锣，棺木是动不得的；也就是说，要先敲出丧锣，再动棺木——出丧锣是告诉死者"你要离开自己家了，你再看一眼家和家里人吧"，或者是告诉死者"人死不能复生，舍不得离开，现在也得离开了，是时候了"。此二者，离奇之处在于，总使人觉得阴森可怖，而且多少有些不近人情。二是出丧锣一响，该去送殡的却还没有到东家的亲亲眷眷只需听得出丧锣一响，便一准火速赶到，普天下的人尽知这是出发之信号、仪式之哨声。三是出丧锣一响，不去送殡的，但一直以来都是街坊邻居的一纵人等，均路列两旁，俟之以送死者最后一程；也让死者看看张三王五依是亲热，一生未曾拌嘴，临走还望他一眼。若路边人众大小老少能朦胧了泪眼，则为动情之上品。四是出丧锣一响，路边树下灯旁站的人多，说明这家人人缘不错、死者生前积德；路边树下灯旁站的人少，则说明这家人人缘不妙、死者生前把人都给得罪干净了，云云。总之，出丧锣"堂堂，堂堂堂"响起的时候，送殡人走在抬棺人后，一色素装，便像条白龙，游走开来，形式蔚为大观。方才说了，出丧锣的奇特，定在于敲出丧锣的人的选择上——可获敲锣资格者，非辈分高于死者者不可。这在一般情境下，都能解决问题。只是也有特例，本村曾有一百岁老者终于驾鹤西游、仙逝了去，活着的人翻村倒乡再找不出一个比这过世老者辈分高的人了。大家一并摸脑门之际，还是一后生想出了一个从旁的村别的姓氏中"借"一辈分高者为之，方解了大家之困。于是，大家都说这个后生聪明之极；此后，借锣人之例，终于全面铺开，始得难题得解、郁结不再。除此之外，出丧锣的奇，还在于敲法不一。有的老者满口黄牙"只能敲一声，这是回报锣"，有的老者须发花白"一定要三声，桥头桥脑也一定要三声，一声都少不得"，有的老者说法随意、经不起道法之考验"随便的，人都没了，想敲几下就敲几下，像打牌，想几块就几块"……总之，沙地出丧锣成为我记忆中十分蹊跷的一宗什么东西，至今说不明白。

然后才排得上痧。痧排在虾油鸡、桥埠头、出丧锣后面。这种排法是有道理的，痧势单力薄，只有一个字，其他的家伙都有仨字。痧排在第四，痧没有虾油鸡的入口即化、鲜泽味美，痧没有桥埠头的风情万种、故事罗叠，痧没有出丧锣的阴晦涩暗、各圆其说。可是痧却是正道中的正道，是人生命还在、力量正行的标志。文章不写不清楚，写到这儿，我才顿悟：起痧，说明你还活着。而活着，比死了估计好点儿。

痧怎么奇特呢？我见过的场面上的痧，有这么几种不可能不值得一说。有一位同事，男性，三十多，四十不到，人高马大，夏天着一单衫，白色，褶皱。同事背一朝我，好嘛，白衫里印出一幅画来。道是好奇，人一把把衫捋起，整整一背脊的痧，倒是没有在脊椎骨上竖着扭一列，否则左边四个枝，右边四个枝，简直就是一棵活树嘛。这种背痧之奇，奇在沙地人凡是会扭痧的，总给人有强迫症之感，他们扭痧，必定要扭出一幅画来，什么造型呀，什么图案呀，什么花纹呀。不少老人会对着不满意的一背脊痧直摇头："难看！难看！"于是，我们是彻底地知道了的，痧是必须讲好不好看的；痧以扭出图案者为最佳，至少得排列有序，最不可星乱罗棋乱布。另有我的一位学生，十多年前立在我面前的时候，我霎时就傻了，整个脖子上一圈满满当当的大红大紫、血赤呼啦。一经询问，才知道是其祖母下了狠手，硬生生地帮他把痧气从颈子里排了出来。采访加赏析，我和另外的学生一并感慨，后颈上还能受得了；乖乖，你前面的脖颈上怎么受得了啊？便有同学一边笑一边认真起来："强人，大难不死，必有后福。"实是蕴含了多少的赞许、崇拜与艳羡呀。别提，我也曾起过痧，我的学生二马，年轻力壮，给我扭过痧。二马的痧扭得恰到好处,生疼而耐得住,生疼又熬得了。最巧妙的是二马是个心理学家,你刚要喊出痛来,他正好转到另一块皮肉上,新辟一战场,重挖战壕,重打新桩,备战事,起战火,分分钟打完一场仗,又换个地儿打一场。哦,二马打的是游击,难怪难怪!当初我心中飘过"难怪"这样的词,却说不清楚难怪什么,难怪的宾语是什么。这真的又是一种别样的奇妙。痧之奇,奇在一旦扭痧刮痧,人顿时神清气爽,脑明眼亮。我的同事那漂亮的一背脊痧后,即刻奔赴了球场;我的学生那赤血的一脖颈痧后,翌日又复虎虎生了威;我那儿被二马打了游击后,终身清醒,把痧和学生紧紧绑在了一道,时时刻刻盯住我叫嚣"学生大恩于你,你要大恩于学生"!如此反复,经年不消。

此去经年。

是的,此去经年。

犹记得,二马立在我的背后,两指弯曲,一把一把扭在我的脖颈上、肩胛上、背脊上,痛在我身,惜在他心。

沙地孩子一贯以来得曾祖辈、祖辈、父辈之望、闻、问、切专长之传承,有时候,一眼瞅下来,一句问过来,不但能通透病理,或还能道出因果。这简直就是再世华佗,转生扁鹊。沙地孩子质朴无华,如晨露清雾,干净透亮,爱人之爱,惜人之惜。我们有这样的孩子伴随身边,日日见之,岂能不时时幸之?

红中带紫,紫里和血。二马在我的脖颈上、肩胛上、背脊上画上了他的画作。

痧,作为四奇之末,却在我的心中最重,最重。记住二马,记住所有的二马,我时常这样对自己说。

一顿早餐

　　我躺在床上,悠悠成深夜的梦。

　　难得听到夜莺的叫声——这晃若二三十年前,我在村子狭窄的小路上跟着祖母的三寸金莲快步小走时听到那偶时的不知名的鸟叫。那个年代,那种记忆,似乎有过很多次同样的经历,且这种故事的发生,总是我俩一起走在夜间的村道上,一边走,一边伴着祖母关于鬼神的一个个最可怖的话茬,脚步飞得老快老快,就怕稍有怠慢就被小鬼撵上。那时的祖母已经七十多岁,提着尖小的脚,也还能一路快走。回到家,祖母才定一定神,回头看看吓得一脸铁青的我,然后缓缓地告诉我,刚才跟着我俩的并不是什么鬼神,只是几只小莺说些睡前的碎话罢了——祖母真是最神奇的文学家。

　　这样的碎话,在如今整晚明彻且敞亮的街道上哪里还能听得到。但是今夜却有。

　　今夜本来可以十分安稳地入睡,就是受着夜莺的叫唤,倒使我侧翻腾挪,一时不知道怎么样才叫睡觉,如何方可沉眠了。于是,我就这样眯上眼,把身体挺得笔直,披上一床絮被,明明白白地展现出今天早上那一则小故事,轻轻悄悄地捋了一遍。

　　就是今天清晨,我是五点五十分到的学校,与保安互道早安后,我们各自忙起自己的工作来。我习惯于在校门口迎候第一道温暖的阳光,更习惯于在校门口迎候每一个青春的孩子。学校在农村,不少家长真是因为工作需要早出晚归,就天天有

家长才过六点,甚至六点不到,就把孩子送到学校的。这种家长习惯和孩子习惯,作为学校与老师,便早晚成了我们的习惯。而这种习惯了的习惯,其实是一种匍匐于地的教育温暖。

凉风习习,不冷不热的季节,真好!

清晨的风又不失一番恣意,拂上岸边的柳条,带上飘飞的隐隐约约的花香,裹挟起生命的一路芬芳,把一个个阳光的男孩女孩送进校园。我,就在校门口迎候这些精灵的到来。只要他们一到,美丽的校园就能一下子苏醒过来,一下子靓丽起来——孩子真是最神奇的活动家。

一个男孩从他父亲的电瓶车后座上下来,父亲没有多少叮嘱,男孩就冲校门小跑进来。保安的工作真是到位:"小帅哥,你书包链子开了呢。"保安姓公孙,在萧山的地界上,难得见公孙这样的复姓,于是"公孙先生"的雅号早就传开在全校老师和学生口中。公孙先生人缘好,干点活可有劲儿,还干过大事儿——去年学生报到日,他捡了一个满满当当的钱包,里面是四千多块钱和一张身份证。原来是一位家长送孩子时丢的,物归原主,保安和家长的手紧紧握在一起。一边硬塞五百块钱给一边,一边怎是不肯收,家长一口气跑到校长室:"孩子在学校里读书,我们哪里还会不放心!公孙先生有道行!"

就跟个查先生笔下的武功了得的道行高深的行者一般的公孙先生这一叫,孩子立定,扭头看看背在背上的书包,可是包儿背得高,头又扭不过去,只见包沿不见包带。说话间,孩子几步已经在我眼前。我没待说话,手已经替他去拉拉链了。说来也巧,孩子说了一句话,我也正好说了一句话,两头的话撞个正着,叠起来了。"老师,谢谢了。""吃早饭了没?"这一撞,他有意,我无心。他马上回了一句:"没有,爸给钱了,没来得及买。"说着话,男孩已经离我五六步远了。

一个个面带笑容的男孩女孩从我和保安身边经过,几十个,几百个……几乎每天如此,我似乎成为这扇校门内认识孩子最多的老师。我与每个孩子打招呼,每个孩子都与我打招呼。在我眼里,这群活蹦乱跳青春代言的孩子就是我一天最美丽心情的开启者,是最暖和的阳光,是最生动的文笔;在孩子们眼里,我这个几乎天天站在那个固定位置上迎接他们到来的微笑者就是他们一天最美丽心情的开启者,也是最暖和的阳光,是最生动的文笔。

一眨眼,一刻时间就过去了;孩子们到校的高峰期也一下子过去了。

我的脑子里突然又闪出刚才那个男孩。

可是,我对这个男孩所在的班级和名字,却一时想不起来了,似乎是第一次见到这个男孩,但是我认定他一定在初一。于是,我开始在公孙先生帮助下进教学楼寻找男孩。谁都不知道我要干嘛,我的身影飘移在楼道里……

教学楼里不乏静,又不缺动。有的班级,文科课代表依律在讲台边组织同学们安静自修,轮到值日的孩子则用扫把和畚箕演绎出清晨最美的劳动之舞。

说来真巧,在二楼的连廊上,一头撞见了刚才那个男孩。

然后,我盛邀他与我一起进教师餐厅,花十分钟时间,一起共进了早餐——他与我一样,各是一碗稀饭、两个小包子、一碟小酱菜。

十分钟,四块钱。

……

躺在床上,果真,悠悠,成了我深夜的梦。而这个梦,是怀抱着小小碎碎夜莺絮叨的梦,是我身边那些正在长着身体更在长着情感与智慧的孩子们的发展梦。

不知道男孩有没有吃饱?要是我俩没有那一次共进早餐,他倒是怎样才捱得过一个上午?

明天早上,他会吃饱了再来上学么?

我明天见着他,说的第一句话该是什么呀?

我的耳畔,依然有小夜莺的叫唤,我把身体侧了过去,女儿也翻了个身。我的眼前,又现出祖母的容颜,我不知道她老人家离开那么多年后是否天天看着我每天做了什么,我更不知道她对我成年后的为人有怎样的期许和评价。我只知道,她踮着小脚悠悠或焦急地行走,一边说起迷信的典故,一边要我们做善良的人。

女儿在我身边,又翻了个身。

宝石花说话了

"他从来没有和我说过一句话。"

我从男孩小学数学老师那里听来这句话,既感到可怕,又不感觉太离谱。因为,快国庆放假了,男孩的确还没有与我讲过一句话。美丽的九月,虽然依然燥热,但是毕竟它将走向华丽而荣光的十月,去迎接丹桂飘香、满山覆锦的时光。

20多天里,作为一个学生,他可能正在考量他的老师有什么样古怪的脾性,有什么样滑稽的口头禅,对培养学生有什么样的理念与行动,甚至他会对学生下怎样的重手和毒手;作为一个老师,他同样在更繁复地瞄准一个个少男少女,尽快地挑出他们的毛病,择取他们的优点,看看哪些孩子有什么样的特长,再通过上课、作业等丈量出孩子的智商、情商以及各种其他的商。但是这20多天过得并不通畅,也不愉快。就是因为男孩——一个根本无法交流的男孩。

无法交流,还是没有交流,那是两个绝不一样的话题,但无论是无法交流还是没有交流,都是十分麻烦与窘迫的命题。

我开始拨通男孩妈妈的电话。结果令人十分意外,男孩在父母离异的时候判给了母亲,却一直跟着父亲和祖父母生活;虽然在新生登记的时候,表上填了母亲的信息,但显然母亲已经很长时间没有管过他了,更不用说哪个假日带他去买套新衣服逛个游乐场了——后来我知道,他是班内唯一一个没有吃过肯德基的孩子和唯一小学六年没有参加春秋游活动的孩子;更显然,母亲眼下过得也并不惬意,言来语往,母亲生活其实相当拮据。母亲甚至托付我，老师，求您多帮帮我们。

虽未谋面，也没有达到我此番电话家访的目的，但是，我的心痛得非常厉害，挂了电话，我坐在椅子上久久没有挪动身体。

"同学们，下个星期二，我们班会的主题是'练静'……"

周五傍晚，当我像往常一样在班内明确后一周主题班会"主题"后，教室内一下子炸了锅："我们老师真有创意，这次不知道葫芦里卖的什么药……"

转眼到了周二的例行主题班会，这次班会，全班同学都铆足了劲猜啊，套我话啊，都想事先知道班会的程序和目的，尤其想知道赢了有什么奖励，不得劲儿又会怎么样。我是坐观群急，不吱声不开腔，一副得意的神情使孩子们对我更"没了底"。

这堂课没用任何学生主持人，从环节与做法上看，我设置了好几个游戏，譬如看爆笑影视片段，看谁能不笑，等等；从目的与意义上说，我告诉孩子们"安静是能练出来""人人都要练出静来"；从评价与奖励上讲，做得好的孩子奖励肯德基套餐，一起过周末。

时隔十多年，当年我这个班的学习委员在他们组织的同学会上，硬是拉住我的手说："老师，我告诉你，其实你为什么要开'练静'班会课，我们好几个同学心里很清楚的啦。"没待他说完，我一下子涌起记忆的波澜："你们的确需要会'静'，这么多年过去了，你们参加工作，成就事业，哪里都用得着'静'。当然，你说的我知道，我的确是特别想帮他。"

同学会的聚餐上，学习委员与当年那个吃了我一顿肯德基的男孩一起向我走来，男孩依然腼腆："我敬你，老师。"

"话不多，都在里面了。"学习委员嗓音很大，把大伙的眼神都吸引了过来。大家齐声一忽悠，我豪爽地来了个杯见底，底朝天，天打空。男孩不走，男孩朝学习委员说："我三杯。"来不及劝，也没有人劝，男孩三杯下肚。

　　主题班会的结果是"下面,让老师评一评这次获胜的同学",一边说这话,一边我已经走到男孩的身旁。我低头悄悄问他:"愿意起立说一两句话吗?"

　　本预想男孩能说说怎么做到"处变不惊""坐乱不语"以及"安静下来有什么好处的",可是男孩怎么也不肯站起来。他塌在座位上,突然支吾出半句话来:"有肯德基,一起吃。"

　　同学笑了,他也笑了,我更是好好表扬了他懂得分享的好思想。

　　一个男孩,一路走来,不愿意开口说话,不愿意与人交流,却一下子懂得了与人分享。这令人既惊又喜。

　　可是,直到周五,我都没有去任何一家肯德基门店,更没有买肯德基。全班同学虽然没有人当面或背后质疑我的食言失信,但他们的心里肯定一直嘀咕不休。

　　月没日升,清风熨人心。

　　周六早晨,我出现在了男孩的家里。

　　男孩的父亲正要出门,撞个正着。看我提着一大袋东西,头一次见到肯德基的父亲都惊呆了。男孩还睡着,经过同意,我走进男孩的房间,把卫衣递到他的手里,他把卫衣套进头里,我帮他在后背上一拉,穿着可精神了。他并没有话,他的父亲倒是在一旁有几个句子,看到我示意他顾自出门好了,他才满脸愧疚地走了,一边走,一边叮嘱儿子几句无关紧要的话。

　　既然走进房间,我也大胆地走进了男孩的洗手间。洗手间很干净,一盆小肉肉宝石花安然地静卧在窗台上,泥面子上闪着几颗彩色的小石子,粉色的,玫红色的,也有妖冶的蓝,有淡翠的,有雪白如肌的。看来生活并不是没有亮色,只是,宝石花种在了室内罢了。

　　"我帮你挤一回牙膏。"我冲男孩房间叫一声——我隐隐听见他祖父母正在楼道口喃喃说着话——"刷完洗完,我们一起吃个早餐。"男孩很不好意思地叫我先下楼去,哦,倒是我疏忽了,他得先上个洗手间。

　　几分钟后,男孩来到我身旁,我们用一上午分享了肯德基,他也在我的陪伴下完成了所有的双休日作业。这一个上午呵,如此短暂,却这般充盈,丰厚得孩子和我都不相信,他的祖父母更不相信。

　　男孩的祖父母执意留我中午吃个便饭,我却执意要走,只能枉了他们一番诚挚的心意。我听不得老人说我是这个世界上最好的老师,听不得这个世界上再也没有比我好的老师了这样的甜言蜜语。我分明知道,这样的说法肯定太高远,我还离它很远很远……但是我又知道,老人内心里总是因为孩子从小失去母亲,父亲对孩子的关爱又不精微,自己对小孩的隔代照管又时常心有余而力不足,有着这样那样的尴尬与疑惑,有着各种各色复杂的心绪,一时说都说不完;所以,他们对于我这一次突然的造访既感到抱歉,又感到温暖——这一切,又似乎都在情理之中了。

　　老人特别再三地要男孩向我说谢谢,他也说了谢谢,但话并不多。我是更分明地知道的,一个才接触个把月的老师,一个外人,怎么知道他是虚情假意作作秀,还是真心实意为他好;一个老师在节假日甘于坐在孩子的身边陪他完成作业,究竟还是令他并不自在的——我们之间也隔着代呢。

　　终于扯不过,我要走了。

　　男孩却突然快速地跑上楼又快速地跑下楼。跑下楼的时候,他手里捧着那盆小肉肉宝石花:"送你,老师。"

　　我本不打算拿上宝石花,带上它回家的路上还多了个累赘。可是男孩说:"我有六七十盆。""那我带回教室,我们一起把他养在教室里吧,我们以后看到它,就准会会心一笑的。"我答应他,双手接过宝石花,泥面子上闪着几颗彩色的小石子,钝钝地发着光。我捧它在怀里，不敢有丝毫怠慢。

那一刻，我记起了宝石花的花语：顽强、富贵、永恒，永不凋谢的爱。

学习委员也端起酒杯，一群同学聚在我和男孩的身边："大家见到'白马湖'论坛上的帅哥了吧?"一边拍拍男孩的肩。

男孩羞赧着脸说："兄弟们帮忙，才开发了这款微信头像。"

"听说用户用一次，你就赚2分钱，其实那可是不得了的数字啊!"有同学点破了其中的奥妙。

时隔整10年，男孩在白马湖的论坛上着笔挺的西服，系紫红的领带，留着一头最时尚又十分精神的短发，把开发的微信头像捧在胸前——就像，当年，我在他家门口，他捧着那盆小小的宝石花儿。

工莫大于积极　功莫大于快乐

——Will Bowen《A Complaint Free World》的中国式解读

各位亲爱的同学:

"相约星期五"已经走过了7周,7周来,我总感觉对不起诸位:囿于我的设计与强权,形式单一,风格单调,力量单薄。今天,我们换一种形式,好吗?

我写的一篇文章,之前获了一等奖,在这本杂志上被登载出来了。全文共五个部分,一个部分是"引子",另外还有三个部分作正文,末了还有一部分,我把它叫作"束语"。我想读给大家听一听,与大家分享一些学习上的心得,希望对大家有点儿启发。文章的题目是《工莫大于积极　功莫大于快乐》(同时,形成工整的板书,粉笔选了大红色)。

引子

"兰花不开,才晓以雨,为之于汐三四露;心扉久闭,方得以敞,为之于读一二书。"我们是知道这个道理的:雨可解旱,书可释郁。

威尔·鲍温的《不抱怨的世界》让我们的生命华章更多一分执着于思考和跟进的机遇——这位美国最伟大、最受尊崇的心灵导师,密苏里州堪萨斯市基督教会联盟的主任牧师,教化我们每一个人,要积极于生活,快乐于生命,创造人类"活着的环节"最广阔最炫耀的光辉!

于是,作为读者,祈愿从三个层面解读这本不厚却很厚的书。

不过,在解读之前,还得有所申明:

其一,我不是基督徒,而且对于宗教的信仰几近于零,更无谈虔诚与热衷;

其二,我只是一个《不抱怨的世界》的初读与初学者,学术之于浅薄,也可能几近于零,更无谈深邃与洞察;

其三,我的解读可能是有些读它的朋友们应该"听闻的如是",而这种听闻,可能对于不适于此类话题的朋友不适,其效果亦几近于零,更无谈转化与深入。

下面,我们一起走进这本书,走进我们特定的解读。

以佛的眼光看世,不抱怨

佛生百千年前。

我生百千年后。

我们与佛的差距不大,只是以"年"为计量单位,有所区别;别它而论。

多年前,我辗转于阅读《金刚经》及其典藏圈评各色版本,有印度读本,有我藏汉两传佛学版本,还有我禅宗的旁门读法,森罗其间,不乏佳本,更有独辟的新见。印象最深彻的,无非就是须菩提的不厌其世与不怨其事,通经都留下了种种痕迹。他不惮于世俗的理解、妖邪的怪念、僻离的学说,只是读他自己,读他自己的灵魂——他用极其淡定的态度教化僧众与学士,必定淡然处世,不说与世无争,也要自得其乐;不可张扬个性,即可活出自我;也不抱怨于世,更不痛恨于人;怀自己的心,想自己的事,干自己的活……

通彻至理。

我得讲个切身的故事给你听了——去年暑假,我随团三访舟山普陀观音洞，事后发现再没有前两回的"徘徊"与"不定"。前两回都复这样的情节：走到寺前，并不敢定数迈步，因为一则想到佛是有神慧的，我若错迈了哪条腿，甚或遭来佛谴；二则嫌那寺前门槛过高，猛提那腿，方得以过，脚尖还是会踢在槛沿上的。这回与前者不一之处在于，并未多于思考，只是一迈，腿脚即已在门槛那边了，不仅轻松自如，而且偶获了一些所谓的成就感。如此想来，岂不两得哉？而且似乎于自我而言，是"得了造化，行了方便"。

佛理使然。

直到后来，我才自然感觉到另一番哲趣：原来前回赴寺，只是抱怨门槛太高，不想内心作起祟来，便得了一种佛曰的"别种苦痛"；而此番赴寺，则"心无挂碍"，并不怨这怨那，心内松弛，便得了一种佛曰的"别样福祉"。

别种苦痛，别样福祉。

阿弥陀佛说，净一切苦，则一切福乐。

执着于教师岗位10余年，个中苦乐，其实全矣；然思前想后者不必，失眠者更不必，把自己锻造成早出晚归怨天尤人者则更不必，因为，善恶有果亦无果，何来抱怨呢？既然本无抱怨，人自然当是最快活的生灵之一了。故走上讲台，众生皆在眼中，众生皆在手中，众生皆在心中，哪个生灵不是因果而来？哪个生灵不是可造之才？哪来的抱怨他生得不太聪慧？哪来的抱怨他长得不太雅致？哪来的左一口气右一声叹前后翻出俩白眼？

都是该读《不抱怨的世界》的人！

当然，若能以佛参理，恐怕是更会出一番学习与生活的极乐境界的。

以世的眼光看世，不抱怨

我的朋友赠我一首不算工整的诗，诗曰：

无为本无忧，

淡泊一身轻。

千度眉辗转，

孰若一粲然。

初读它的时候，我尽以为自己读懂了，诗中不乏禅的三二意境，他是要我笑对俗世吧。然而，我虚揣了他赋予诗的高明而开阔的思辨了。当我读完《不抱怨的世界》的一刹那，突然发现，原来我的朋友是"不抱怨世界"中那个在"我身边的圣者"——他的智慧已不囿于襁褓，而且正在以最积极的人生态度向我喷薄，向我扫射，向我开出致命一枪——它使我由"梦中惊醒"。

"以世的眼光看世"？你一定觉得奇怪——世如何看世？

是的，正如"人如何看人"的命题一样，用世俗的眼光看待这个俗世，亲爱的朋友，你认为你需要抱怨吗？正如你看人，你认为站在你眼前的人并不漂亮，你会杀了他？不会的。如果会的话，那你早就死过一万次了。所以，我要说，当你读完威尔·鲍温之后，你的心境突然亮堂起来，原来以世俗的眼光看待这个俗世，呵呵，哪来"抱怨"二字。举世哲学中最圣典的莫过于"存在即是合理"了吧？是的，存在，就是合理；存在，就是理性；存在，就是不必抱怨和不抱怨的前提条件。

朋友的诗，它让我坚强于不抱怨，坚定于粲然一笑。而作为教师的我们，走进校园的一刻，或许你就只能这样评论：哦，天呐，天气真好，虽然气温高到近40度，但是教室中孩子们的热情似乎随着气温的升高，正在愈加展现他们的青春与活力

呢！当然，如果你能向下面这样评论的话，你必定已是圣人
——哦，40度，是我想要的温度，更是我想要的高度。

发表言论，永远具有危险性。

但是，你若是想要发表言论，你还能顾及什么？无非就是
做好应答的准备。

你要知道，当你说出"40度，是我想要的温度，更是我想要
的高度"这类话的时候，一定有人伸过有形无形的手来触摸你
的额头——你烧了么？

这个时候，你别无退路，你要说：没有；如果有，那么，我认
为我已经烧出火候了。

学过希腊哲学的朋友知道，希腊文明之所以能够成为亚欧
文明不可或缺的重要组成部分，就是因为它提倡最积极、最乐
观、最理想的人生态度。它从不抱怨世界的眼光，它从不抱怨
世俗的偏见——甚至，在它的哲学体系里，很难发现有被认为
是"偏见"的见解。

是啊，早在唐朝时，诗人李贺就说过类似于如下意思的话
——粲然于生计是人生最大的乐事。与其生活在抱怨的世界
里，不如不听不闻不嗅不尝不触不想不理不碰那些所谓值得或
者可以予一"抱怨"的事。

俗世生在红尘中，红尘本是乐土，更无言抱怨了，云云。

以人的眼光看世，不抱怨

大众生人。

人又生大众。

我最相信伊斯兰教《古兰经》中讲说的衍生故事，它们诞生
了他们心中的人，人组其世，世现其人，人生世间，世间人生。

《不抱怨的世界》告诉我们，"处理你的感觉"，然后化解本

该"抱怨"的"抱怨",那就会没有"抱怨"。这种学理的解剖对于我们这些并不深谙于哲学的人而言,即使理解没有过大的难度,但实践操作起来也会不经意地偏离一些它预定的轨道,甚至冲出去,撞在自己或他人搭的思想建筑上,有时头破血流。

但是,我们是人!

人是有思想、有见地,能思考、能处理,会过滤、会甄别的动物。这就是我热衷于推荐这本书的缘由之一。不妨再和朋友们分享一些我的生命故事:前不久,见到一条网络短信,说的是"人活一世,进去一缕烟,出来一泡灰,那个精致的小匣才是你我永远的家",哑然失笑之余,更多一分幽了一默之后的深深思考——何必争,何必取;何必示强,何必装弱;何必三颗手指伸在外,两颗手指卷在内;何必怨教育体制之不完善教育政策之不倾斜教育实体之不果敢教育运作之不合理;何必,何必,何必呢!

还是前不久,同学聚会北山脚下。聚餐未始,一很难以一见的长须"道长"闪在当前,说出命中理相,以《易》的最粗浅方法解了同学的面相与福理。因为我是学过些《易》的原理的,所以认定他所说梗概均在理。同学却大为不悦,倒是因为先生言之确确,数之凿凿,讲了一大通真话!其言说之结果倒真不能搁此表说,但是一提。于是同学开始抱怨"老婆确实嚣张,工作确实辛苦,工资确实'月光',奖金多半'日光'……"其数不下于十。没有他法,回头我借他一本《不抱怨的世界》,总算遏了他的怨气。

人眼观世。

世皆在人的眼中。

人对世不公与公,皆在人心;世对人公与不公,也皆在人心。因此说来,哪朵花艳些,哪株草嫩点,哪个人出息些,哪个单位势头猛点,都只是人心之论。如果我们都能参透这一层道理,那么,你是否还去抱怨花不艳草不嫩人不出息单位势头太不猛?

应该不会。

束语

欧洲物理学说,做功无非出力而后形变;中国物理学说,形变无非做功。其实二者解得均不得体。如若要与人的生命历程挂钩,则在我看来,物理学应该是"积极于工,则快乐于功"。

是呀,很多时候,夜一深,人已静,独伏书案,抬头只是电脑的屏幕,而并不见可以抱怨与不抱怨的物象,抑或意象,你一定会怅然不已。然而,你发现没有,只听蛙声,甚至但闻蚊唱,难道不独为一种特别的快乐,只是你有没有一种积极而快乐的心境罢了。

姜子牙独钓于江为积极为快乐,陶渊明种菊东篱为积极为快乐,王安石顶逆施变为积极为快乐,顾炎武破冰言说为积极为快乐……孰乐孰不乐? 孰不乐孰乐? 孰乐于孰? 告诉你吧,只在心境,只在心境耳。

所以,我可要以一个最普通读者的身份,享受这本书了:不要抱怨,不抱怨的世界春花烂漫,风光旖旎。

……

最后,Will Bowen《A Complaint Free World》的中国式解读——希望这本畅销于世界的好书,风靡在中国吧——因为它的中国情结与我的中国式解读。以让它真正教化我们每一个人,使每一个人积极于生活,快乐于生命,创造人类"活着的环节"最广阔最炫耀的光辉!

读一二书,心扉不闭,方以洞敞;搁笔之时,风清月朗,谓中秋佳节,人世华光,云霓其间。

文章有点儿长，乃至终于读完。仅仅是一篇自己写的读后感，只是里面的一些为人处世的思想，我希望，你们也有一点，甚至两点。

"不再抱怨，亲爱的同学们！"

献丑了，谢谢大家。

双休日愉快。

我们下周见。

（我在"相约星期五"活动上的一次演讲）

一次小型聚会

"老师肯定不记得我是谁了吧？"

我诧异之余，转了很大一轮脑子，又拉来几个大小伙大姑娘不经意地又有意识地想他们打几个圆场，可是三五分钟过去了，话题转了两三个，还是转不走面前这个英俊的帅哥的话题。

"我去韩国整了容，"然后他大笑起来，掩面之于其颜，根本挂不上钩，"老师，我去韩国整了容，你哪还能认出我来；我声线也变了吧？"

我连"声线"这种专业术语究竟是什么意思都不十分清楚，我哪知道声线变没变呀，我想不起来你的前身，只看到现在的你，变与不变更是何从谈起？

孩子们当年的数学老师认真起来，数学老师五六年前终于站完最后一班岗，光荣退休了。想当年，他可是辅导奥数的一把好手；临退休前，好好努力地挣扎了两年，又荣耀地评上了高级。只是退休前的两年间，从门牙开始，一直波及周侧，几乎把两排牙都掉得干干净净，当然，或者有几颗是他自动地又冷不丁地在牙医果断的手下拔掉的。数学老师从来都是诙谐得很，记得他总告诉我说，他的牙是专门在超市的门店买了口香糖，一边嚼，一边利利索索地一枚一枚粘下来的；一会儿又佯言是抽了大半辈子烟，半口黄牙半口黑牙，于是老了老了，想到要美了，于是美容院的老板建议他还是换一口得了；还有一个版本就是快退休了，退休金多得很，"就是不差钱儿""就是任性"，一时没处花销，于是拿个几万块出来，换换牙得了，算是小时候换过到眼下隔了五十年来个"梅开二度"。

那么幽默的数学老师果然认真起来了,一皱眉,一打紧,肩头一耸,拉了拉西服的襟,猜道:"你不会是肖波吧?"

肖波!

肖波我是知道的,皮肤黝黑,身体明健,自比大概十几年前便大热的古天乐,健康肤色,棕不棕,褐不褐,黑不黑,总之的确看上去既结实又威猛。

肖波我是知道的,读课文的时候,双手平持一本书,一定把书搁在桌面上,与桌子平面呈三十到四十度的一只角,左手搭在书的左侧沿边上,右手搭在书的右侧沿边上,双目虎视,炯炯烈焰,然后冲烧在前,音清声状。他么,一开口,就把辛弃疾读成典型的辛弃疾,把苏东坡读成典型的苏东坡,当然,同学们都轻声捻拨李清照的光景,他也是音清声状,把李清照读成辛弃疾,读成苏东坡;与易安同窖者,还有那个温婉的花间人——温庭筠。

肖波我是知道的,体育考试时,他跳不高,也投不远,但是他在那个激情燃烧的红色跑道上使尽了凌波微步,每每头一个冲出终点,把一千米跑成了一百米,大有"飞人就是我肖波"的豪气,豪气且能冲上天。

肖波我是知道的,肖波家固然是有钱的,至于在他两岁还是三岁时,月黑风高的夜里,他和他爸妈睡的房间里是进过一个强盗的。强盗用一把并不短的匕首,首先是眼疾手快拿住了他。把他拎起来的同时,火速在他妈脖子上给了一短刀,划出一个口子后,他妈用两只手随便抓过一个枕头使劲摁住脖子。然后,强盗对他爸"悄悄地"吼道:"钱钱,钱钱钱,戒指项链……"肖波他爸虽是五大三粗、勇力在身,一边老婆喊丈夫"快点给他取钱取戒指",一边看着肖波正在强盗手里捏着提着哩,眼见着只有三五步路,也是不敢吱声,于是,用最快的速度取了

一千多块钱和一包金器出来。强盗又对他爸"悄悄地"吼道："丢丢,丢过来,不要过来,丢!"钱丢过去,散在地上,金器正好落在强盗手心里,强盗手心一暖,抓了点钱夺过金器,把肖波往床上一扔,飞速从进来的窗子里跳了出去。肖波妈妈至今在脖子上留了一道刀疤,以至于后来逢人便说,人见便问,一问便是一则悠长悠长的好故事。大人无碍,受了点惊,受了点未及要害的伤;可是,肖波则受到了极度的惊吓,后来很长一段时间,晚上一睡着就哭醒一睡着就哭醒一睡着就哭醒,如此三番五次,度过了近两个月。时至今日,肖波每天晚上依然不开灯不睡觉。

肖波我是知道的,他从我们这里毕业后,先是考进了一所区域内非常优质的重点高中,然后是运随勤走,认真执着与坚持不懈,成为送他进一所极其优质的大学的敲门砖。他本就是块读书的料!

他就是肖波。数学老师一猜,肖波就认了。

这么说来,肖波变了?

肖波是变了;可是,他真的去韩国整了容么? 带着好奇与惊讶,我要问个究竟,数学老师和同学们也要问个究竟。最关心的问题有三个:第一,好好的,怎么就想到到韩国去整容了呢? 第二,整了哪儿? 哪儿? 哪儿? 第三,钱呢,花了多少大洋? 该花不少吧?

肖波讲得十分清楚,——"解答"一班八卦人士的各种大大小小的问题。然后,聚餐正式开始。这么一来,聚餐的全程哪还会省得了整容这个大话题呀? 那一晚,肖波居然成了整个活动的中心人物,他告诉我们,原来中学时代学了韩语真是善莫大焉,获益匪浅。他在大学又选修了韩语,对韩语的基本语法和生活中常见常用语言,乃至一些选修课中老师并未深究的语用,算是相对比较精通了。

我边听边感到一种莫大的愉悦。包间里一盏最豪华的灯耀出它的骄傲来，雄雄燃着烈焰。

我起身回敬他酒，他与我和数学老师屡屡推杯换盏，极尽师生之谊。欢谈间，我硬是要他讲一讲对韩国整容这一"题目"的个人见解，数学老师和其他同学也表示了极大的热衷。他在启动话题之前，活生生捧我表扬我，说我是引领他赋有个人对世间一切能予见地的启蒙老师；他捧我表扬我，说我至今还没有改变让学生大胆发表个人意见，并且鼓励学生最好拥有纵深思维与全域见解的永恒追求。我趁着酒兴，红了脸，却没有被人发现。

恭维归恭维，专业是专业。

他说，我告诉你们韩国的整容行业是怎么回事吧。

每年秋冬是整容旺季。韩国的整形医师是有资格证书的，还需要有韩国医学整形学会会员证书。韩国私人整容诊所多得很，秋冬季节，去私人诊所整容的人要早好多天挂号"排队"，可见生意之好。从这个角度讲，韩国整容已经大成气候，在他看来，已经是做成功了国际生意的。国人得好好学学人家的"单科医疗"模式。

价格是国内的五六倍。在韩国整容，没有雄厚的经济实力是不行的。就说眼部除纹、去眼袋这样的算是相对简单的"活"，就该200万韩元以上；如果是复杂一些的动作大一点的"变形"手术，没有几千万韩元是下不来的，而且多数项目还需要不断修复或完善，后期的费用可想而知。这样的价格大概是中国国内价格的五六倍。我告诉你们，我就花了不少钱。韩国本来就是国际化程度很高的国家，赚外国人的钱，赚我们中国人的钱很好赚。这，说明韩国人挺有经济头脑。对于人家的经济头脑，国人也得好好学学。

街头难见单眼皮女生。他说，他去过两次首尔，感受最深的就是,街面上几乎找不到单眼皮女生了,只有街上背着书包的小孩子还留有小眼睛、扁平脸——他插话道——其实,原生态的有些韩国人不要太丑哦——不过,他们注重美,会美,爱美,"双眼皮女生"就是最典型的了。他以为,这种爱美之心、敢美之举、显美之能,也是国人要好好学学的。他补充说,我们这儿的人,胆不肥,太小。他又说,老师你今年几岁,再不整,啥时候整?

引来一场狂笑,又有一大班人马七嘴八舌插了些语无伦次的讨巧话、风凉话、十分有情趣又不失幽默的话。

韩国人为啥热衷整容?他谈道,爱美之心,各民族都有,为何唯有韩国人能将其发展到"极致"?他说,朝鲜民族自古以来就非常重视"面子"。他举了两个小例子:即便只是到外面买点菜,那儿的人也要穿戴整齐、认真化妆后方会出门。在街边卖烤栗子的大妈,也擦着粉底,抹着口红——不这样做,那是不可能的;这样做,才显得正常呢。天生我材不错,可是,天生我材基础上做些整容以"装点门面",不犯法,不碍人,自己悦目赏心,他人赏心悦目,何乐而不为?他说,整容的胆,就是韩国一手握美国、一手握中国,两头周旋,不失分寸,把握重心,运筹帷幄的胆。他还说,从世相,到经济,到政治,到人伦,韩国和韩国人都值得咱们国人好好学学。

他最后清晰地强调了一句话:

我不是崇洋媚外,我只是客观说话。

我没有鼓掌,数学老师和同学们给了肖波一大波掌声,说不清楚为什么,可能就是因为他讲得好,流利,不带喘气的。

一波掌声才平息,他最后又清晰地提议了一句俏皮话,他转向我,搭搭我的肩,也是酒上头后,思路大开,演讲的水平与风骨也就奇高了。他说什么呢?

他转向我,搭搭我的肩:

"老师,世界这么大,你该去看看。"

我一纵笑,大家一纵笑。我秉起他的酒杯递到他手里,他的手一把抓过去,说:"老师,十多年前,你有眼光,你说我们这儿一建飞机场,将来就全是国际人了,我当时听得没多少感觉,现在好了,你一促,我一生发,讲了那么多,抱歉抱歉,海涵海涵。"

数学老师也是酣至,大声吐纳文辞:"肖波,既如此,当满饮此杯!"

一次小型聚会,最终的话题却从赴韩整容,谈到了国际视野,这一晃,其时已隔十几个春秋。春秋辗转,霜雨相错,土木交合,人事变迁。孩子们一如校园里拔高了的树,茁壮成材,效力祖国方方面面、诸多领域的开发与建设,他们究竟要不要在座下的这个国际机场腹地里怀揣地球梦想,不尽而言,难其表悉。

师者,可为讲坛书本里之耘者,是掇其犁,犁尽芳田;师者,也可为讲坛书本外之引者,是擎其智,智阔神明。

我这样的小老师,心倒是从来没有小过。有的时候心还挺大,大得很,总想着既得犁而种获良田百亩万顷,又启人智而使人拥有大家情怀,济天下而德苍生。

一次小型聚会后,我与数学老师有过不知多少次私下的电话往来、当面谈论,我们的学生走向哪里,从哪里走向哪里,走到那里之后再企及怎样的高度,我们中学阶段的老师说了不算,但是,我们在他们十几岁的心田上播种一些种子总是可以的罢。也是在一次小型聚会后,我在后一个工作单位的司令台上、报告厅里,在那方窄窄的主席台的中央点上,拿了话筒,多少次向全校师生呼号:立足地域背景,怀拥国际视野,开阔青春胸襟,博采世界之长,铸就远航巨轮。

这,或许就是:

我们教的是中国的学生,我们教的又是世界的学生。

"世界是你们的,也是我们的,但是归根结底是你们的。你们青年人朝气蓬勃,正在兴旺时期,好像早晨八九点钟的太阳。希望寄托在你们身上。世界是属于你们的。中国的前途是属于你们的。"

我与晶晶有个美丽约定

为人师一年后,突然有一天,班里的一个女生晶晶跑来扑在我的怀里,泣不成声,告诉我她的母亲不再要她!

乍听啜泣时,我惊得难以言表。一来,男老师头一次被女学生这样拥抱起来;二来,母亲怎么不要了自己的女儿呢?——我真有些手足无措了!

她觉得行为失态了,也感觉到我的不自在,于是尴尬地将双手从我的腰间迅速撤了回去,却一只手抹起伤心的泪来。

"晶晶!"

我希冀能猛然间叫醒她!

于是,她便彻底崩溃了,情感之河从上游倾泻而下。她从父亲的凶暴抽泣到母亲的绝望,从圆满的家庭哭咽到破碎的心灵。最后她说:"我恨他们!"随后她随意地将一片纸飞给了我,然后自己飞一般地跑向了车棚——她竟把希冀全盘转嫁到她老师身上了!

今天,在这个纯洁少女的心灵之路上,不定会发生什么惊天动地的大事!无论如何,我得阻止一些不该发生的事发生!

我毫无经验地审视了那片平整的纸:

老师:我爱你!不是一般的爱!

老天!可怜的孩子!难解的命题!沉甸甸的人间情感——我终于发现,原来捏在手里的一张纸巾在她最需要的时候,并没有递到她的手里。

我追到了车棚。

诗写得真好:泪干了,心凉了,情断了——

晶晶停住了脚步,她分明知道她爱着的老师用眼神回拒了她的一片诚意,她分明知道她爱着的老师有话对她说。她放好自行车,我示意她跟我走。她沮丧地耷拉着沉重的脑袋,望不到阴沉的天。我便走得飞快了,她跟我进了办公室。这里少了一份冬日的寒冷,多了一份人情的暖流。

"晶晶,坐着。"

晶晶没有理我,但是她坚决地坐下了。

"你也恨我?"

没有声音回应,办公室里只有我们俩,静得几乎唬人。

"你恨你的家人?你还爱我?——好啊,老师也是人,学生爱上老师,无论怎样的爱,正常!"她终于抬起头,我接着训她,"好啊!晶晶!今天我才发现,原来你是个懦弱的人,还以为你多坚强,你当什么班干部?管别的同学,还教育别的同学?你有什么资格?你当个小干部,当个小课代表,当个小负责人,混成这个样子!错觉吗?是老师爱上你啦?你还一边恨爹痛娘,一边爱上一个不该爱的人,还死去活来的样子——"

"我没有死去活来!"她终于在被我炮轰之后,开始了全新的反抗。

于是,这样的反抗倒反使我又回到了一个老师的角色,我开始安静,然后我放轻动作,打旁边的纸盒里抽出一张雪白、蓬松、柔软的纸巾,递给她:我才发现她哭成那样!

后来,有不到一个小时的时间,供我完整地做了她的思想工作,当她擦干最后一小滴眼泪的时候,我示意太晚了,告诉她父母可能在家门口等候多时了,该是吃晚饭的时候了。

两天后,崭新的一周拉开了序幕。

　　我坐在办公室里,享受着浓茶带给我的学生单相思的幸福与苦涩,猜想着她看见我留在她课桌抽屉那一纸书信时的笑容,自己便抿住嘴将要笑出声来,然而同事们不是一个个正在安静地办公吗?多年之后才让他们听一听发生在我身上的那曲哀婉多彩而又弥漫浪漫的动人情曲,不是更好吗?我使劲摁住嘴,使笑的气流通过咽喉、气管、胸腔,回进体内:因为我想,这个世界上任何纯真年代里发生的纯真故事,有什么更比留存心中永远含蓄、不断升值更好呢?

　　啊,为什么故事的确有些浪漫呢?

　　我给她的信中果真有两句话作为终身的美丽约定:

　　多年后,当你学业有成,家庭幸福,我同意继续我们不掺杂质的纯真的情谊;如果哪一天,谁先成就了自己幸福的家庭,那么我们得同意一条规则:有家真好,有情真好,把家埋入心中真好,有你在心中真好!

　　青春萌动的少女第一时间内回了信,她比一般女生更勇敢:

　　老师,不骗你的,我爱你是因为你长得太滑稽了。

继续爱你的晶晶

　　是呀,你要是不信会有这样的故事发生,那么你可以坚信另外一个小道理:以诚相待的人,这个世界将永远眷顾!

　　你当然更可以坚信另外一个小道理:老师亦有冷暖人情,但老师更需有驱驭情感的一身本领,甚至至精火候!

你想喝什么

孩子如果在一个像家一样的班集体里生活,那该有多么幸福。所以,我们的确需要想方设法给孩子尽可能多的"家"的感受,他们要有家的归宿,他们要有家的美感,他们要有家的自豪。

三月的风吹醒四月的柳,惺忪过后,一阵忙乱,池边的柳居然过早地飞起絮来,令孩子们诧异于大自然的诡谲。倒是有同事,去年也是她,拿个塑料袋,在池边尽把洁净的飘絮捡拾成一团,说是过个几年,能做一个软绵绵的细柔柔的暖烘烘的枕头。我虽然不太坚信,这么繁复的工程,哪一年才能竣工啊?但是我又傻傻地想,如果捡拾柳絮是教育中的一个个小的契机、小的投入、小的作为,我们会不会也最终真的做出一个软绵绵的细柔柔的暖烘烘的枕头? 甚至还不止一个呢?

回到办公室,沏好一杯茶,思路陡上心头。茶叶不是最好的茶叶,浮浮沉沉浮浮;但是情愫是最好的情愫,悠悠愉愉悠悠。

……第二天起,一到傍晚,我就将装了瓶瓶罐罐的小塑料箱搬进教室,然后再跑到办公室,把烧好的两壶开水提到教室后面,三大件东西就放在最安全的教室西北角一个小搁台上。有的孩子眼尖:老师,你带了什么?

先卖个关子,不告诉你们。

坐等着孩子们吃完晚饭回到教室,来一个我叫一个,笑着问:你想喝什么? 坏坏的孩子说:你有什么? 我坏坏地告诉他:

要什么有什么。孩子说:不信。我说:不信拉倒。孩子坏坏地说:拉倒可不行,我要咖啡。

你居然要咖啡!

果然我的小塑料箱里有咖啡,要不然就窘大发了。取出咖啡罐,孩子说要自己来,自己来就自己来吧,不过是我失去了一次对他示好的机会而已,明天我再给他泡上沏上就行了。孩子手熟,一看就是懂行的人;孩子沏好一杯,坏坏地拿手扇了扇,牙缝里果不其然漏出一个字来——香。然后说,老师给你。

……

是的,小咖啡搞出大感动来了。

沏好的咖啡,居然是给我的呐,这可怎么了得。盛情总是难却,接过杯子,浓烈的可可气味充斥在我的额前、我的胸口,然后才来到我的鼻尖;刺激、凶猛、强烈,可可的气味里,我总觉得有神秘的嗅动,有奇妙的蠕动。

然后是我给他来了一杯,这一次,可不许他动手。

他端着杯子幸福地走开,一边坏坏地拿手扇扇杯口,一边耸耸肩。15分钟不到,我已经逐一给孩子们每人服务到位了。有的是绿茶,有的是咖啡,有的是果珍,有的是蜂蜜水,有的是白糖水。是的,茶叶、咖啡、果珍、蜂蜜、白糖,这些就是这个小塑料箱里所有的宝贝了。

——这就是我的很多同事称誉的"五宝箱"。记不得谁第一个叫了,后来作为校园里自然且平淡教学日子中一件极小的事、一个极小的点,也便渐渐没人再提及了。你们可以淡忘,可是我们得记得,我们不是还指着它在宝树上结出宝果来吗?

"我们要做枕头。"

每天傍晚,孩子们吃完晚餐,总是全校最快回到教室的一批孩子,我和他们第一时间泡好不同的饮品,然后投入到显得格外紧张的学习中去——不紧张的孩子也都一时间紧张起来了。那段时间,晚餐后这批孩子每人轮番到我这儿背一篇英语课文、一个单元的单词,抽背一章历史知识点,然后开始独自辗转到下一轮自学当中去;那段时间,我也每周一次利用傍晚的时间带孩子们到河边、到桥上、到操场上、到科艺馆的一些场馆里,或者一起高唱一首歌曲,或者对天呐喊几句口号,或者用行走的运动方式放松一下紧绷的神经;那段时间,孩子们天天听着约翰·斯特劳斯的音乐,兴奋得不得了;那段时间,孩子们的飞快进步大有超越重点班的气势,甚至气焰很嚣张很嚣张……

有的孩子天天一种饮品,有的孩子隔几天要换一种……有的孩子不喜欢咖啡,同学会告诉他,正式场合、礼仪交际,咖啡之饮为正源,这就作了外交邦结的教育了,倒是始终没有多少人提咖啡提神这一茬;有的孩子长得不瘦,同学会告诉他,就别喝糖水和蜂蜜了,这就作了健康饮食的教育了;有的孩子服务意识在增强,孩子们无意识间学会了续水的"轮值服务",而且日渐多出了"先生,您还需要水吗"之类的贴心关照,他们已经不在乎我在不在教室了,因为,这句话,他们也问我。我开始回答"谢谢,不需要了"之类看上去很不错的套辞。事实上,我每天只准备两壶开水!可不是,在一间教室里,师生关系到了这般融洽的境地,做这样的老师的学生,该是值了;做这样的学生的老师,也该是值了。

你可以想象,读书,在一间教室里。那儿,有书,有茶,有音乐,那里面长大起来的孩子,会不会与别的教室里长大起来的孩子不一样?而关键,那儿还有什么?还有我。

事实上,我可以讲句真话,直到孩子们毕业离我而去,除了孩子们的中考成绩特别骄人外,我都无法确认在他们身上,我究竟有没有做成功软绵绵的细柔柔的暖烘烘的枕头。我真的不知道。或许,天知道。但是,我知道,孩子一定知道。

就像是故事,在我们的教育生涯中天天发生。

就像是空气,在我们的教育使命中时时环绕。

"是立体声么?"

"是的呢。"

"五宝箱",再一次端着它,走进的已经是另一间教室、下一间教室,与之相伴的已经是另一拨人、下一拨人。

"你想喝什么?"

一个孩子对我说。

相约约翰

这次相约约翰,是机缘巧合:

一位王姓同事去买一张港澳台那边一个歌手的碟,却因为急,付钱后误拿了一张约翰的碟——约翰的碟,她又不懂,她便急着要拿回店里去换。只是我眼快,一看画了个外国人的像,便提了兴致要来一看。请注意,我也不希望单单是听,似乎视觉享受比单一的听觉享受来得更重要一些——人首先是目力动物。

碟便播放起来了,中午的办公室里其实已经有了一种特异的燥热,虽然还只是清明时节。另一位同事乍听就喊出来了:"是圆舞曲!"他是行家,一开声就知道是圆舞曲,但是他终究说不出是哪首曲子,谁谱的曲。只是我手快,已经 Google 出了作者的名字——约翰·施特劳斯——一个生活在 19 世纪的奥地利著名的作曲家!

······

那一天傍晚起,我大胆地把碟送进了教室,那个有 17 个孩子参加晚自修的教室。

"各位,抱歉,我送一位大师给你们,只是我送得晚了,大家见谅。我希望你们在初中的最后两个月时间里,所有晚自修开始前的美好时光能够伴着美妙的音乐度过,和着愉悦的心情度过,携着浪漫的青春度过。现在,让我们一起来听一下奥地利著名的作曲家、指挥家、小提琴家约翰·施特劳斯一个多世纪以前谱的曲子吧。"

我这样说。

教室里略有躁动。

没有一个孩子不是头一回听约翰的曲子——真实的情况，我的孩子就是这样。

……

"各位，抱歉，我应该向你们介绍一下约翰·施特劳斯的，只是我有点小忙，给忘了，我得补上这一课，大家见谅——约翰自幼酷爱音乐，7 岁便开始创作圆舞曲，一生写了 400 多首乐曲，包括圆舞曲、进行曲以及其他音乐体裁的乐曲，其中以《蓝色多瑙河》《维也纳森林叙曲》《春之声》等曲最为著名——你们这几天听的就是这些名曲——这些作品优美动听，充满生活气息，反映了人们热爱生活、乐观向上的情感，深受人们的喜爱，约翰·施特劳斯由此被人们称为"圆舞曲之王"……约翰·施特劳斯与他的父亲同名，两人都以创作圆舞曲而闻名于世。为区别起见，人们在他们的名字前面分别加上"小""老"二字。老约翰·施特劳斯被人们称为'圆舞曲之父'……"

改天我又向可爱的孩子们补上了这重要的一课。

教室里安静得很。

……

这个教室里有两种孩子：有一种孩子，听到音乐就兴奋，他们能一边听音乐，一边看书做作业，听音乐有助于他们的学习——这种孩子居然占了一半，三五天后，居然"发展"到了三分之二，过一周半后最终达到了五分之四。还有一种孩子，听到音乐就烦躁，他们不能一边听音乐，一边看书做作业，听音乐无助于他们的学习——这种孩子也不少。

听音乐，在这个班级里，便有两种听法：属于前者的，你就在这个教室里听；属于后者的，你可以在旁边的空教室中安静地度过美好的晚自修前那段充实的时光。无论如何，有没有音乐其实并不重要,重要的是一种为学的独特意境与致学的纯粹精神。

"关于《蓝色多瑙河》的创作,有一个有趣的故事。一次,约翰·施特劳斯回家时换下一件脏衬衣。他的妻子发现这件衬衣的衣袖上写满了五线谱。她知道这是丈夫灵感突现时记录下来的,便将这件衬衣放在一边。几分钟以后回来,她正想把它交给丈夫,却发现这件衬衣不翼而飞。原来,在她离开的瞬间,洗衣妇把它连同其他脏衣服一起拿走了。她不知道洗衣妇的居所,就坐着车子到处寻找,奔波了半天,也没有下落。在她陷于绝望的时刻,幸好一位酒店里的老妇人把她领到那洗衣妇的小屋。她猛冲进去,见洗衣妇正要把那件衬衣丢入盛满肥皂水的桶里。她急忙抓住洗衣妇的手臂,抢过了那件脏衣,挽救了衣袖上的珍贵乐谱,这正是约翰·施特劳斯的不朽名作——《蓝色多瑙河》圆舞曲。"

又过了几天,我又向孩子们补上了这最重要的一课。

教室里又躁动起来,孩子们在议论着他们想要议论的内容。我这次音乐推介行动似乎在这一刻起到了不小的作用。

……

我所能买到的约翰的圆舞曲都播放了,播放到第9轮的时候,时间是中考的前一晚。我忘了,我有没有噙着泪水发表一段可有可无又十分重要的演讲。但是我们分明是这样过来的:孩子们在约翰的音乐声中学习了两个月——两个月的晚自修前那段本来极尽枯燥的时间。他们都由这位19世纪伟大的音乐家陪同度过。这段难忘的青葱岁月,居然或者有我,或者有约翰,这令孩子们倍感兴奋,弥久难忘——这些既惊喜又淡定的神色全写在他们乍红还粉的脸蛋上了。

最终,孩子们毕业了。

在六月褪尽、七月上色的难舍时分——

　　我是如此清晰地感到我们哪怕再小的创新都对孩子有着重要的影响:透过故事予以的人生教程和承载历史予以的社会写真。

　　"老师,我中考作文写了议论文呢,论据可不就是约翰·施特劳斯!"

眈忆

今天午后,难得发困,精神头一下子掉了链子,着实提不起来。

于是,也就难得地想打它一眈,便把办公室的门打得开开的,一屁股坐在椅子里,开始眯了两分钟眼。这一眯,居然困意陡升,一时实在控制不住自己,竟破天荒在办公桌前睡熟了。同事"笃笃"敲我的办公室门来盖个章,才把我从困顿中解救出来。我连连说"抱歉",她也连连说"抱歉","抱歉"各有内涵,却温润得无可言表。

同事盖了个章,便离开了。

我却一时怎么也扭不过神经来,突然记起一个人:黄头毛,黄脸庞,冬天套一件黄褐色的半长棉袄,偶尔吐出几口并不比他父亲差多少的黄段子。典型的农村孩子,幼时的营养不良显而易见,而且没有母亲。母亲去哪儿了? 他自己也并不知道,只是从记事起,他的身边就只有父亲与祖父母。这种三代四人的家庭结构使他完全有别于拥有完整家庭的孩子:他从小学高段开始学会了逃学,并且蹲在游戏厅的时间远远超过坐在教室板凳上的时间;他偶尔向人借些小钱,并且很少还以全额;他对学习的态度是"它们都不认识我,我为什么要认识它们",并且对作业拒之千里之外,只在有的时候画上几道符——几个说不清楚代表什么的横杠子竖道道——算是应付得周全了。

孩子后来凭着些小聪明,在初三总复习时,我与同事们好好拎了他一把,终于上了区内一所还比较有品质的技校。只是技校还没上完,所谓的"3+2"并未得偿所愿,他就被人民解放军接收了——且是体检政审一路合格,乃至我们私下里议着的几乎"全优"。

我是初三接的班,孩子坐在第四组的倒数第二个座位上,挨着窗,他的习惯性动作是拉窗帘——拉开窗帘,或者把窗帘拉拢遮密。他的课桌比别的孩子都干净一些,不像别的孩子一到初三,桌面上摆布着各种各样的"参考文献",一摞一摞,不胜其数。前任老师告诉我,他有书与没有书是一样的。

有书与没有书是一样的孩子,我们能不能好好帮他一把?

我开始观察他的一切"行踪",孩子的行为模式也的确诡异:自从我接班后,他便很少拉窗帘了;且不要以为他一下子变了,变得爱学习了,有了学习的精神着落与栖居之地了。不是的,他只是一味地开始打起盹来了。

孩子打盹出神入化,有的时候上课铃一响,他就迷糊了;有的时候老师一说背诵,他就迷糊了;有的时候同学站起来读段文字一结巴,他就迷糊了……

迷糊归迷糊,我和搭档同事们盯得他紧,他照样能偶尔做出几件精品作业来,这一茬,使我们偶时眼前一亮。"观人察优",或许打盹的间或,我真的能够撬动他久郁的神经,以至于让他在自己身上打定翻身仗!

我与孩子的父亲在校门口见了个面,说是见面,十足有个把小时。

我在孩子祖父母的四仙桌旁、并不十分整洁的寸凳上也坐过个把小时,喝完过三四杯明前茶。

孩子在我膝前,抵膝而坐,从吃完中饭一直坐到下午第一节课的铃声清脆响起。

我邀请四个孩子一起在离学校不远的快餐店吃了一顿便饭,并且聊得欢快,然后其他孩子逐一回家,孩子的家长一直到

晚上八时一刻才接回了他,他不仅优质地完成了作业,还第一次认真地完成了两门学科的预习工作。并且,临离开前,他告诉我,他喜欢一个女神,只是她是著名演员……

孩子被我专制地编入出黑板报的队伍,成为宣传组的一员,双休日的上午我们一起完成设计与创作,然后去买奶茶;奶茶店"挤"完头一杯奶茶后,机器坏了,我们两个人怏怏地"抬"着一杯奶茶回教室,其他四个孩子盯着我俩笑;四个孩子说,只有一杯,你俩好不容易"抬"回来的,你俩喝得了;我俩不客气,找来一个杯子,一分一匀,两个人喝完了一杯奶茶。

我周末路过他家的时候,只一声喊,他就能从窗子里探出一个头来,黄黄的头发,并不健康的肤色。

有一天。

那一天,他找我,郑重其事地说,老师,我就是熬不住,上课的时候总困。

我说,鲍老师可是这方面的专家,我请鲍老师传你几套解困的大法吧。

他乐得很,这世上哪有这样的大法?

鲍老师凑过来,说,有的呀。

老师和孩子,还有我,三个人伸出六只手,左比画,右比画,虎口上一揿,拇指头上一捏,没有一个地方不痛的。鲍老师露出笑来,说道:"信不信由你们俩了,照我说的做,试试就知道'大法'的灵验了。"

不管你信不信,反正我是信了。

孩子将信将疑,一边揿着虎口上的穴位,一边往办公室门口挪过步去;后来,他有没有谢过鲍老师,我一直没有问他,也一直没有问小鲍。我知道,有些教育的美,是不可言说的,是不可挑破的。

从今以后,春暖花开,蝶由它翩,蜓任其舞,他居然没再睡过。打盹,在他的学习生涯中,似乎一下子就写成了终结篇。

时至今日,我纳闷未消弗减:我们到底用什么,使孩子们在课堂上龙着虎着?

田野课堂（上）

在一份地方性的学生报刊上，一张照片吸引了我所在学校的领导、同事、学生。尤其是学生，他们惊呼：这不是910班的黄晓燕嘛；这是我的堂哥，他是语文课代表呢；他们老师自己怎么没拍进去呢？看这背景这花，多么好看……

我所工作过的学校，几乎都在农村。

农村的春天，那是怎样的一番美景呀：

说是百花斗妍，城里人还真是不信；哪怕是现在农村的孩子，都多时窝在屋子里参照着互联网生活，甚至行为艺术成为他们的一时偏爱，所以屋外的百花争艳，眼睛里也是看不见的。事实上，只要一到公历的四月，农村的世界真是张狂到了极致。你看，那甚至无边无垠的鲜黄色的油菜毫无顾忌地漫无目的地无法无天地生长起来，嫩绿的枝叶托起生命的花蕊，大片大片的黄色就像一张偌大的油画布，铺满田间地头；细了近了瞧，花托子上面，尽是蜂啊蝶啊最最喜欢的黄色的花粉，如果你穿一件淡颜色的衣服，又碰了那黄粉一下，你那衣服上便是涂抹上黄色了，而且这种黄粉像是特别钟情于你，一旦画上去了，你要拿各种各样的"橡皮擦"那都是不容易擦净的。在大片大片芬黄恣意的油菜田上，间或植着一棵棵桃树，桃树品种不尽相同，有的桃树能开出万般鲜美的粉红花儿来，这种桃花，粉得也不油腻，也不妖性，一色干净清高的样子，似是花中应有的正人君子；有的桃树则开出甚而紫红的花儿来，这种花儿，其实鲜见，很多人活过大半辈子，也未曾谋面，只是它的颜色对于桃花而言,或许过甚太深,文字组织与文章品相虽好,并不得读者的喜爱与叫好。而桃树开花有它特有的命相,它往往是先开出花儿来,再有的叶儿,叶跑得比花慢,年年得块银牌,亚军的命相使它躲躲藏藏,有时花都快谢尽了,叶才羞报地冒出星星点点的芽来,也只是探着小脑袋,慌慌张张便在一夜间群动了。这一时节,有些许梨花会坚强地挨过一天,两天,三天,五天……似乎是较命之短长,它们会尽己所能,拼命抓住梨树的若干把柄,让自己钉在树丫子上,等到一些桃花也落时,才怅怅然地花殒命逝,不再怠待。青豆的藤缠过梨树旁的小架子,绿啊翠啊青啊一并赶上,突然能长出老大老大的白色的花,足有最大的蚕豆般大。这种的白色,一定是有魂魄的,较量之间,且比梨花又白了许多,那是一种净白净白的白,白得无法言喻,白得似雪如霜,青藤婉转,白花居顶,一时令人想起一个一定正确的成语来,那就是"一清二白",这又似乎与为人处世有一定的奥妙与关联了。这样说来,打开门去,走进田野,农村的春天,那哪里还能说不美,由我来说,农村的春天就是大美。大美中国,美在春日的原野!

有花就有蜂蝶。

有蜂蝶的地方,就是中国好舞蹈最炫酷的舞台。

在那黄得没有边际的油菜花田上,蜂蝶斗的是街舞,街舞对擂,你一轮我一场,个人斗完小组斗,小组斗完评委打分,最终要决出雌雄,分定胜负。在艳的粉的桃花上,在白的梨花与青豆花上,蜂蝶或舞传统,或舞现代,或伦巴,或恰恰,没有人会不大开眼界,没有人会不叹以为奇。可是蜂又是蜂,蝶又是蝶,在农村的田野上,蜂总是骄人肆意,豪放如稼轩东坡,言词纵意且不饶人;蝶却好婉约,轻曼如易安三变,飞旋停泊毫不张扬。为果腹而来,蜂也饱,蝶也足,满意而归,尽兴而回。

我工作单位所在的农村,已经不再播稻下麦,只是一大块

一大垄地承包出去,苗木老板们化神奇为更神奇,尽使田野变成千里绿浪一片林田——苗木种植,竟使春天的田野更赋神气,各种各样的各季各地的苗木入户埂间,于此安居乐业,生息相衍。春天的苗木,绿的芽叶绿得纯粹,褐的枝干褐着结实。上头顶着女人,柔美温和;下面卧着男子,苗壮质朴。这样的十亩百亩苗田,使绿色与崭新包裹了这边的半个世界,似乎付上一份小小的邮资,就能真正打包,成为一个硕大的快递件。春日的和风呢,就是顺丰,一路递去,大江南北,塞外闽南,哪里没有我们这个地方产的好苗木?

爱家乡,爱祖国,怎么可以空口无凭,任由你讲?

爱劳动,爱建设,怎么可以张口就来,手足无措?

于是,大自然就是课堂,我果断地大胆地带领每一届的孩子走进春日的田野,让春日的田野代我为一日师,好好教给孩子们一堂又一堂生动的自然课、生态课、人间课、世上课、人品课、修为课。

圈禁室内,是一种方阵式教育教学好方法;养在田野,是一种中心式教育教学好方法。前者确有边际,后者以点射面。前者容易收纳,后者容易自悟。前者多于双边交流,后者勤于多边关系。时而想想,把校园围墙内的课上得生动,同时又把课堂搬进广阔的田野,两手抓,两手都抓好,它是那么美丽动人。

我不惮于梦想,我的孩子们不惮于梦想。

我和孩子们更不惮于拿出自己的心灵之笔,打开天地一张大白卷轴,把梦想好好染上色彩,一番精心描绘。将来,我的孩子们一定会比春天还美。

笔落至此,听得春天里,莺儿啼赤。

田野课堂(下)

　　我在教室内布置完田野课堂的学习任务与注意事项,孩子们一下子迫不及待地奔进田野里,踩踏苏醒的春土,亲吻微凉的春风,拥抱那一场肯定抱不住的春天盛大的典礼。

　　一时间,孩子们成了典礼上穿着一袭整齐潇洒礼服的主角,他们念诵起圣洁的诗句,吟咏不知名的小调,哼唱并不十分在调上的《青花瓷》;他们开始奔跑在真实的泥垄田埂上;他们开始不由自主地挨近大片的花圃,然后情不自禁地摘下几片小树叶儿,或者几朵小花儿,在同学的掌心上铺就装潢出一幅精巧的小图案,不时地挪动以至于达到自己的满意——哇,这真是美术课堂上从未有过的笔调与色彩呢。

　　也有调皮的孩子要到这样的天地里,才终于张口问道:

　　"老师,为什么这会儿带我们在校外上课呀?"

　　"早知道这样,我就带个相机了——你看那大片大片的油菜花田,老师,那有多美呀?"

　　"老师,王莺儿说她的名字就是春天起的,你信不?"

　　"老师老师,其实我到今天都不知道木本与草本的区别,刚才蔡毅缜指着夹竹桃那边的四五种植物,我才真的弄清楚了,不知道他说得对不对哩?"

　　"'春江水暖鸭先知',可是我们这里尽现代化了,是不是很少有人养鸭了呀? 要不然,我们怎么看不到鸭呀?"

　　"刘关张那个结义的地方,写作'桃源',还是'桃园'?"

　　"回去,老师,你肯定要叫我们写篇作文吧?"

在这样的广阔世界里,问这样广阔的问题,不是老师的最大幸福么? 假使在我们四方四正的教室里,摆放着四方四正的桌子,孩子们坐在四方四正的椅子里,我们尽讲了些四方四正的话题,哪里有过这样空天阔海的发问,哪里有过这样的思维活跃,哪里有过这样毫无顾忌地开口说话!

一会儿,有个孩子就出汗了,他说,最近的七八年里,除了上体育课,他从来没有出过汗。别的孩子追究他所说话的真伪,盘问得十分彻底:"你六月天也不出汗么?"他应对得很自如:"我抱着空调过夏天。"引来一片哄笑,玩笑归玩笑,可见这次出汗出得可是地道。没有多少工夫,几个孩子已经钻进苗木田半人高的枝丫间了,我们以为他们开始了最传统的"躲猫猫",其实不然,初三的孩子哪会真去玩这么 low 的玩意儿呀;原来,是一个苗农招呼了他们一声,他们便拾掇起麦草绳给苗农当下手去了,眼见着几个书生抬着扛着五六捆半鱼竿长的苗木来,大伙一边点赞一边凑上去要帮着卸货;只是货哪有什么分量,不等大伙走到身边,几个孩子早让苗木安安稳稳地躺在一垄田的最南头了——那是个好地方,两三米见宽的地儿,手推车自然能拉得进来,待会儿一载苗木,轻松运到大马路上;看,大马路的左侧沿上,不是已经停妥了一辆半新的"两吨半"嘛。时间过得并不慢,眨眼的间或,又有孩子从小秧沟里掏起一只已经长挺大的蝌蚪来,只是女孩子们一开眼,抢着争着说:"快扔回去,快放回去,放生积德,放生积德。"其实嘛,都知道的,没有几个女孩子不怕这样的活物,可不是软绵绵的,捏捏没筋骨,抓抓手打滑,还不赶紧要求放回小沟里那才怪了。

田野上,春曲依旧延绵,就像农村里请一个戏团来唱曲,三五天不停歇,婉转中杂些纷扰,纷扰中夹点安耽。说是说不清楚的,有一天,我们一起去春天的校园外,来一番亲密的接触,岂不正妙?

她若有意，你必有情

最美的时代，是我们所生活的时代。

最美的年代，是我们所经历的年代。

对于正赋青春的孩子们来说，中学时代是抹不去、总会有萦绕心头的记忆。可是，对不少孩子来说，中学时代但凡考试的片段或连贯的记忆，总不乏痛苦，有的时候孩子拿出试卷的惴惴与惶恐，甚而犹如地下罪恶的交割，从来都不想示人。

我们是经历了若干年、若干场、若干人参与的考试的，自然见怪不怪，其怪自败了。然而，孩子们不一样，一旦考试临近，考试便像煞人的利剑、锁喉的深爪，弄得人直透不过气来，甚或有一命呜呼之慨；考试的过程又是这般的熬人，个中透着各般颜色，根本无法用言语形容孩子考场上的各色表现，其笔钝钝，其笔嗖嗖，各状皆有，各法皆施；答题卷终于经过了阅卷老师的手，然后便付诸具体的分数了，孩子们在拿到答题卷的一刹那，则喜人自喜，忧人自忧，也有遑论是非的，也有不屑一顾的，倒是世上众生之相，都成了自然的表象。

有一回，所谓的"全科竞赛"终于落下帷幕的一刻，孩子们都不失自我宽慰，脸上洋溢着百般的笑意，有的甚至一笑便在脸上画出一幅最美的画儿来，上面翔着喜鹊，露着顶尖冒芽的枝儿，是一派绝顶的春光。万万没有想到的是，答题卷发下来了，除了个别幸运者以外，其余几乎没有人继续他们的笑靥，这其中包括小雪。

小雪是一个面色干净白白皙皙的小小巧巧的女生，在老师们的眼里,她从来没有过随性、拖沓,从来没有在学业上糟践过自己——她总是那么投入地埋着头在知识的大气象里搜寻、演绎、钻研。

可是小雪双颊泛红,持着答题卷小心翼翼地敲开了教师办公室的门。教师办公室里果然还坐满了老师,有自己班的科学老师,有临班的英语老师、科学老师和语文老师,也有把自己孩子搁下还在坚持晚办公的数学老师,当然还有她要找的语文老师——那个就坐在门口的我。办公室里灯火通明,热空调因为自然气温徘徊在零度上下而大显身手,临班英语老师和一个男生谈话的谆谆之音则在办公室里优美地"单曲循环"。老师们仔细批改着作业,很有时间间隔规律地发出"啪""啪"本子一本又一本叠上去的动人乐音;也有老师正在为明天的课精心准备,备课本和课本上端正地写上一些小五号的批注,标记上各种符号,做好了传道授业的诸多准备。然后,小雪推门而入,热空调的暖气一逼近,她的脸更红了,她诚然是攥着答题卷十分小心翼翼又蹑手蹑脚地走到我的身边的。我习惯性地立起身,她已然把答题卷展开在我的胸前了:

"我想小结小结。"

乍听此句,我的心头猛地一震,我早已知道,对一个自己本就高标准严要求的学生而言,老师若辅以再多的言辞批判、校正、教育,都是无济于事的,小雪应该是早就经历了一番痛彻心扉的自我批评了,她早就经历了从自我批评到自我责备、自我反省、自我教育的完整过程了。师生关系总是那么美,学生的幡然自悟总是那么美,可是,我该说什么呢?

正在我拿不定主意的一瞬间,小雪居然眼睛红润起来了。

她这是难抑自责与后悔,要哭么?

是的,她将要哭了。孩子将要哭,我都不会让孩子哭出来的,这在我的教育生涯中,并非偶见,也绝非首次,所以,我有必要首先稳住她，我有必要不让她掉下一滴眼泪来，我有必要从更宽的层面对她进行一番有效的疏通与收敛。

她还是一副欲哭的状貌。

我并没有直视她的眼神，我仅仅拿余光瞄了她的眉梢，我们没有更多的眼光的交集，因为人的眼睛总是十分可怖，会杀人于无形的，所以，她不会把目光投向我；我很识得这般道理，自然和谐地避过了任何一次可能直接接触的目光。我的眼睛停留在了她的答题卷上，这一次翻看答题卷的过程，当然是无心于学术上的较量的，只是一边翻一边指读，一边则在思忖着如何回复她的一系列的语言———一种从学科到德育又反哺到学科的谈话的备课——这种备课显然难于学科的教学和单纯德育的辅导。

办公室里那位英语学科的同事依然和一个孩子交谈甚欢，且渐入佳境；其他的同事偶一作声也是无关大局的喃喃自言，或者偶时且随意的评价。九盏日光灯、十八支灯管的亮度直照得人额头发亮、面色可鉴，热空调的温度升上去，再升上去，果不其然，让人觉得它太过分了，它的兴奋有点过头了。

"小结很有必要，你小结之前我先说几句，行吗？"

我才开始打量孩子脖上的白色毛线围巾，圈得她的面色走入大红。我示意空调有点热，叫她先不急，把围巾摘了吧，她才把围巾取下来挽在了肘上。她显然是允许我先说的，她一定在估测我会拿怎样凶猛、恶毒、严重的批评语言来击打她脆弱、娇小、迷失的灵魂，于是她的脸变得愈加严肃，不但了无欣意，而且眼泪果真要落下来了。

"作文的得分，班里依然靠前，"我冒出头一句算是正宗的评语来，"这种材料写成议论文不仅是被允许与认可的，而且在阅卷老师看来，也一定被认为是挺有新意的，主张与眼光，并非一般的同学所能捕捉的。"

她看了看我。

"我们再看看阅读题,小说、说明文、文言文及古诗鉴赏几个板块,得分都不低啊,"这个时候我习惯性地顿了一顿,然后我才坐下,拉过一张给孩子们预备着面批作业时坐的椅子请她坐下,"这里的失分,凭你的脑子,只待一转型,就能得分,开合度不小,有得分的空间不一定就是坏事。"

她坐下的同时,一边冲我点头,一边把围巾转到了另一只胳膊上。然后小雪开始了考试时完成阅读题时的完整复述,并且就其中由失分到将来可能得分的路径悄悄讲给了我听——她的确不太想让旁的老师们听到她的惭愧与表态。她的面色依旧红润,可是开口说话终于又复有了底气。

"老师,我想书面写个反思。"她突然又提出了这个要求。

说是要求,其实是一种深刻的表态罢了。

这之后,我请她取回了我手下面的答题卷,然后许她花一两天时间作一下反思,并就校正性练习与日常化操作作了范例教育。最后,她要离开回教室了,又说:"老师,你一定要再监督我。"

"你若有意,我必有情。"

不知道怎么回事,我的嘴巴里突然就暴出这么八个字来。她听得,"扑哧"一笑,脸上俨然开出一朵花儿来,赧赧地抱着答题卷和围巾就逃走了。

她这一笑一逃不要紧,办公室里的同事们纷纷躁动起来,一个说"你的学生怎么这么懂事要强,自己会找过来总结、反思",一个说"孩子很有意哦,你这'有情'后面可有好多活要干了",一个说"现在这样的孩子不多了,咱好好珍惜吧",说什么的都有。然而他们不知道,我心里想着什么。从教那么多年了,碰到这样那样的学生,正统的,奇葩的,五大三粗的,小家碧玉的,说什么做什么的,说什么不做什么的,都见过了。只是小雪不一样哈，小雪是"勿须扬鞭疾奋蹄"的标杆了，我岂能等闲待之？

我的内心倒海翻江，久难平抑。

于是，我在电脑里找到了小雪最近写的三篇短文，这或许能印证她就是不一般的孩子，她就是咱应该尊重，并且应该要用最大的力量助以成功的孩子。

第一篇，题为《菩提总有慧根》，录于此：

幼时最常听的一句佛语，便是"一花一世界，一叶一菩提"。

当时并不太在意，意思更是一无所知。长大后，偶尔听到却比幼时记得更深。花叶世界，在这纷纷扰扰的红尘俗世中，谁不更加企盼一叶花草的芳香？

何谓菩提？

万木凋零的旷野，朝夕之间的一株绿草是菩提，花开即可见佛。

后来上了初中，每每遇到挫折总不免拿起旧时好友的照片，在泼墨般的夜里怅然。仿佛在一瞬间，其实已经很远了。可其实，到底，我还是惜缘，也不免多情。

佛经里曾记载着一则典故：

梵志拿了两株花要供佛。

佛曰："放下。"

梵志放下两手的花。

佛更曰："放下。"

梵志曰："两手皆空，更放如何？"

佛曰："你应当放下外六尘，内六根，中六识，一时识却。"

菩提在哪？

朴素安详的小院，朝暮之间的青莲是菩提，一念即可成佛。

偶然看过这么一句话："今生必定是最后一世。"

终于明白,有些路只能一个人走,那些邀约应之同行的人相伴雨季,走过年华,但有一天,终究会在某个渡口离散。山和水,可以两两相忘;日与月,可以毫无瓜葛。

点笔于此,佛,在眼前。

第二篇,题为《没有翅膀,所以努力奔跑》,复录于此:

"天空虽不曾留下痕迹,但我已飞过。"

偶尔我们也是和别人相同地生活,做着芸芸众生中的一分子。又说:"世上没有两片相同的叶子。"是了,所以才会"被创造"。

一块石头,一半成了佛,一半成了台阶。人们都踩着台阶去拜佛。台阶不服气地问佛:"我们同是一块石头,人们凭什么踩着我去朝拜你呢?"佛答曰:"因为你只挨了一刀,而我却经历了千锤万凿。"

于是台阶沉默了。

人生不是如此吗?

一只本应该翱翔天际的幼鹰突然被捉进鸡笼,主人每天喂以与鸡相同的食物,于是幼鹰渐渐习以鸡的习性,每天等待主人的食物。主人无可奈何,将鹰的翅膀折断,扔下悬崖。在慌乱之中,幼鹰挥舞翅膀,竟然飞起来了。我们总是被生活环境和交往的人所影响,其实我们更该相信自己。要相信自己是一只鹰,那就会发挥鹰的潜能;相信自己是一只鸡,就永远只能是鸡。成功本身不是因为天资,而是你是否想要成功。斗志本身很重要。

鸵鸟的祖先是一种会飞的鸟类,如今的鸵鸟却以双腿在荒漠里奔跑而闻名。这是为什么?上帝赐给鸵鸟一族会飞的先天能力,可是它的翅膀却渐渐被埋没甚至成为奔跑的负担。这也与鸵鸟的生存环境有关,因为它代表了在开阔的草原和荒漠动物逐渐向高大和善跑发展的进化方向。它这是顺势而为，却不可逆转地放弃了原先的能力。如何使用并正确使用才能也很重要。正确使用变成工具，错误使用变成负担。

人又是进化最快的高等动物。

人能制造精致工具，并能熟练使用工具进行劳动，有丰富思维能力，有创造能力和控制修复能力。虽然从外表上看来，人既不能像鸟一样飞，也不能像鱼一样游。人类懂得如何正确使用现有的能力，使之变成有用的工具，并且满足自己的需求。因为，先天的不足，才有后天的努力。

没有伞的孩子必须努力奔跑；没有翅膀，所以，更该努力奔跑。

第三篇，题为《路漫漫其修远兮》，重录于此：

"其实地上本没有路，走的人多了也便成了路。"

路在哪儿？

脚下即是路。

俗话说："天下之大，莫非王土；率土之滨，莫非王臣。"普天之下，皆是王土；四海之内，皆是王臣，足可见平民百姓、芸芸众生之极尽微小。又说："天下之大，无奇不有。"这也仅仅是少数人的见解，更有极少的人走了少数的路。

提起路，首先说一说"起点"。

"起点"是什么？是一个人出生或未出生就具有的附加因素。例如，聪明才智、家世背景、财力资赁，等等。《逍遥游》载："北冥有鱼，其名为鲲。鲲之大，不知其能行千里也。化而为鸟，其名为鹏。鹏之背，不知其几千里也，其翼若垂天之云。是鸟也，海运则将徙于南冥。"有些鱼是关不住的，因为它们属于天空。所谓"不拘一格降人才"恐有点这方面的意思罢。

再者，说一说"行走"。

韩愈对"行走"有独到的领会，故曰："世有伯乐，然后有千里马。千里马常有，而伯乐不常有。故虽有名马，祗辱于奴隶人之手，骈死于槽枥之间。"千里马期盼着伯乐的赏识，却忘了身负才能何须他人赏识。后世才有"孤芳自赏""毛遂自荐"诸说。无人赏识，郁郁寡欢，将自己当作普通的马，最终便止步于斯了。荀子曰："不及跬步，无以至千里；不积小流，无以成江海。"日日一步是为积累，最忌中途止步，于是达巅至彼遥遥无期。

第三，说一说"方向"。

宋濂读书时环境很是凄苦："家贫，无从致书以观，每假借于藏书之家，手自笔录，计日以还。天大寒，砚冰坚，手指不可屈伸，弗之怠。录毕，走送之，不敢稍逾约。"就当时的社会背景而言，十年寒窗苦读换取一世功名，那是最好不过的出路了。换取功名大概是那时每一个书生心中的梦想。心中有方向，才能扬帆远航嘛。

最后，郑重说一说"终点"。

上述三点，"起点"最次，"行走"又次之，"方向"至急。因为这三点才足以"构成'终点'"。走路是一种修行，修行的路上充满了诱惑。所以屈子留下名句"路漫漫其修远兮，吾将上下而求索"。这是告诉后世的我们，须知"走路"并不容易。所以中山先生才说："革命尚未成功，同志仍需努力。"或也是这番道理。于是，"一片树林里分出两条路——而我选择了人迹更少的一条"。

就在此时，我行走在路上，我得问问自己"到了终点，还是被那迷人的诱惑吸引？""是该止步，还是该继续向前，头也不回？"

读罢三文，我的心里沉郁之声澎湃洞响。小雪虽然经历了一次考试的"滑铁卢"，可是她的文功武底在此，她怕什么呢？她有什么好怕呢？

她怕的当然是分数！

她当然是怕有太多的观众热情围观，甚而起哄、嘲笑，也有谴责、生非。分数之下，焉有完卵？孩子们口耳相传经久不息的这句改过的俗语，难道不就是撬动孩子们学习地球的巨力杠杆么？我们都知道这不正常，可是谁有力量把这根杠杆掰弯又拗直呢？

时间已经是晚上近十点了，同事们陆陆续续地穿上棉大衣，系上围巾，把头拼命缩进脖子根上，就算是下班了。我独坐空室，夜，如此静谧宁和；茶，已经泡过十几二十趟了，淡而寡味；钟，不紧不慢迂腐得举世无双，随性地做着它的自转运动，不问天下苍生，不理世间凡事，成为乾坤宇宙间最猛的大无畏者。

热空调早就关了，空气却还炽热得很，根本没有寒冬腊月的气象。

我紧了紧身，然后摊开一页纸，开始了一场全新的创作——我写点文字，给小雪，这样晚上的被窝肯定能散发白昼日光的暖香。离十二时还差一刻的光景，"大作甫成"，自己小读了一番，又改过三五个地方，披紧了大棉袄，走过两间空教室，把"信"窃窃地塞进了小雪的课桌。

我想象，翌日晨，阳光曦微，小雪打开那封信，然后默默读完它的时候，她的脸上会堆上笑么？

我想象，小雪一定会读它第二遍、第三遍、第五遍、第八遍……

我想象，拿了一支笔，或许应该是红色的笔，像做阅读题一样，在信上圈画出若干个圆圈、横线、波浪线，给某些重要的字词加上着重符号——几个圆圆的深深墨黑墨黑的点儿，又在一

些十分励志的话旁边打上一个又一个的五角星、三角形,等等。

我想象,这封信,她很长时间不会丢掉;她或许用她自己的方法把它裱起来,挂在自己的房间,挂在自己的心头。

我想象,她最终因为这封信而拾起完整的自信,用自信度过每一个美丽的早晨、午间和落暮,把日历一页一页撕去,同时,把知识一天一天装满;然后,我和其他同事用最艳羡的目光,在毕业典礼上目送她走过"毕业门",用最真挚的掌声欢送她走过"毕业门"——我们,一起送一个优秀人才,进入高一级学校"继续深造"。

天寒,地冻。

腊月纵深切入,小雪的名字出现在我的梦里,我的梦没有结冰。

远足

这一次,我们将去"五万亩头"。

"五万亩头"并非整整五万亩土地,它只是萧山人将伟大的围垦精神浓缩进一个生动的形象的表意数字,极言围垦土地之广、难度之大。

说起萧山围垦,它具有非常悠久的历史,这在我们的祖辈与父辈的生命词典中,成为一道永远抹不去也抹不开的深重记忆。目前南沙这块土地,实际上是南大亹淤塞后以萧绍农民自发为主围垦而成的。据了解,以农民自发为主的围垦,在新中国成立后尽管仍然多次出现,但因已纳入钱塘江整治总体规划,因而有了永久成陆的可能。二十世纪六十年代,具体来说是1966年,九号坝下游凹囊内围得毛地2.25万亩,则成为揭开萧山大规模围涂的序幕与标志。至1995年,萧山人共进行了17期万亩以上的围涂,其中的几次围涂战役在萧山围垦史上具有重大意义。

其中一次意义重大的围垦,便是1986年的五万二千亩围垦——这也就是我发起这次远足的目的地所在——当地人把它称作"五万二千亩",更多的人则习惯性地简称其为"五万亩头"。

在我看来,从"五万二千亩"的称法,简化到"五万亩头"的称法,奇趣横生,极见萧山人,尤其是萧山东片人对于大数据上挂着的一些零头极其的无所谓;语法上更是足味——名词的尾巴上加词缀"头",表示名词的口语化——这些语言现象,在我们的生活中不正是比比皆是的么？

对于"五万亩头"，孩子们既熟悉又陌生。熟悉的是有太多的人说起它，他们从曾祖辈、祖辈、父辈那里听到过太多关于它的精彩故事、沉痛记忆；陌生的是它虽然近在咫尺，却似乎又远在天边——从生理年龄与层代上讲，似乎的确离得很远，很远。因此，关于远足，我们不得不做足一切该做的功课。

远足要有远足的计划，这次我们计划用"长征的精神"——乘行加徒步的方式完成一次圣洁的精神洗礼与退队入团仪式。是的，不仅仅是远足、采风、郊游那么简单，而是一次在校外的"思想加冠礼"。我在征求了每个学生家长的意见后，又在跑了两趟围垦指挥中心见到六位专业人士、有关领导后，设计成稿了十一页书面远足计划、安全指南和两页书面报告。计划用以预算与编排，报告用以提前送到校领导手中准备让领导签下"同意执行"的书面意见。教师、学生、家长、农庄，甚至约定老农，几方精密筹划、细致安排，万事俱备后，校领导开明的"同意执行"东风一刮进教室，教室一时喧响地炸开锅来，我们真的可以如愿以偿，可以享受到一次别样的远足，完成梦寐以求的心中大事了。

这，真是偌大的福利！

开拔的前一天晚上，很多孩子难以入睡却又终于沉睡：不少家长明里暗里透露给孩子们一些半知未知的信息，譬如路途遥远且不失艰辛——"爸爸十多岁时曾经走到四围垦，走是走到了，回不来了说""妈妈坐在外婆的自行车书包架子上，抱着饭盒子，去过好几趟围垦，骑骑不到，骑骑不到，早上骑到中午，罪过啊，饭盒子打开，饭都馊掉了"；活动丰富又不失难度——"穿牢靠的鞋，精神要抻到极限"；如果正午前赶到指定地点便可享受一顿丰盛的"沙地'十碗头'"——"十碗头，真当好吃嘞"；如果有人掉队那就不太妙了——"好在我们家长也去的；

说起来还得你们一个个自己争气,上力"……

说来也巧,得以天时。

久郁的天终于在我们远足的那一天,开朗成了最疯癫的模样,十几天的多云天后突然跳出来暖暖的日头。太阳挑起迷离的一角,清风漾漾成年轻正时的风姿,八时三十分,随着封也俊同学的家长一番激越的动员词通透地浇灌,六个小组激动地顶起鲜艳的阳光,扛着组旗,正式出发。孩子们背着他们并不满整的小包,打开指南针和萧山地图,开始向东北进发;家长们和任课老师们开始计时,并井然有序地列队行进。浩浩荡荡,六支队伍可能以不同的方式朝同一个方向出发。不错,我们的目的地是远足最终要到达的地方——"五万亩头"!

不同的小组,组长似乎都有话要再交代一遍,那是战斗或比赛前的技战术再指导:我们不能太快,太快等下会出老多汗了,说不定就会失些后劲;既然只能徒步或坐公交,我们得到学校后面第二个公交站上车,这样最省时间,而且后半程会不累一些;路很远,我们在12点前到达已经算不错了,我们先试一下每分钟走200步,当然步子不用太大;马上出发,但是,来,体育委员,你带我们做一下准备运动,就深蹲吧,深蹲比较适合我们;大人们先走,我们慢慢来,正午前到就行;全程步行肯定是吃不消的,按既定方案,我们先快步去公交车站,上公交,先把12块钱用足用完再说,体力就是青山——先留青山,不怕没柴。

这场预想中应该十分美丽的远足,事实上,却无比艰辛。

上午九时四十分,两位家长轮流背着第四小组的张之付同学,匆匆超越了我,没待我神情紧张地问完情况,两位家长已经赶上了前一个小组,直到最后抵达目的地,我们才知道原来在出发四十多分钟后张之付就两三次腿抽筋了。另有两个小组,在同一辆公交车上。本来这趟公交线长路远,坐的人又多,从城区开来，一路白领换村人，路颠人摇，颠翻了两个孩子，摇吐了两个孩子，等到一下公交，哪里还走得动，只是坐在路边的石槛子上动弹不得。好在我们行前备了不少常用药，十多分钟后几个大人便赶到了，正好抽筋的张之付同学的妈妈就是卫生院的门诊医生，一翻药包，每人半瓶藿香正气水，孩子一捏鼻子，便艰难咽到颈子里去了。没多半工夫，孩子便神一般醒过来，又是一番血气方刚的状态，提起包，挺直腰，赶紧的，再出发，要不然，就要拖整个组的后腿了。现在的孩子毕竟缺练，经不住走远路。只听得一个孩子一声喊"我的脚真的有点疼"，数学老师恰在这个组旁边走呢，马上叫孩子停下来，一脱鞋，小青年，皮嫩肉鲜，只见一枚血泡点在两个脚趾间，微微泛起红来，白皮涨成一圈，俩脚趾一夹一碰，哪能不疼？数学老师五十开外，富有乡村医生该有的一切医术与技巧，平常我们同事有个头疼脑热，也都是他帮我们捶背摁颈刮痧拔罐。这一回，数学老师果断从药包里翻出一把小剪子，只往小血泡上轻轻一挑，泡破脓水出，依中医方向讲——"外症一下子就干净了"。数学老师还没完，又找出一个创口贴，说一句"来，算是救急了，得扎紧，这样不生疼"，说时迟，那时快，早就利索地撕去两端贴纸，把一端贴在了孩子脚掌方向，一端粘在了两个脚趾缝中。站起来，走两步，还行，"老师，您是医科大学毕业的吧？"这句巧妙的玩笑话，捧了数学老师，还总算又使整个组的人都得了些轻松。

太阳高过头顶，炎炎不见消火，气急败坏真是太阳的死穴！可是孩子们毕竟兴起，很少有人时不时看一下表，只是低头赶路。

赶路归赶路，一路笑声荡漾是少不了的。

有的孩子一开始羞赧如初春的柳，想要冒出一些芽尖尖来，却总藏藏掖掖，后来还是实在没能憋住，就唱起一支支歌来。索性不开腔，一开口，歌还能一首接一首："这里的山路十八弯,这里的水路九连环……"极言行程不太容易。这样的歌,有的组一唱就能开成演唱会,一下子半个小时很远的路就过去了。

有孩子特别爱"可米小子",单一个他,就能把可米小子全部唱完:"我忍住哭,喜剧总是特别容易的落幕。""我忍住哭,是说明自己还是会有些在乎。""有一种包袱,老派用语叫作人在江湖。""下一站,北极星闪啊闪,没有岔路好转,我微笑陪自己走完。"……

有孩子特别中意萧亚轩,单一个她,也能把萧亚轩全部唱尽:"我可以微笑面对,就当时是一场误会,失眠只怪罪喝过量咖啡。""每一天睁开眼看你和阳光都在,那就是我所要的未来。""我穿越茫茫人海,停不下来,看最后谁是主宰,谁失败。"……

似乎,那场盛大的演唱会的确是在一个孩子"到底怕不怕,我不怕,你怕不怕,我不怕"的靓丽演绎中结束了的。帅气的潘玮柏哪里会想到他的一句歌词,在孩子们奔向"五万亩头"的路途中,绚烂出艳丽的花呀。

也有的孩子比同学更容易释放。这种释放,是天真无邪的才能表达,更可能是情绪郁结甚至氛围枯燥时"挑起事端"——用他特殊的表达解困窘于斯的一种特异方式。譬如这一路上,就有孩子只要一徒步,就开始给整组同学讲笑话。他肚子里的笑话,一个接一个,一茬接一茬,一时间,怎么都讲不完。那样的男生,可讨巧了,又天不怕地不怕不害羞不紧张,伴随着一个个夸张的表情包,伴随着一次次大笑与喝止,表演越来越带劲越来越带劲。于是,这个组里,一路欢声笑语,就免了很多劳顿之苦了,却多了些精神上的甘饴之乐。

迢迢之道,缺不得一些调剂与丰盈。

又譬如有的孩子习过舞,便偶时先不走,稍停一停,扭动扭

动小腰,摆出酷酷的造型,迎来一片叫好;有的孩子真习过武,走着走着,便突然把脚面踢在自己的胸口前;有的男孩会弯腰捡起一根残落的树枝,一顿胡甩,自谓"打狗棒法",点挪击擒,仿佛也算地道,就在这时,后头一个掌击,一声喊来——"降龙十八掌",或者一声喊来——"如来神掌",总之,背后起风云,能把丐帮帮主吓个半死,扭脸一回首,嗔怪道:休来袭我。一时间,大笑哄堂。

也有文绉绉有诗意的孩子真的能把看上去比较古老的诗整首整首背下来,而且同一个组内,还能赛上诗。其中一个孩子是汪国真粉,他一抑一扬间就把汪国真的诗朗诵得十分地道了:

　　假如你不够快乐

　　也不要把眉头深锁

　　人生本来短暂

　　为什么

　　还要栽培苦涩

　　打开尘封的门窗

　　让阳光雨露洒遍每个角落

　　走向生命的原野

　　让风儿熨平前额

　　博大可以稀释忧愁

　　深色能够覆盖浅色

同组还有一个孩子则是徐志摩迷,她一边加快步伐,步子排得紧凑而密不透风,一边却也能静静地吟出一首完整的诗来:

　　我是天空里的一片云,

　　偶尔投影在你的波心——

你不必讶异，

更无须欢喜——

在转瞬间消灭了踪影。

你我相逢在黑夜的海上，

你有你的，我有我的，方向；

你记得也好，

最好你忘掉，

在这交会时互放的光亮！

事实上，上午的光景总是在最欢乐的行程中行进的。当我们越往东北行进，道路便越宽阔。道路两边的苗木田一方接一方，把刚刚沿途的工厂公司替代得干干净净。苗木田也由淡绿甚而走向深棕，一幅天地绝美的大画卷铺天盖地一般，笼住了围垦的颜面。苗木田间偶有的大块大块的土地，被承包商招人种上了一畦又一畦本地大蒜，散出一股醒人耳目的气息。大蒜田整垄整垄，似乎没有尽头，放眼望去，起码几十亩土地，清一色梳着绿到乌泱泱的发髻，顶在雪白滚壮的肥实的身躯上方，一眼就是一个好价钱的样儿。大蒜田的两侧，倒是各种了从高到低两列齐整的龙柏。龙柏拥有一副较为高贵的身板与体形，一溜种直，就像是护卫皇家大院的奇兵守护，庄严而肃穆。从大路的这头到那头，也是没有尽头的，越往东北走，机动车愈发少了，难怪有的孩子说越走越慌了。偶尔疾驰而过的车辆，则另有一番韵味，似乎总在我们前方五六十米的样子，要踩上一脚刹车，又加上一脚油门，然后又飞一般地驶远，直到变成方框，然后变成蚂蚁，最后什么都没有了。为什么要踩一脚刹车，可能是觉得这帮行走的僧徒十分奇怪罢；为什么要加一脚油门，可能又觉得这帮行走的僧徒没什么可以奇怪的罢。

就这样，我们走过了二十个左右的村庄。

接近"五万亩头"是没有什么所谓的村庄的。有一些村庄，

也大多与"五万亩头"离得很远——即使看上去很近,一走起来,没有半个小时四十分钟还真下不来。越到围垦,越接近"五万亩头",村庄越稀,很少见到运动着的村民。说是村庄,其实是较为零散地排布着这样那样的房舍,近乎是一张黑色的天穹大布上,点缀一些或亮或晦的星星罢了;又仿佛这是一局已经下到一半或者即将结束的棋,剩下的棋子可不多了。农民的房舍往往都不高,可能是因为接近钱塘江,近堤则风大,风大则高房不足为提倡。可是不高归不高,一幢幢小别墅般的高端农居又足可吸引很多人的眼球,整洁,规则,掩映在高高低低吹动绿浪的大片大片的苗木田中,欧洲或美洲最美的原野也不过如此。这就是新时代围垦人们的新生活。

运气好的小组会从农居前经过,小孩大娘会迎出来站在屋前招呼着路过的人——这里,依旧保存了完好无缺的乡下做派——民风之淳朴,可见一斑。还有的小组更见到了从进出小别墅的农家便道上驶出一辆起码几十万的轿车来。这里的轿车,绝非你想象的样子,你以为开进农村的轿车一定是钉满泥巴洗都不容易洗下来的德行,你一准见不着。车是光亮的车,车是崭新的车,车是开着顺溜捎着体面的车。

说是轻装上阵,两只眼睛看看,就装得满满的了。

可是,活动不是需要完满吗?

完满,以中午十二点差一刻,六个小组悉数抵达一家围垦农庄为标志。我和三个家长已经在农庄等了四十多分钟了,正在担心最后一个小组会不会不能在预定时间到达,最后一个小组突然从左侧转个弯一声喊,从天而降了。

休整。

休整以体育老师的一套放松运动,以全部孩子、家长、老师一起做这样盛大的场面进行。七八分钟后,每个人洗过手,上桌——八仙桌,预定好了的"沙地十碗头"没有十来分钟就全上齐了。有的孩子一顿狼吞虎咽,把个六十多岁的沙地老厨师乐得合不拢嘴了。有的孩子给晕车的同学藏起两个肉丸来,极尽有情有义四个大字的分量。有的孩子头一次给爸爸夹了菜,头一次吃了三碗饭,头一次把一只装过一道名为"鲞拼鸡"宴菜的碗翻过去翻过来舔了两遍。

吃饱这篇文章以班里的小蔡同学"真当再也吃不下了"一句惊天地泣鬼神的话收束全文,所有在场的人一场大笑,又笑过好几分钟,经过几轮善意的评论后,文章遂获满分。

几个小捣蛋定要坐在长凳上不下来,确定要我讲几句做老师的体会,然后才肯开始下面的活动。

这是超预算项目!

不过,讲几句,就讲几句。

我说,我是一个老师,从一个最一线的普通教师的视野里,拣择岁月的痕迹,用心丈量教室的宽度,用手抚摸你们的心灵,在平静的校园里描摹教育的蛋,孵化生命的蛋,用笔记录下一个个细小的镜头、一则则动人的故事,又用心与书本、与孩子沟通、交汇、对接,产生一个又一个奇迹,创新一次又一次平凡。现在,我又拥有了你们,我的每一天都是那么幸运,都是那么幸福。

我说,我是一个老师,在比较漫长的教育生涯中,很多前辈在执着于教育考量的同时也曾用更温暖的调子唱响教育的圣歌,因此我有了向前辈学习的动力;在我的教育生涯中,更多的领导、同事、家长、孩子、朋友和亲爱的家人,给予了我无尽的帮助、呵护与力量,使我这只最朴素、最普通、最平凡的鸟,也曾孵出一些蛋来,而且似乎它孵蛋之举正在涨势中。现在,我又拥有了你们,我的每一稿都近人意,都有巨大的满足感。

我说,我是一个老师,我愿意,而且是特别愿意与你们待在一起,那间教室,那条走廊无不留下我与你们一起绚烂的身影与笑声;那本簿子,那支红笔每每能使教与学真正相长,从而使你们更热爱学习;那番对话,那次郊游不正是现代教育真正应该拥有的真切与美好吗? 所有的付出与回报成正比,怎么会不留给你们最真实的回声呢? 现在,我又拥有了你们,我的每一次心跳,都极富伟大的意义,都充溢圣洁的力量。

我说,我是一个老师,老师的天职是恪尽职守,把教育的内涵外延完成、完善到它的极限与极致。没有什么可以作为借口,没有什么可以慵懒怠惰,没有什么可以停滞消极,我只有勤奋、努力,我只有科学、准确,我只有创新、研磨。除此而外,你们——孩子们,是真正给予我力量的源泉,滋润我,哺育我,甚至养肥我……

一个胆肥的孩子忽然从后桌站起来,同时右后侧也有一个孩子就地发声,两个孩子异口同声:"你养不肥!"随后是所有人发出爽朗的笑声,我也笑了。很多孩子都热闹起来,此时此刻,我仅仅是一个演讲者,不是老师。是的,不是老师。只是一开始热闹起来的两个孩子的家长,后来说不尽道不完地把自己的孩子——批评了几顿,直到我出手相救,两个孩子才若有所思地跑远找伴玩去了。两位家长又向我一一道歉,说是孩子混蛋。

"孩子可不是混蛋,孩子是混蛋,你俩和我都是大混蛋。"

我用一句玩笑话,不仅又拉近了与家长之间的距离,使他们感觉到老师家长交流的特殊轻松;而且真正把教育做成功了,这里面包含了孩子言论自由人人平等等大道理,更有不失诙谐大胆表达等小鼓励。

……

返程不再是徒步,一位家长早就主动约定了亲戚的一辆中巴、一辆大巴,没多少时间,我们就已经完完整整地站在校门口了。"孩子们辛苦了!""家长辛苦!""老师,您才辛苦,真是谢谢老师了！谢谢各位老师！"在圆润的看似恭维实则多半诚恳的交流与作别声中，"五万亩头"远足算是胜利地结束了。

在付出辛劳后，萧山人围出了"五万亩头"；在付出辛劳后，孩子们见到了"五万亩头"。当孩子们吃过"五万亩头"上的"沙地十碗头"后，那真是拥有了别样的风味。从这次远足之后，我们连续七堂主题班会，把人生教育做得风生水起；更多的孩子拥有了巨大容量的写作素材库和品德素材库，把青春的日记写得愈加饱满与厚实。

标兵

我在班主任岗位上,有五年的经历;那个时候,学校也是特别的风清气正,我带的班也是特别的风清气正,大环境的风清气正促成了小气候的风清气正,小环境的风清气正也促成了大环境的风清气正。那时候,师生说得最多的、心里最明亮的是"力的作用的确是相互的",大家生活在这样的环境与气候里,斗志昂扬,血气方刚,战斗不息,战无不胜。那个时候,学校就会在期末的时候评比"三好标兵",促成了一批最优秀的孩子走向他们的更优秀,拾级而上,成为山巅最劲疾的风、最高耸的景。

所以,在我的教育概念中,标兵一定是有其固有的生命力与最高贵的价值的。这并不一定要说到诸如"标兵可以影响他人""标兵可以予他人以垂范""标兵就是模子,能把不是标兵的孩子刻成标兵"之类的话,标兵么,只要在,只要有,就有其"风向"与"力道"——这一点,准是可以确信的。

于是,自从教书的第二年起,我的班里就增设了若干项的标兵,印象最深的、效果最显著的当数学生系的"铁趾论标兵""坐化论标兵""无量论标兵"和"草莓论标兵"了。话到这里,本应打开"四论",渐次展开,可是,这又不是本文的由头,故此约述,及此作罢,也就算了。往后若有时机,可以讲它三五个小时,那是不在话下的。

此之后,我又在年级组长任上,有三年的经历;那个时候,做年级组的"一把手",压力并不十分大,因为兄弟姐妹同事几乎个个都是学科或班主任上的"一把好手",落到本人身上的工作,显然不多;也因为有各行政科室和校长室领导的约略协同、指引牵动,所以落到本人身上的工作,显然更少。倒是些上传下达、上递下承的工作,能把人做得头都大半圈。一所中学,三个年级组,我所牵头的年级组如何做出些特色与不一般来,如何让组内的师生有些特殊的幸福与感动,从而促进教育教学的生动达成与提升,这是我想得最多,也做得最实的工作。于是师生两系的"勤奋标兵""劳动标兵""创新标兵""助人标兵"等各类与德、智、体、美、劳等各种基本素养紧密结合的标兵模式应运而生。

我后来在政教处待了多年,从副主任——科室里不设主任,到主任,辗转经年,切切有所体悟,窃以为经营、培塑学生的品德当然是教育之关键、要害。此之后,尤重视班主任队伍建设,始与同事一起,多年前在原工作单位首创了"班主任节",以标兵突出的形式与普众共享的模式,推进德育团队建设与德育标兵培养,这一来,"班主任节"遂成为原工作单位的重头好戏、一路传承的文化品牌、师生濡染的典型口碑。

我后来又幸于当地一所知名的重点高中挂职锻炼,任副校长职,于高三年级部整工作一年,亲见了高三年级部团队崛起的风光时代。那一年我所在的高三,高考一本人数过四上五——五百余人上一本线,一时传为区域佳话。倒是我,是切切明白的,期间辛酸难以言表,不可外说,至于像一位洪姓老师这样的标兵人物,在高三年级部并不鲜见,大有人在,却也的确因为标兵的感召力量,着实撬动了高三这艘巨轮破浪前行,迎风向击,鱼满舱肥。学校经此一捷,洪姓老师被推荐为园丁奖候选人,且公费以赴河北承德避暑山庄疗休养一段时日,可是标兵该得之应。

组织上突然安排我进一所新"二中合一"的农村中学,这倒

挺好,运新起航,百业待举,新征程新航道新目标新作为,有的是青年的力气与吐纳天地的激情,那么,就干它一番事业吧。我与同事一起,定调"人融合"在先,"事融合"于后。"我心目中的楷模——写写我的一位同事"活动,成为标兵理念在新学校的第一次运用与呈现,同事们笔下生风,娓娓以述真人真事,把心中的标兵以文笔的力量——树立起来,由我作序,在十分急促的时间内,编成集子,印发全体同事;同事读罢,多少心头一震,从了解标兵,到崇拜标兵,再到欲要靠近标兵,起到共振的作用,收到共鸣的效果。

要我说,至于标兵,的确有两个孩子,在我的印象中尤为深刻,一个是女孩,叫思意;一个是男孩,叫星宇。

关于"思意",我们以标兵建设思维作了典型表彰,其内容大致如下:

9月29日,709班一位同学到行政楼一楼找一位老师,结果没有找到;她就到隔壁办公室问另一位老师。进门时,她首先在虚掩的办公室门上轻敲了三下,老师说"请进",她说"谢谢";老师说"请问你有什么事",她站得笔直说"老师,打扰一下,我想问一下旁边某老师在不在";然后是一番问答,临出门的时候,这位同学说"谢谢老师,打扰了",然后面向老师,三步退出了门外,并在掩门的同时说"老师再见";而此时老师也站起来跟了出去说"再见,你慢走"。

其实事小。

可是事虽小,它毕竟就是校园内的礼仪举止的正能量!

因此学校决定并在全校师生大会上表彰了这位可爱的"标兵",为了嘉奖她,学校终于第一次尝试以学生姓名命名了一种"标兵"概念下的"交流法",把这种文明的、礼貌的师生交流法称为——"思意交流法",同时号召全校师生向思意同学学习。

别后数年,风过云梢,云行风上。三年后,一个叫"星宇"的男生,又高频出现在这所美丽的学校里,所有师生的眼中、耳里。

关于"星宇",我们又以标兵建设思维作了典型表彰,政教处的领导在校会上表扬星宇同学时,是这样说的:

今天是11月13日,上周是809班值周,我们学校有这样一个身影值得我们去关注,手臂受伤骨折的809班星宇同学每天在校园景观大道上捡落叶,倒垃圾,工作一点都不比其他同学差。星宇同学身上的值周精神真正值得我们学习。班主任是这样讲述他的事迹的:在星宇同学心中有着学校、班级荣誉高于一切的价值观,去年两次值周他作为校门口岗点员,总是微笑面对全体师生;最近受伤骨折,担心他的身体,值周前班主任对他说:"星宇啊,你手臂骨折了,这周的值周工作就不用参加了,先养好身体哦。""不!老师,虽然我的手受伤了,但这是班集体活动,我可以捡树叶,扫地倒垃圾,做一些力所能及的值周工作,我可以做好的。"星宇同学平时默默努力,不善言辞,这是他第一次鼓起勇气向班主任请求要主动担任值周工作,他是这样说的,更是这样做的。不怕纱布影响自己的形象,也不畏惧别人异样的眼光,就怕影响班级学校的形象,有强烈集体荣誉感的他就这样一丝不苟地承担义务,履行职责,为美丽和谐校园添彩增色。星宇同学为班集体,为学校无私奉献的优秀品质就像星星一样点亮在校园的天空。他是809班最可爱的人,是整个学校的骄傲。现学校决定,评定星宇同学为全校"卫生标兵",并聘他为"全校卫生总督查员"。同学们、老师们,让我们向星宇同学学习,为星宇同学鼓掌吧!

事也挺小。

可是事虽小,它毕竟又是校园内的勤奋刻苦担当的正能量!因此学校决定并在全校师生大会上表彰了这位可爱的"标兵",为了嘉奖他,时隔三年,学校终于再度尝试颁布了"标兵"

概念下的嘉奖令——褒奖星宇同学为"卫生标兵"和"全校卫生总督察员",同时号召全校师生向星宇同学学习。

我依稀记得,我们在改定上面这份讲话稿时,三增三减,最终使十分崇敬与真挚的言辞表达溢于文表。在这里,深含着对标兵最朴素的景仰与膜拜。

有的词典习惯把标兵与楷模放在一起,其实我还是喜欢"标兵",你看它,容易理解,色彩鲜明。"标"者,标准、标杆;"兵"者,普通一员、普罗大众。可供人学习的人,就是标兵,形形色色,各行各业,或隐于市,或显于形。而于学校中,师可有师之标兵,生可有生之标兵,这条真理,又是概莫能外的。这一点,作为学校的管理者和一色大众的老师,我们哪个人能忽视它呢?

若是要我发掘最隆重的记忆,那也无外乎这件事了——"思意交流法"初定、宣布、推行、深入、调整、革新、盛行,这个"七步法"推行的结果,是形成了生动和谐的校园风貌,而学校的各项事业真正蒸蒸日上,或有"抟扶摇直上九天"之气势。每于此时,每与人论,我总要提及"思意交流法"对学校大小工程和项目的品质抬升潜在与外显的莫大功业;每于此时,每与人论,偏偏就情由心生,心潮澎湃,难囿激昂。

书法课上的一个小女生

"我终于可以教书法课了。"

我这样对女儿说的时候,女儿表示了十二分的惊讶。她瞅我半晌,然后一反常态讷讷道:"爸,你,行么?"

她对我有怀疑,是最正常不过了。因为几年前女儿一开始学书法,她的带班老师就曾当着我的面,有过一番评价。老师说我的书体太过随意,刚骨不强,柔性不足,"一无是处",自是飘逸如仙,还有一提;反倒是一个初习的小学生,被评价为横满竖浅、竖满横浅,一一无不恰到好处。这足使孩子长了一万倍的习书自信,后来倒也是,没过多久,就能写春联上墙了。话要这样说,直到今天,我都十分拜服女儿的带班老师,果然是一匹驾驭习书人的好马——是书法的内行,又是心理学的佼佼者。

"你,行么?"

也是,我也需要先顿一顿,否则恐怕答不好。久经思忖,我复了她一句:

"容我试试吧。"

夏末秋初说是最和爽的时季,可是动不动背上依然起汗,汗涔涔使人大好心情打下折扣;江南的夏末秋初尤其令人难耐,太阳不躁,可是风也不善,偶时使人惊悚的滚滚天雷使胆小的人一阵惊厥;校园里的杂七杂八的树啊草啊什么的,仍旧由着自己的性子忙乱地疯长,没有约束,不成规矩,但凡有点地儿有口水喝,它们就不管三七二十一,各种上升各种攀援各种匍匐……

　　然后，就在这样的季节里，孩子们度完一个空调假，便又背上他们时尚的双肩包，一跳一跳地跳进校园里来了。校园这种场所也真是奇怪，有孩子的时候，太过喧嚣，一刻不得消停；没有孩子的时候，死寂难受，再无生机；又迎来孩子的时候，便瓢锅镬勺一齐周转，再又像个大户人家了。

　　我是那么喜欢孩子们，他们的到来，使我的血液流动复又正常，似乎他们不在的时候，我身体内血液的流动是那么慢那么慢……

　　孩子们回校，便昭示着一周一约的书法课这样的拓展性选修课程又将再次撩开它的神秘面纱。为什么是神秘的面纱呢？其实是这样的，一来因为孩子们对课程是一学期一选的，二来也是因为选修课的执教老师也是"到时候换一换"的。所以，对课程而言，有的孩子是初选的，当然不失神秘；而对孩子而言，有的孩子上个学期师从一位老师，新的学期却开始师从另一位老师，当然也不乏神秘。这样说来，"神秘面纱"这般措辞应该是没有问题了的。

　　可是，对我来说，教到今天的语文课，真要教起书法课来，别太蹩脚就好——这，也是带有一定的神秘性的。

　　本来应该有铃声的，因为阵雨来得突然，雷声压过了铃声的气势，雷声便替代了铃声。雷声响过，从地下车库辗转而来的孩子、拼了伞辛苦而来的孩子、头一次接触书法满怀好奇而来的孩子，分两排坐下。

　　人不多，十一个。

　　孩子们都是认识我的，我不止一次在晨会上、在广播里、在家长会上与孩子们见过面，与孩子们共勉过、分享过、探讨过一系列的话题。所以，一旦坐下，我们间就相互用最和善的眼神打了招呼。我心里说：你们好，很幸运能担任你们的书法课老师。他们心里说：原来你还会教书法课呀，这真好。

大家微一正身,课就开始了。

"大家简约地讲讲自己的'书法史',怎么样?"

这是我教的书法课的开场白,有"底"才能有"里"嘛。

靠我最近的,是一个小女生。一尺来长的辫子用了黑色的辫线,辫线上有两颗小塑料球,一颗纯白,一颗大红,装点齐整且自然;白皙的脸上架着一副度数并不深的眼镜,银丝边框,窄窄的镜片,一派书生的气息;整洁的一身校服使孩子显得干干净净、利利落落,拉链拉到颈子下正好的位置,胸前的校徽闪耀着它的光芒。

然后,她站起来。

她才站起来,我便示意她坐下了。

我接着说:"孩子们,往后,我们就随意些,习书该坐坐,该立立……"这句话,使得本来略显紧张的氛围舒缓了不少。

孩子往右边的孩子那儿看了一眼,便利索地落了座。

"老师好,同学们好,我小学时学过两三年,只是单学了楷书,后来就没有机会深学了,"她小停片刻,接着说,"毛笔其实不容易学,上个学期我没有选修毛笔书法,其实就是有些怕——怕学不好,大家笑话;可是,我又喜欢书法,不愿意就这么放下了,所以我就报了名,还请老师和同学们多多关照,谢谢。"

头开得很好。

课就该开个好头。

在轻松的环境里,启动仪式十分顺利,七八分钟的样子,十一个孩子已经介绍完他们的"书法史"了。

教室外面的雨始终没有停下来的丁点儿征兆,哗哗顾自倾吐属于它的爱恋,它是那么喜欢这片大地,这片广袤的大地。雨打落在地上,溅开一朵朵妖冶的花,绽放在秋的校园里;雨击打在关得严严实实的玻璃窗上,弹奏出华美的乐章,传递着激越的旋律;雨打在园丁们才梳理完的花木的发上,花木的发再

不淡定扭动她们的腰甩动她们的发,似乎有一百部吹风机也难吹干她们的发,她们的发和着几千年来的水洗,沐得太深太深,她们不用任何的洗发水,她们天然就有着洁净的魂灵、深刻的精魄。

中国书法何尝不是和着几千年的水洗,沐得太深太深呢?

正待我要小结一下孩子们的自我简介,小女孩却突然站起来了。我冲她一笑,她马上续了话茬:"老师,这个我要站着说。"然后,整个教室里荡出一圈美丽的笑声。

"你请。"

我请完后,小女孩开始了她并不短的大段的发言,这实在是难能可贵,而且使课堂陡生辉色,更使我坚信"江山代有才人出"。

她说:我喜欢书法,我爷爷曾经替大户人家做过账,用的就全是毛笔,所谓"蝇头小楷"真是漂亮;他老人家也曾给道士先生写过榜,也曾给算命先生帮过工专门用毛笔把一些先生说的重要的"料理"的信息替来算命的人写在一页小红纸片上,也曾在小孩子头一次剃头的红纸包外面给人写过生辰八字和姓名,在办喜酒时男方给女方的各种红包——"外婆包""烧火包"等外面写过祈祷祝福的好话,更给小队里村里用红绿黄三种颜色的纸写过重要时令、一些活动、过年过节时的宣传标语;我爷爷只读过两年八个月的书,后来却教了好一班人马,这些人,后来都能写出一手漂亮的毛笔字。

她说:我在五六年级时成绩不太好了,至少比四年级时要差一些,掉下来一点,再掉下来一点,直到后来终于不动了。为什么掉下来呢?是因为我邻居的几个老奶奶总是夸我的毛笔字写得漂亮,硬是迫着我不好意思了,才动笔,给人一本一本地抄经书;这一抄经书,有时投进去,连作业也忘记做的,也有那么三五回。抄的经,头一种,是很短的,叫《往生咒》,《往生咒》

呢,是老奶奶们口头的叫法,我抄的时候,是郑重且虔诚地写下《往生净土神咒》的。你们且不要小看这个"神咒"的"神"字,有它没它,难道就一样么? 当然不一样。这个《往生咒》念起来很绕,但因为短,又老是这么些字,没有几遍抄下来,就熟了。虽然字不多,但我抄完一遍,就过一遍,一个字一个字地过,很仔细,过完要是觉得哪些字自己都不满意的,就别拿出去献丑了,两个拳头一攥,右手往前,左手往后,那么一撕,重来! 那样一来,书法进步很快,这是我的书法老师说的。后来,我连《弥陀经》《金刚经》都是抄过的,只是那些经有的很长,最终背不熟。我只是说,只要有机会动笔练手,那可都是好得很啊。

她说:至于楷书,我有一些了解,也有一些思考。现在我们所说的楷书,其实它是从隶书演变过来的,可分为魏碑和唐楷。魏碑是指魏晋南北朝时期的书体,那个与梁启超先生一起领导"戊戌变法"的康有为先生评价说"魏碑十美"——魏碑有十美。我想主要讲一讲唐楷。唐朝以后逐渐成熟起来的唐楷,则最流行与成熟。其代表人物颜真卿、柳公权,以有唐一代的气魄,"将楷书发挥到了极致"。其中,我最崇拜的就是柳公权了,为什么呢? 因为柳体由于柳公权为人正直,被誉为"人正则字正"。"人正则字正",对我启发很大,我爷爷、我爸爸都这样教育我,我也是努力着这样去做的。

她说:现在,老师又给我们开书法课,我非常激动,我也非常感动,我爷爷八十一了,他知道我选了书法课,笑得满脸褶子开出好些花来。上个学期因为选了也很喜欢的古筝,所以这个学期我必须选书法了,我也很幸运,就选中了。我们语文老师说,老师您是学过很多年书法的,书法很漂亮,只是老师您要教我们的不是楷书吧? 那更好,我就是冲着其他书体来的,如果老师您能教我们一些其他的书体,那当然是再好不过的了。

她说:好了,今天我先讲到这儿。

　　整个教室里这会儿全是聚精会神的,这会儿全是心生崇拜的,那会儿全是瞪大眼睛的,那会儿全是开怀大笑的。有的孩子托了下巴转过头,有的孩子拱着手坐得正,一个个的无不对小女孩肃然起敬。

　　我一边用十分赞许的眼神和言语鼓励小女孩继续好好学习书法,并且由衷地向孩子们提出"让我们师生共同进步,濡染中华书法的博大精深"的美好愿望。

　　然而,我是知道的,事实上,课程是课程,课程外又承载着什么呢? 是一种文化、一个老师可以脉动孩子进步的神经,激发孩子学习的兴趣。小女孩又何尝不是千千万万孩子的代表,她喜欢这,那个孩子喜欢那,另一个孩子又喜欢那,所以嘛,百花齐放,百家争鸣,岂不就是课程开发与实施应该秉守的节义么?

　　这之后,我在书法课上和书法课外,很多次见到小女孩,见到书法班里的其他的孩子,我知道,只要文明不死,教育新生,书法课上的小女孩会很多很多。

　　一尺来长的辫子用了黑色的辫线,辫线上有两颗小塑料球,一颗纯白,一颗大红,装点齐整且自然;白皙的脸上架着一副度数并不深的眼镜,银丝边框,窄窄的镜片,一派书生的气息;整洁的一身校服使孩子显得干干净净、利利落落,拉链拉到颈子下正好的位置,胸前的校徽闪耀着它的光芒。

　　她,在垫着毛毡的宣纸上挥动蘸了墨汁的毛笔,写下了四个字:兴趣为师。

郁静归来

有一年,我在连续任教初三若干年后,依然任教初三。

这一刻,是秋风最为深沉的时候,校园里银杏的叶,铺天盖地,尽是褐黄掩盖了青白的石砖。区运动会,就在这样的糟糕天气里开了幕,又闭了幕。

郁静是一个女孩的名字。

郁静是一个外地的孩子。

郁静恐是有非凡的神力,乃至本校的体育界上,她不仅赫赫有名,而且其名果然"如雷贯耳",她在校运会上风驰电掣过,她也在校运会上一掷而定乾坤过,她更在校运会上跳出了十余年未有人破的校运会纪录,跑、投、跳,全能,是她身上卓越的标配。标配,只是我的初判,因为在广大男生口中,郁静是个天生豪配了肌体能量的女生,这在深秋的校园中传得愈加响彻云霄了,就差一个喇叭喊响整个学校而传进每个师生员工的耳朵根里了。

我认识郁静,是在一年多以前。

那个时候,我是上一届初三的一位任课老师;那个时候,她是低一届的初二的一名普通学生。初见是在一次什么会上,我坐在主席台上等孩子们到达会场,郁静则头一个到达会场。会场有个孩子们都十分熟识的规矩,先到先签到,后到后签到,签到的活计是必须的动作。因为签到表就在主席台的角上,郁静签名的时候,我自然是全见的。郁静的字不算漂亮,然而秀巧,从考试的角度讲,"她必定不会被扣掉书写分了"。

　　那个时候,郁静比现在矮小得多了,一头乌黑亮堂的头发扎成一条说不出好不好看的辫子,脸色很好,红润润的,充满了青春的朝气与活力,是标准的阳光女孩。她会叫"老师好",她会问"是签这儿吧",她签完字后落座在最靠近我的一个座位上,她静静地等待其他同学的到会。

　　那个时候,三班的这个女孩其实已经很有些大大小小的名声了,自然可以叫作"声名在外"的,因为我们楼里就时常传一些关于她的英勇事迹,譬如她在体训队总是不迟到不早退不旷训,譬如她是受另外任何一个体训队员喜欢的队员、她是受任何一个带队教练喜欢的队员,譬如她身上还好几次上演过"助人为乐"的动人情节,譬如她有时候温婉即是女子、有时候豪放赛过男子,诸如此般,不一而足。

　　而现在,她终于第三次出征区运会,并且功成而归。

　　她拿下了两个7分,在高手如云、竞争白热化的赛场上,她顶住一切压力,化压力为动力,迅猛出击,果断出手,化险为夷,不仅两项均获全区第二,而且成功实现了她自己的"进前三"美丽梦想。她在QQ空间中发布出两张成绩统计表的时候,我作为第一个点赞者,点赞之发自内心,心头的一腔感动,的确是用文字难以表怀的。

　　凯旋后的第二天,是周五。

　　依惯例,只要是周五,我都会约定俗成、兴师动众、正儿八经地拟一份"作业清单",而"作业清单"中并不一定是纯粹地布置作业,往往还有看似额外的一项,且称之为"老师寄语"。

　　说来话长,说来惭愧。

　　只是我从来没有公开过我的"作业清单"中的"寄语"。

　　起笔落字,又公之于众,算是"破了戒了",遂附于下,飨之你我:

　　本周老师寄语:

自古以来,种瓜得瓜,种豆得豆。

你们是好样的,种瓜都得了瓜。有的虽然种豆,但收获季节突然开窍和用功,也得了瓜。有的种了瓜,虽然不小心得了豆,但依然有不少情况都可圈可点。这些情况和这些人士,都值得我尊敬!

郁静参加区运会比赛,拿下两个7分,不出意外的话,相当于为自己的中考之路至少铺平了一半道路。祝贺郁静!郁静风尘仆仆,从萧山赶回的当天晚上,参加了语文期中考试,她很认真,她很仔细,她十分对得起她的辛苦的父母,对得起指导她的教练员,对得起班主任和都寄予了她厚望的所有任课老师,也对得起同学们。

我尊敬这样的强者,我在郁静考试时,给她倒了一杯热水,给她把门关上,给她创造了无人监考的环境。郁静是我们的其中一分子,郁静其实就是我们,我们都可以种瓜,我们都可以得瓜。谁说你不行?什么时候都要说"我能行"!

末了,引一言,都希望它能照亮你我的人生:

在人的主观世界和客观世界之间有一条沟,你掉进去了,叫挫折;你爬出来了,叫成长。

万物皆有裂痕,那,是光进来的地方。

郁静又是十分灵慧的孩子,当班里每个同学拿到固有的"作业清单"时,郁静当然也拿到了一份。她和所有的孩子一样,他们个个第一时间去读"老师寄语"。事实上,在郁静反应过来前,早有前排的同学或侧过身去朝向了郁静,或辗转挪移到了郁静的身边,欣喜地告诉她,这次寄语中有你唉,这次寄语的主人公是你唉,这次寄语老师拜服了你唉,这次寄语老师又下了功夫了唉。然后,郁静才羞羞涩涩地把清单打开摊平,眼球在文案上一字一句地仔仔细细地奔跑过,随后又有了第二次奔跑、第三次奔跑——就像是跑道上那一个个清晨、一个个日暮的跑步训练。

郁静也在一阵清脆的放学铃声中背起书包离开校园时，欢送她的有落叶飘零的银杏、几棵叫不出准名的高傲的树、几只并不十分高兴反而有些哀恸的鸟，以及一群不知双休日有了怎样的打算的兴奋的孩子。

几个匆匆而过的老师打郁静身边飞一般地过，郁静还是要叫住他们，喊一声"老师再见"，然后再见；老师们似乎都认得这个校园名人，一一还礼，相互间不约而同地爆出"下周见哦"这么简约而轻巧的校园内最最温情的金句。

我在校门岗上送别辛苦了一周的孩子和同事。

气温已然降下来了，从25度，到达20度，然后迈过一个槛，就到20度以下了，现在又在短短的几天中，来到了15度，然后是10度，今天不超过6度。对于南方的秋天来说，这样的温度是很多人一下子受不住的温度，于是医院的输液室里会趟倒若干个大人和若干个孩子，而精瘦的我，却从来不在秋天排队挂号，硬是熬实了一个又一个的秋天。我笔挺地站在校门口，一个个熟悉的家长、一些在校园里过得不错的开朗的孩子、胖保安和高个子保安、派出所派过来值勤打理的民警和协警、我，几乎逐一打过招呼后，郁静也就出来了。

我不是在等你。

我这样想。

老师，怎么又见到你了。

郁静会这样想。

然后她从蛮远的西边走近我这边，依旧是笑，完全抹杀秋凉冬肃地漾漾地笑，温暖了整个校门口，她一耸肩，双肩的书包虽然有些沉，但就那么向上一耸，耸出一句话来：

"老师，又见到你了。"

哈，这个不失顽皮、极有灵气、擅长社交的外地女生，每次都不乏可爱,而且冥冥透着一股神气,说不清她是修炼了什么功夫,道不明她的父母给她吃了什么仙丹妙药,使她这般机敏灵秀。然后,她说:"老师,晚上QQ见。"我们之间漫谈过八九句话后,她才真正离开了学校。

校门口停满了接送孩子的车子,从最质朴的双轮电动,到极尽豪华的宝马奔驰——在这个物质不但不匮乏,而且区域层面上看来经济实力十分雄厚的地方,像这个女孩一样,徒步上下学的,就是稀世珍宝,不可多得。

是,这是她第三年走路上下学了。

她家住多远,一开始我是不知道的,只是她告诉我,她要走过七盏红绿灯;我还曾问过班主任,你说,七盏红绿灯该有多少距离?班主任与我进行了一番探讨,最终只能认定,郁静家离学校不近。徒因我和班主任都是文科老师,算不出什么精准的数字,约莫地估了个值,也算是相当不错的了。

七盏红绿灯,用双脚走。

每天两趟,天天打来回。

背上还有一个不太轻的书包,书包满负荷。

不待我说了,这是一个怎样的女孩!

那日别后,大概过了三个小时,是晚饭后的晚饭后了,突地又在QQ空间里见到了一则最新发布,那,不是别的,就是郁静拍下了"作业清单"中我写的那份寄语,然后,她想都没想,就发到了空间——这之后,N多个点赞与续评,湮没了这个孩子没有料及的心。当然,她不曾忘记将拍下的图片又私发进了我的QQ,并且留了言——留言是"15个竖起的大拇指"。

你一定想知道我有没有回复她,如果回了,又回了什么。

我告诉你,我肯定得回,我回的是八个字:

相遇是缘,有你是福。

梅花洲上有盛飨

（班会课上的一次配乐朗读）

各位亲爱的同学：

你们知道我去了趟嘉兴。我写了篇文章，发表了。这堂课，配上音乐，我读给你们听。全文共五个部分，文章的题目是《梅花洲上有盛飨》。希望你们也要从生活的海洋里撷取喜欢的浪花，希望你们喜欢。

似水年华，在莺飞草长、柳绿花艳的春天时烂漫到了它的极限。一个叫梅花洲的地方，一个蕴涵红色与激情的南湖，一个人才辈出且后继有人的嘉兴，在春日里，泗水寻芳，一一与我们邂逅。

梅花洲头

你要是嘉兴本地人，抑或是嘉兴的常客、熟客，那么梅花洲这个地方，是一定知道的。因为它的奇特，它无山有石，无林有树，无佛有禅。

先说无山有石吧。梅花洲位于嘉兴市凤桥镇腹地，在主城区以东。过南湖，经余新镇，"凤桥镇欢迎您"的横匾便在眼前了，101路公交车东行十几分钟后即可坐抵。车行一路，是见不着山的，不过无山亦可有石，无山甚可有巧石和奇石。

不得不说一下梅花洲的石缸、石臼、石杵。其石缸，最远古的，据推几近千年，外方内椭，至今盛水，倒是水不再被用来洗濯饮用，失了它的本性它的"先民性"；反是种上尚未着苞待放的小荷，显出它至清的底来。我莫名地想道，凤桥人一定也是至清的啦。其石臼，纵观大小不一，脚底则高下不等，一定来自于不同身份的不同家庭吧？更令我们这一代人想起幼时大人们在岁末年关的时候用杵子操年糕"加把油啦，操得重喽；粘性足呀，年年高啊"的清脆回响；其石杵，更得一说，没有见过它的小青年，或者恁是见着也叫不出它名字来的朋友，是认不出它的；又或者是因为被抛弃在一边许久没有人搭理而变得浑身污浊不见本性根本不值得大家一品。我因为对这些物件久时有至深的感情，所以一眼能认出它们，便负起了给同行一一作解的"重大责任"。

"石桥！"

同行的一位老师出惊地叫了一声。是的，是石桥，是我们在教本中教了好几遍的中国式的石拱桥！桥小得很，也窄得很，两侧肩头上挑着一蓬又一蓬的草。草很怪，但不见根，只见肆意地长。桥有个好听的名字，叫"两爿三步桥"，我想可能是取意唐时高僧们晋圣时的步行走法吧？后来我才细心了一回，总算发现这个地方这样的古石桥多得很，有的叫不响名字，却有很傲的坚骨；有的连墩联也模糊了，上面却依旧行人度物，"何处不度人，度人不何处"，多禅呀！

这样的小地方，自然是见不到林的，不像老武林莫干山和临安的太湖源头，郁郁葱葱，不是树林就是竹林，深不见底。这里，有的只是年逾千岁的银杏树。年逾千岁的银杏树，自不必说它的长相了，更不必说它长了怎样的胡须了，只该说一说立在它脚趾边的一块看上去很大实际上很小、看上去很小实际上却很大的石牌子了。它的上面，端正写着几个字：千岁银杏有灵，君子贵足免进。我现时吓了一跳，且下意识里退了两步，看见同行站在我背后，免得撞上她，才缩了步。待睁大眼睛看时，才发现它前面还立了一个石柱架子,上面挂满了祈愿的福语。有祈望年岁太平的,有祝福家人安康的,有祷祝成绩出众的,不一而足。是啊,凤桥人一定是一群积极乐观,把持今天,而又时时祈愿美好明天的善人吧。银杏位于石佛寺内,方丈是中山大学的研究生,二十出头红尘绝去,遁出世面突入空门。细细看去,果真面相慈善,是禅学中最不可低估的"姻缘貌",这样的姻缘佛不"佛"他一回倒也是妄了他的一生呀。红裟金丝缕,褐彩黄光衫,面善地朝每一个进寺的有缘人微微一笑,不露齿,不起眉,甚至不眨眼。他说,银杏镇寺,石佛永世;有香无香,一生馨香。香客络绎,他说,他要负起更大的责任,他要使烟火石佛寺不息不驻,他要使更多有缘人来去更往,他是北京大学的特聘禅师……

是的,梅花洲本来无佛,后当地旺族始修一寺,搬凿一佛进寺,谓现在的石佛寺。说是无寺无佛,却早就有禅有理。禅理本来一道,后来分骑两头白驹,各奔前程。梅花洲这个地方,我只住了一个晚上,所以不知禅发祥的渊源,更不知道有没有佛禅相济,禅理相争,或者禅内部也是有过纷争的,这一些确实一概不知,甚或无从考证的。不过,这个地方,绕寺皆水,水傍石岸,不是禅学有些深厚的人是参不出也悟不明这个道理的,这叫"天开地阔,别去人间纷扰"。这只能在水乡有小丘小岛小渚小坻的凤桥人才可饱享,又岂是我等虽谓江南人故识江南味不知江南趣的人可以拥衾的呢?

于是,我们决定,不住到嘉兴城区,今晚就在寺傍下榻,好听明晨一路清钟催醒我们久困久郁的发不出闷闷回响的心槽。

诗歌盛宴

你一定听到过激情四射、魅力十足的讲学,你有没有听到过把几十首诗背下来且作出精粹点评的讲学？若是后者也听过，你不单单是有耳福的人，你一定也是个饱学之士，不然你听不到这样的讲学。可我还得问阁下，你可曾看到过一个学者就着啤酒讲学，脑袋顶上缕缕青烟不绝呢？是啊，这次赴嘉兴学习，见到的就是这样的一位仙人，一边喝着啤酒一边不停地抽着烟一边中西渊汇古今博着活讲诗歌渊薮与魅力的先生，浙江文学院的盛子潮院长。

先生绝对不到五十岁，发质亮铿，微长微卷，油光可鉴，蓄须红颜，一看就不是凡人。先生是国家一级作家，不仅出书出评，而且专注于散文诗歌研究十又几载，深得其髓。先生坐在这座具有千余年发展史的古刹"石佛寺"旁拥有三百年文明史的凤桥梅花洲的讲台前，精神更为之一振。他开口道，如果要他此时以诗言情，那不外乎"三月坐拥石佛寺，千年剔度梅花坻"了。顿时掌声雷动，大家都觉得诗人毕竟是诗人。

我因去年在江南文学会馆与先生有过一番长时间的交谈，此次坐在会议室的第三排，又因为第一二两排几乎空着，所以与先生倒是又来了一回"面对面"。先生怕是忙人多忘事，见的大人物多了，似乎并不认识我，他只是偶尔用眼睛照顾一下我而已。他讲到诗歌的功德时，会激情朗诵，然后我们被他带着，自然而然进入一种陶醉其间的状态，他会问：你们醉了么？有的听学者会不假思索地类似于我们的学生应我们一样应道：醉喽。先生说这就是诗歌的其中一个功德，它可以让你去妄存真，实现自己裸体式的精神复原。

可不是，精神复原。

我看过罗梭曾经讲过的类似人类精神与地位的本原学说，至于诗歌，自认为读书量与质尚可的我可是从来不敢想它哪怕一想的。先生接着讲小说、散文、戏剧、诗歌各自的命脉与特质，仍以诗歌讲得最浅，更是讲得最深讲得最透讲得最地道。

一个后排的朋友怕是得了同感，一句"原来如此"突然在会场中惊响，弄得偌大的会场居然一时间响起了回声，大家倒是也一时地响起一片掌声。不过，我没有鼓掌，后来想补也没有办法了；因为我想，这掌声居然可以两用，既可以表示对那位错口说响了的仁兄表示敬意，还可以表示对先生"一语点醒梦中人"讲到我们心里去了的感谢。可是，我说了，后来想补也没有办法了，恐怕这只能在凤桥这样的由农耕生活发祥而至今的淳朴的世风里才能拥有的最原始与本真的感怀了。

讲学的最后，为本次活动作出重要努力的查杰慧先生突显他固有的睿智："朋友们，会议结束后，希望大家以'梅花洲'为话题，给凤桥赋诗或撰文，不甚感谢！ 小礼品会有的；写得好，大礼品也会有的；写得很好，梅花洲沈贤明老总可以聘你为'文化顾问'嘛。"搞笑全场一片。

同行相克

"我们的社团成功地培养了一个出书的少年作家。"

"我们的社团培养了一大批爱好文学艺术的年轻人。"

这个时候，我须交待一下，我们为什么会去嘉兴，为什么会去南湖，为什么会到了凤桥，又为什么入住梅花洲了。我们是应邀参加浙江省嘉兴市校园文学社团交流大会暨浙教版语文教材选编作家与一线教师见面活动，前往学习取经的。

而上面的两段话，则是两个不同学校的不同文学社团的不同的指导老师的一番较量。是的，哪个社团的功劳更大呢？ 哪个社团所在学校的校长功劳更大呢？ 哪个指导老师的功劳更大呢？ 哪个社团更具实力与后发力呢？ 在整个大会交流过程中，上台发言与辩论的社团指导老师还不少，他们有新颖的办社理念，有成功的办社经验，有丰富的实践基础，有出众的辩论口才,他们甚至长着一张张与文学一样的脸。这种脸,内蕴神奇,魔力四射,诗书文华,自实其内,是我们所真正不能匹及的。所以,当同行老师问我哪些笔记要重点记的时候,我说:"记那些我们没有的。"

于是,我的笔记本上有这样两个字:专一。

我想起了嘉兴以及海宁一带的很多很多的文人雅士:干宝尽信鬼神,著述《搜神记》;王国维潜心词话,一派人间;查良镛只写他的武侠,淡定起码五十年;徐志摩其命虽钝却朦胧一生,到了后来,竟连感情一脉也执着得坚固;沈钧儒、陈省身、朱彝尊、吴世昌、许国璋、朱起凤、蒋百里、穆旦、贾祖璋、茅盾、丰子恺、徐匡迪、张乐平、张元济、余华、弘一法师李叔同……我们都不能用排队的方法"排"他们,因为这个地方与学与术"其渊甚伟矣",岂可排队?

在这样的文化福地里谈校园文学社团的建设,天地人和。

作为校长委派有特殊使命的学习者,我们也不能仅仅是学习,我们也要和大家谈一谈社团建设与社团发展。至于是文谈还是武谈,我们自然选择文谈。我习惯于餐桌谈话,于是,我们选择在进晚餐的时候,给同桌与临桌的同行们派送《金沙地》,并请他们给我们的刊物提出宝贵的意见和建议。老朋友们非常客气地请我介绍一下作为全国首推的社团项目"阅读段位制""写作段位制"的基本思考与操作方法,新朋友们则非常尖锐地请我谈一下个人对"心性论"指导社团发展的认识与理解。我一一道来,不慌不忙,不散不乱。因为这几天嗓子哑了提不起声,所以他们便越凑越拢,专注成小学生一般听我讲关于社团的"五年规划"、社员素质提升工程和"提高校园文学人口数量与素质"等新兴名词。在我眼里,客气也罢,尖锐也好,他们的眼中,无论如何也读不到排斥与厌恶。"同行相克",无稽之谈;"同行相生",此间正道。

我想,在梅花洲如此禅音袅袅鱼鸽相闻茶花鸣香青樟纯粹的地方,不相互学习与参悟还能干些什么呢?

我们不能妄误了会务费,要学有所得,学而致用嘛。

夜游南湖

我们一行中,是有人去过南湖这个升起党这颗新星的圣地的。照理,为了照顾她不再受二次审美疲劳,我们得真正照顾她,不再游南湖,而另择良枝而栖另选美景来赏。但是实在拗不过嘉兴一中的朱老前辈之邀,便来了个夜游南湖。

南湖,位于嘉兴市南郊,若不是风声走漏,谍隙相扰,怕是今日的南湖会在党的成长与发展史上,留下更为浓抹重彩的一笔;不过,纵使"一大"没有在此完成神圣的使命,南湖也永世不失其庄严与神圣的形象了。几近天黑,我却丝毫没有黑的感受,我的心中还是"红船"的"红"与新中国的"亮"占据了大半的田地。

农历三月底的南湖的夜,朗朗的,暖风熏得游人醉,我探过头去问一位溜狗的大娘:"您好,劳驾问一下游船码头怎么走?"早就落在后头的朱老远远地跑上来,没等大娘指清路,他早就一边对着老大娘说谢谢一边把我们拉进一个小巷里了。所谓巷子,可不是"两边高墙,对头一门"的苏州深巷,也不是"红墙倚头,翻窗下盖"的上海小弄,更不是我们杭州或者萧山农村一带残留的那些青石板花鼓洞的模样,只是两边竟长满了高过人头的植物,可惜我们五个人都叫不出名字来。巷子不浅,走好几分钟才见一个半角的亭子,一个人影没有。景区都这个样子,我想。后来我才知道,我真是小人了,嘉兴人的"夜生活"哪会就在韩剧里泡澡在桑拿房推背在电玩城嘶叫呢?

一眨眼,一个几百平米的不小的广场就在我们眼前了:小孩子们习惯了用最帅最快的办法让滑板生风;男女青年拉着手絮说着属于他们的房价股市情言蜜语;"最是老人成风景",锦缎子绣花装,皮底子薄面儿鞋,一套太极一套剑。

是的,这就是今日嘉兴!

朱老马上凑过来:"小高,你会不?"还等不及我作答,他早就在人堆里了,一个比他年长红润着脸的白发老太太转眼成了他的舞伴,我们顿时响起一长阵掌声。

是的,后来呢,朱老一定说许他一回请客,我们便乘上了夜游嘉兴的船,在南湖上荡了近两个小时,把这流光溢彩的南湖尽收眼底。

"这是南湖的商业区……这是五芳斋,你们知道吧,粽子,五芳斋的粽子,我就知道你们不会连五芳斋的粽子都不知道……这是嘉兴很有'战斗力'的房子,我要是攒攒还是可以买它的……这种彩光灯只在鸟巢有……你们看,这南湖的四岸……"我平生头一次除"两岸"之外听到有"四岸"这样一个词,别提有多兴奋了。有朱老这样地道的嘉兴忘年交,我们还有什么可能不尽兴的呢? 我的同事们也一定这样认为。

因为他们后来无意中问起我:你说嘉兴人都这么热情吗?

我说,一定是!

台阶之上

会程总共才两天,除了能轻松地夜游南湖外,会程很赶。第二天一早,我们赶到当地一所崭新的农村初中——嘉兴市凤桥镇中学——聆听浙教版语文教材入编课文《台阶》的作者李森祥先生讲学。

趁讲学还没有正式开始,我支开了该校的校长,把《金沙地》送到这位国家一级作家、嘉兴市作协主席的手上,并约请他题赠金沙地文学社。他说,他从来不题赠;我说,我约请专家学者题赠从来没有空手而回过。他转过头,盯着我这个年轻人边看边笑。我以为他答应了,他说,我真的从来不题。我说,那就麻烦您帮我抄几个字,您看行吗?说着我拿出事先准备好的"递子"(递子,早年在皇宫里这样称过,专指大臣们有时上朝直陈其言多有不便,便事先准备的让皇上过目的短函),上面写着"希望金沙地,文学新台阶"十个字。他看到这十个字,笑得倒是令人难以形容了。两分钟后,我拿了本次行程中盛子潮先生以外的《台阶》作者李森祥先生的题赠,我想,此行已然不虚。

不虚的还有先生的讲学。

李先生讲学属举实派。

举实派的讲学是这个信息爆炸时代所特需的文化产品。除此而外,诸如理论派的讲法,若是在大学讲堂混充教授的,捧场的人定是少之又少;而李先生的讲学,不光是一讲就近三个钟头,而且是讲学带互动,把听讲者带进一种"原生态作家心境下的教学模式与写作感悟"和"剧作构架下的人性返真"双重境地,这一种台阶并不高、学术并不浅的状态。

而听讲的间歇,我总会关注一下当地民风或者所在学校的一些教育细节。凤桥镇中学大门朝南,风水玲珑,就《易》而言,是得体的;况面前百亩良田远眺,视野开阔,具有"一视突现苍穹"的派头。我细向学校的一位中层领导打听他们的办学理念时,他告诉我,他们的理念是"把学生培养成为有远见的人"。

"哦,远见!"

我应道。

他却忙不迭地回了两声:"谢谢,谢谢。"

这个学校真有远见!当年李森祥这把嘉兴宝剑或许也是在这样的理念中出鞘的吧?我无由地浪漫主义了一番,这是面对百亩田垄自然而然"被自然"的冲动!

……

接我们的司机把我们接回萧山，我坐下来，键盘清脆击打，文字漾漾如嘉兴的五芳斋也具香韵如南湖的四岸也具魂灵如凤桥的春日菜花纷黄恣意如梅花洲的禅声古杏更如石佛寺的方丈笑貌音容。

音乐还有一会儿，文章已经读完了。伴着音乐，你们在内心里评一评老师此行所获、写的文章怎么样，应该也是一桩惬事。

歌者

"平时挺安静的,上台风采不一般哦。"

我的搭档、孩子的科学老师在孩子登台比赛后,在家长的微信群里充实了这一句。

科学老师说这句话之前,则是孩子的班主任、英语老师将孩子比赛的完整视频传到了班级家长群中。

两位女士这一发一评,好多家长便跟着追加了不少评论,大有励而激之、蹈而跃之的气象。

视频可以倒带,记忆当然也可以倒带。

霪雨不息、寒冬猎风,使人们打着伞,缩了颈,巴不得走得再快些,巴不得雨能骤停了。可是,一切妄想都是徒劳的。周一还晴好的天,到了周二,就已经蔫蔫的了;一旦进入周三,"老头西北风"就紧得让最要风度的小伙姑娘也不得不挖出几条秋裤来了,只是加了秋裤,两腿还是生风且不一般。冷,直到心根上。走在道上,能毫无规律地让人哆嗦几下,偶时还连打几个寒噤,瑟缩得身体都能变了形。一会儿,本来澎湃着青春热血的孩子们,也都成了缩头紧脑的老者,鼻子耳朵根全红了;这样的天,突然又在周三晚间迎来了又一拨寒潮,然后是气温疾降到了零下一度——在南方,潮湿的冷空气一旦走到零下,就能把再强壮的人冻得骨头发酥心头发颤——雨就开始下起来了,且有老人在周四早上大言:昨天晚上半夜时分,雪雹子打在窗棂上玻璃上钢篷上嘀哩啵啰作响——半夜的事儿,没有亲见,作不得数,可是我却永远是宁可信这样的话的;周四愈发地冷下去了,气温不至极低,可是天地经过一夜的洗礼,已经完全不能自已,全然受人调配,好多人掏出了老厚的围巾老厚的帽儿,一骨碌地全新打扮,都看不出肉在哪儿了。这会儿,雨不见停,又不大,淅淅沥沥,没完没了,将要停住,又复开演,这就是宋城和钱塘江上惯有了的水幕电影了,演绎着悄怆幽邃、不可言说的剧情。总之,这天儿,没有高兴可言。

就在这样的天里,热情包裹不住激情的世界。

语文课上朗诵最出色的那个男孩即将登场——他不仅朗诵好,声乐也非一般。这种才俊着实是冬日夜间的火把、靓丽校园的男神。孩子倒不是你想的那样,就说孩子倒不是什么"校草",也不是什么"班草",他就是一颗特属于自己、有自己魂魄、会自己生长的草。该是下午登台亮相,上午第三节课,孩子就突然举手了:

"老师,我有点儿事儿。"

我陡停了口中言,把粉笔攥在手里,一问,才知道孩子是想马上回家去取一套"演出服",同时适当地化一下妆,然后迎战下午的声乐决赛。班里其他的孩子一会儿把头转向他,一会儿用眼睛看住我,一齐爽朗的婉约的豪放的说不清楚的笑之后,在我的"让我们用掌声预祝成功"的提议下,孩子火速地离开了教室。语文课继续。

午前,孩子赶回学校。一套整齐挺刮的西服,后开叉,宝蓝色,庄重典雅,不失气派。现在我该告诉你了,十五岁的孩子有九十公斤——个子不矮的他,穿上西服,拥有十足的派头,成为我们心目中的重量级选手。而他将要演唱的曲目则是《刀马旦》,这真是,实在有些说不清楚的概念。

于此,我深受感动,故不顾篇幅,以录《刀马旦》部分词为要:

明明早上人还在香港

还在九龙茶馆喝煲汤
怎么场景一下跳西安
我在护城河的堤岸
站在古老神秘的城墙
月光摇又晃
我用英语跟小贩交谈
突然画面一下就全暗
还在想
到底身在何方
变模样
是个华裔姑娘
开始想
认真细心装扮
回台上
终于轮我上场
耍花枪
一个后空翻
腰身跟着转
马步扎得稳当
耍花枪
比谁都漂亮
接着唱一段
虞姬和霸王
耍花枪
舞台的戏班
二胡拉得响
观众用力鼓掌
耍花枪

比谁都漂亮

刀马旦身段

演出风靡全场

一口粮一张床一面墙一扇窗

我洒下一片月光

一次种下一亩高粱

一个人在北大荒

一碗热汤啊

温暖了我一个晚上

一匹苍狼一身风霜

走过丝路回家乡

站在古老神秘的城墙

月光摇又晃

我用英语跟小贩交谈

突然画面一下就全暗

……

《刀马旦》是《刀马旦》,孩子唱出来的《刀马旦》却是别样的风采,于此,该录三个以言辞即可表达的演唱片段罢:

第一个片段,甫一上场,孩子右手持麦,左手插在口袋里,跳啊摇啊,挪步舞台,唱罢了"明明早上人还在香港,还在九龙茶馆喝煲汤,怎么场景一下跳西安,我在护城河的堤岸,站在古老神秘的城墙,月光摇又晃,我用英语跟小贩交谈,突然画面一下就全暗"。

第二个片段,突一变相,孩子已经跳下舞台,走到观众席的头排,持麦一手,腾出一手,一边歌声嘹亮,一边已经走到我的面前,伸出手来,我一下反应过来,也伸出手去,两只手便握在了一起,"老师,我爱你!"然后整个厅里千余人响起强劲持久的呐喊声和鼓掌声。

第三个片段,甫一回台,孩子又在台上了。"回台上,终于轮我上场。耍花枪,一个后空翻;腰身跟着转,马步扎得稳当。耍花枪,比谁都漂亮;接着唱一段,虞姬和霸王……"然后,孩子用最完美的方式与音乐完成了他的表演。

我突然想这样说:

孩子,西服帅,唱功帅,台风帅,你真帅。

可是,真实的情况的确是十五岁的孩子,九十公斤。另外,我不得不真实地笔录于此,其实,孩子还挺缺乏学习上的自信,学习成绩也总不太提得上去,孩子自己时常焦头烂额,作为老师不乏捉襟见肘,实在是犯难于这块田里种出点谷子来。

布谷叫响的时候,孩子也是苏醒过来的,也是背上春天的那款书包,打开文具盒,书写他的学业的;鸣蝉在维也纳金色大厅合唱世界真美妙的时候,孩子也曾汗流浃背地背诵与演算的;秋雨霏霏不绝于道之际,孩子早一两个月就交了学费餐费校服费一切费用,也是利索地一屁股坐在书堆里迎来了属于他属于他的同级们的九年级的;而当极寒表演完他的风霜雪雨然后不知悔改一意孤行时,他却突然获得了除学业之外的异样收获——登上舞台,终于一派刀马旦!

我知道,作为老师,还要在很多方面很多光景照料他帮助他改进他;然后,我又知道,孩子在演唱时乍一走下台来与我的一次温暖握手,已然是一个学生给予一个老师的最高荣誉、金质奖章。所以,多少时候,都未曾忘却:做老师,真值!

孩子无以名姓,于此文中。此文中,孩子无以名姓,是希望每一个孩子都有自己的舞台,舞台有多大,心就该有多大;心有多大,舞台就有多大。

雨还没有停。

风不依不饶地洗扫整个校园。

夜已沉去,校园里的灯光中映下一个持伞人的影子,那个影子回眸一看,几幢教学楼里分明立满了生龙活虎的青年,我要尽最大的努力点亮他们的一路心灯,或者,在雨天里,为他们撑起一把把遮风挡雨的油纸伞——纵使雨不停歇,也要帮助喜欢唱歌的孩子成为自己的歌者。

《刀马旦》响彻耳畔。

一张提前10个月的结婚请柬

"老师！"

电话里当年那个娇滴滴的女生将要跳起来,却终于按捺住自己激动的情绪,没有跳起来:"我要结婚了！请你喝喜酒嘞！"

虽然没有跳起来,但每一个句子都在尾巴根上加了感叹号,又分明是跳起来了的。

"好好,恭喜恭喜,感谢感谢。"

吃惯了一个又一个学生的喜酒,但逢约请,临着电话,我总是套路对方的诚意与兴奋,这句惯用的套词自我口蹦出,一点没有难度,堂皇得很,似乎人请我喝酒,我就该这两句词儿,而且还包圆了说,你看,既恭喜,又感谢;喜道在前,感谢紧随其后,毫无差池。正大光明的词,且正大光明地说——

"老师,时间是11月30日晚上。反正,到时候,我还会提前给您微一下的,电子请柬还没定呢,过两天定了微给您。"

"好的呀,知道了！"我坐在办公桌前,一瞅面前的那本全新的没有画过一个叉画过一道符的日历,眼白一翻,似是透悟,顿一顿,"今天1月8日,那就还有20多天。"

接下来,是关于日期的一场莫名的争执。

我因不再青年,算盘总是乱打。

电话那头越是强调11月30日,我越是笃定还有20多天。直到当年那个娇滴滴的美女用了三五遍否定词后,我才意识到,哇,这不,现在是1月8日,喜酒是11月30日,还有10个多月呢。

这下把我窘的。

"哈哈!"美女也顿一顿,"老师,可不是,我太心急了,上午姆妈央先生挑出的日子,吃饭就把好消息告诉你了哦。"

我把电话攥得死死的。

我知道,我享有了崇高的荣誉。有的时候,荣誉就仅仅是一个电话;有的时候,荣誉就仅仅是第一时间把最好的消息告诉了我;有的时候,荣誉就是这样干净洁白、了无尘蒙,无论它来自何方,居于何时。

于是,电话继续打。倒是些其实我并不十分内行的流行的元素和一些漫无边际的小姑娘一激动就漫聊着的话题:电子请柬一般用几张相片好啊,请柬的文字是竖着庄重还是横着现代;你说雷迪森好还是办到开元去;我爸看中人品了就不在乎他的工作和家底了,他看的书多,看的书多的人,我爸说准差不到哪儿去;我的工作生活你反正都了解——自从我表妹在您班上起,我就笃定她的嘴不小;新娘子唐装很丑的对不了,白纱带点粉也不怎么样,反正看不好;我跟我单位的同事都讲了,我婚礼你来主持么好了喽,我不花冤枉钱老贵老贵地请一班司仪,你肯定给我免费对不了······

多多少少,我听一些记在耳朵根里。

灌得很满,很满。

你看,大概十五年前,教室里坐满了孩子:高的坐在后面,矮一点儿的坐在前面;学校新改善了办学条件,把投影仪撤了——再不撤,玻璃片上的字和图也投不清晰了,安装上了新的多媒体,眼睛还好的坐在两边,眼睛不济的则坐在中间一些。一切公正公平,孩子们乐意这样的坐法,日复一日,习以为常。

突然,一个女生跳出来了:"老师,我要换个座儿。"

这个女生,爱读一些先生的文章,在课后甚至擅长争执一些没有名姓的杂草丛生无有生趣的话题,可是有时又有一定的

117

地道的见地,她曾说顾学颉是胡适的学生,他配不配做胡适的学生还真说不准。这句话出口的时候,我讶得一言不发,我对顾学颉这三个字是陌生的,胡适则仅仅半知半解,这可如何是好。她见我无法辩答,于是拿一篇文章来解我的围,一并显现她的博览……最后,她郑重地指出:胡适是大家,顾学颉也不是小家,可是我还是持这个观点:顾学颉配不配做胡适的学生还真说不准。接下来是我对她一番敬仰背景下的啧啧称道,并谦虚谨慎地问了她一些这方面学术间的问题。自然,她也是多半的半知半解。直到话题结束,下午第一堂课的铃声急促响起时,我才庆幸:丫头幸亏没说——胡适配不配做顾学颉的先生还真说不准!一溜烟,我躲进办公室狭小的格子间,一下午读了好几篇民国大家的大文章……

这个女生,在学校的艺术节上挑头编定了一支舞,是青春气息非常浓重的青春舞,这是没有错的。曲名和舞蹈的一些专业动作上的术语,我已尽忘了。只记得她拉人的时候是用了猛劲儿的:她的队伍中需要两个男生、六个女生。究根穷底,班里只有俩孩子幼时学过一段时间舞蹈,且丢了专业已经很长时间了,就别说劈叉了,抬个腿,一高,腿根子拉伤一般,几天缓不过神来,体育课还得请了假了。她不管,她把自己站直喽,让同学一个个站起来,右手手心向下,一平抹,及至对方发顶,"你出来,要了!"说来也怪,班长搞不定的事,文艺委员没成功的活儿,她一过手,准成。一个田姓男生羞羞地扭着腰从座位上出来的时候,我们终于才认定这个一声不言语的大男孩,将是个为舞而生的小帅哥呢。然后,她们在艺术节上拔得了头筹!

这个女生,其实学习上挺不行。当年我们一起搭班的人称"神算子"的数学老师推一下眼镜,平静地说,一句"过十不猜"便像典籍中的文字一样写在四书五经的某一页上了。数学老师平静地诠释道,考试的卷子雪白雪白的,印几张图、几张表、几个字,学生去答题。答题的时候,她前十题是会猜一猜的,譬如打钩打叉的判断题,她也能对付一部分,中奖率也并不十分低,运气好的时候能对大半,也有一次全对的;譬如选择题,她只有一次全错过。当然,第十题之后的题,第十一题开始的题,尽要学生写出答题过程,那,她都是空着的。"此之谓'过十不猜'也!"数学老师最后拖长了语调,似个文人,把棺盖上,且定了论。可是,她又不是什么学科都不行,历史老师眼中,她可是过目不忘、史家传奇!临毕业前,班里一个特别优秀的孩子突地被一所区外的闻名遐迩的高中提前录取后,她便被委以重任,担任了历史与社会学科的科代表。科代表的分量本来就不轻,毕业班某门考试学科的科代表,则分量更重。同学们一齐为她鼓完掌后,她便名正言顺地经营起这门重要的学科来。有一次她甚至在班里吼道:"其他作业就不能先放放,历史作业先做喽!"人一看,她左手叉在左腰间,右手叉在右腰上,威风凛凛,凛凛威风。说也怪,原来班上挺不行的历史学科,同年级中几乎垫底的历史学科,一闹腾,一搅和,一咕哝,果是上去了。分管教学的副校长在餐厅见上我,竖了大拇指自问自答:"你班的历史学科进步还小么? 大了!"我转而把这个大拇指呈给班里的所有孩子,并且请科代表起立,请她走到讲台前面,要她即兴说几句。于是,她便讲了几句。至于是哪些句子,用了哪些词儿,中间夹的是什么标点,讲的辰光用的是什么语气语调,时隔多年,现在终于记不起来了。

　　这个女生,有天然的好强的本领。十多年前,我在班里做"宗教哲学化"浅尝时,她就是夺"'坐化论'标兵""'铁趾论'标兵""'草莓论'标兵"和"'无量论'标兵"最突出的孩子之一。其表现之抢眼,远胜于一般的孩子。一般的孩子在学习基本理论后,也能结合实践,化于日常生活与学习之运行;她不一定,她会一两个星期要我对她的表现作一番评点,并且执着地请我务必再给她提出后阶段努力的方向。"老师,知识我只能学那么多了,我就想从老师这里学一些更多的做人的道理与方法。"有一次她是这样说的,"我觉得'坐化论''铁趾论''草莓论''无量论'看上去是你教我们怎么学习的,事实上它们更是教我们怎么做人的。"多年来,回首过往,纵使班里的孩子中考成绩有多好,且敌不过她的这番通透与明净。有时,回头就是十载,埋首便成过往。说不清的是功过是非,道不明的算长短高低。谁是谁的宝?谁,又说得明呢!

这个女生,每年的教师节都有礼送来。几年间,上高中时的卡片上亲手画下了相当卡哇伊的图,写下几句令人嘀泪的小箴言;上大学时寄过的暖玻垫,并且嘱上"你有那么多学生,谁有我那么贴心呀,我就是你的'暖宝宝'"(那时,我真是"阿欧特",竟不知道"暖宝宝"是那一年最时兴的产品,是贴在身上的取暖的科技新产品)。上班的第一个月的工资,花在了买几样东西上,其中一样是给我送来了——四个绿植的盆景。那时,我正好开始过一个人一个办公室的生活,在行政楼的小格子间里就差几个盆景了;这般及时的送来,不是心有灵犀又是什么呢?每年我也还礼,只是我送的东西,尽是些我这个年龄看来还比较实用的物件;年轻人,则并不一定称心。有一次,我身着笔挺的衣服,出现在她面前;她面前是几个滑稽的同事,一如她的年轻,一个小姑娘便轻轻悄悄地和另一个小伙子说句小话,音是小,话可大,还是被我全部听见了。我说:我是她的老师。她说:你怎么这么逗,我会要这么老的人做男朋友的啊!那个打耳语的小姑娘好一顿笑,红脸红到了家。后来,这批年轻人,成了我交际圈中十分固定的友好。那个打耳语的小姑娘,自称是什么"junfen"。我是不敢怎么猜的,但是这里面必定是有fans这个音的罢?

......

十一月,我又穿着笔挺的衣服,特意化了个淡妆,出现在她的婚礼现场。

是的,我化身司仪,导引她的父亲——我的另一位要好的朋友——把他的女儿的粉嫩的手,交到另一个男人手中。

——你们看,男老师可以这样做。

迷在河坊街

这是一个大冬天。

一个冷得出奇的大冬天。

大冬天逼近成零度，甚至零下，那么，期末考试也就将要从天而降了。不知道孩子们是忧，还是乐？

要是叫我回想一下自己的求学年代，我一定是极尽兴奋之能事的，又一个崭新的寒假向我们招手，不乐它一回，那真是枉了设计寒假那班人马的心血了呢。可是，寒假可不是突然从天而降的，放在它前面的期末考试总是令人生厌，绝不讨人欢喜。依我当年的心智，我总认为，除非真正胸有成竹，否则进考场总是心在嗓子眼上，说一定不会跳出来，那着实是没有把握的。那样的思绪，直待到了考场上，见到一张试卷，从头到尾一遍浏览，觉得于我而言并无大碍，则才用左手扼住提了笔一直颤抖的右手腕子——其后，笔运蛇走，风生水起，一场考试下来，才能安然无恙，留其全身。若是偶有难题，则必挠腮抓耳，不知所措，别说手了，脚都没处放了。要是来个监考老师虎如灭绝师太，严如四大名捕，那么，他从你身边经过，准能带起一阵小风，使你浑身打颤，脖子根上凉凉飕飕在所难免。作答结果之惨烈往往与之瓜葛尤深，事后都不想说起；老师问你为什么这样的题也能错，你只消默不作声，除此而外，没有其他表达形式。当然，至于考试后老师的评价，高明的老师总能找出我们或隐或现，若有若无的纰漏，你若沉默，听他琐碎，算是保全小命的重要方法，而且屡试不爽。

这不是现在我自己成为老师了么？

而且期末考试又来了。

我对期末考试，至今发怵，不敢正视。也由此，我想，孩子们此番症状一定不比我轻，或者其神情之郁恸更甚于我，且可能是我的数倍，乃至可能的无穷。与任课老师一番商量后，我拿出了活动初稿：我们决定以外出旅行的方式庆祝元旦，以庆祝元旦的方式迎接即将到来的期末考试。

先申报项目，再获批通过。

英语老师一不小心在临下课时说出这个计划的时候，孩子们才知道他们又将获得一项全新的福利。教室里一下子沸腾到一百度以上，以至隔壁班级的十几个孩子趴在教室窗口"听隔壁"。

过了圣诞节，离阳历的新年当然就不远了。一个礼拜的准备时间，我们足够足够了，而且几乎所有的细节都在预案当中。同事说我，你这个人真奇怪，什么事情都能想周全。这一议一哄，也把我哄成了一个大小孩，一下子高兴了好几天。这好几天中，我又把预案仔仔细细、翻来覆去过了好几遍，考虑到我们要去的河坊街有很多售卖零食的小铺，我便又加了些餐饮安全的小注意事项；预想到孩子们并不会真正上杭城的公交，所以我一跺脚，把整页的公交礼仪与安全删得干干净净。校长说，你这个老师胆子大，我这个校长胆子也大，河坊街不比乡下，人多鱼杂，龙蛇俱游，还得把事做小心喽。校长又说，代祝孩子们元旦快乐，祝你们的活动圆满成功！

出发前，孩子们燃起冬天里的一把火。

这次，由我发表临行前的动员令：孩子们，校长要我转祝你们元旦快乐，校长预祝我们的活动圆满成功，校长对我们期末的所有表现充满了殷切的期盼。大家再在家长给你们的手机上输一遍我的号码，我再公布一下我的手机号。出发！

我在黑板上写定手机号,我们早就约定:如有"不测",手机联系。

大巴车装下了全班孩子和全体任课老师,一个都不缺。

一路行车一路景,孩子指点着车窗外快速移动的房舍、绿植、行人、车辆,又指点着头顶上一架接一架起落的飞机,有说不完的话,有道不尽的欢。奇妙的是,车行顺利,顺利顺在这次出行,居然没有一个孩子晕车。看来,生姜片绑脉的办法果然奏效。可不是,把三五个以前老是要晕车的女生乐得不行了。说说笑笑间,孩子们背起小背包,将校服拉挺刮,便依序从大巴车像一道道阳光刷下来。车停街的一头——一块偌大的石子铺地的停车场。下车,脚尖轻踮没有几下,步子就挪进声名在外的河坊街了。

河,是河。

坊,就是坊。

街,也是街。

谁取了那么动听准确的名字?它有怎样美丽的传说?它走过多少动人的历史?

——河坊街,是一条有着悠久历史和深厚文化底蕴的古街。它曾是古代都城杭州的"皇城根儿",更是南宋的文化中心和经贸中心。街上的"老字号"商铺,即使在今天,也依然为杭州人耳熟能详。话说,南宋这样重要的皇朝虽然早已销烟散云,不知归处了,可是,它留下的历史遗存却还在吴山脚下,天风一侧,璀璨它的生机与活力,泽被后人世世代代。

作为杭州市区唯一的保持古城历史风貌的完整的老街,河坊街凝聚了杭州最具代表性的历史文化、商业文化、市井文化和建筑文化,因而在杭州旧城改造时免遭全面拆除的命运。1999年,杭州市政府决定将这一占地13.6公顷、紧挨吴山城隍庙文化广场的街区重新开发,建成了一条仿古的商贸旅游步行街。

橙黄色的瓦片,古重庄严。

青白色的骑墙,质朴无华。

明晃锃亮的牌楼,复古飘香。

坚固光鲜的石板路,留得遗情别绪几何?

当孩子们迅速扑进河坊街的时候,我和同事们便已经后悔了,那么多游客,我们怎么可以不叫家长同游呢?这要是出个什么岔子,可怎么办呀?那么多小鸟一下子飞进大森林,可怎么找寻?

担心归担心,还是有几个中规中矩的孩子紧紧跟着老师的,或许孩子的父亲在昨天晚上对孩子进行了细致的安全教育,或许孩子的母亲索性说过"跟住老师最保险""拉老师衣角就没错"这样的话——孩子就跟着老师,形影不离。

有的孩子爱扇,王星记扇庄是顶有名气的了。"王星记"是杭州扇业的典型代表。店主王星斋,祖籍绍兴,世居杭州,制扇工艺为家传。清光绪元年在杭州开设王星斋扇庄,夫妻自设作坊制扇,以选料优、制作精赢得顾客。这一来,"创业"百年,扇业却扇火了王氏整个家族以及传而承其业者。有的男生平时不声不响,一进"王星记",从铺子上提起一柄扇,扭捏间又那么一搧,腰肢摆曳,面上生色,贵气突显,便仿若一个婷婷的大家闺秀,引来女生们一阵大笑,男生却自得地说:

"难道不像么?"

"像!"笑得王星记柜台内的一个后生也咯咯起来。

"哪里不像了!很像很像很像,准确的评价说三遍!"一个性格开朗的女生高声笑道。又引来女生们一阵大笑。男生也笑得合不拢嘴;还要扭还要摇,却被后背一个男生一下捅,总算打住了。

有的孩子却专逛药铺,可不是胡庆余堂、方回春堂都是早

125

就闻名遐迩了。说起胡庆余堂,不得不追溯到清末。"江南药王"系著名"红顶商人"胡雪岩于清同治十三年创建,创始地就是河坊街所在的清河坊。转眼间一百三十多年过去了,胡庆余堂国药号始终秉承"戒欺"祖训、"真不二价"的经营方针,已成为保护、继承、发展、传播祖国五千年中药文化精粹的重要场所,成为杭州人文历史文化不可或缺的重要组成部分。时光斗转星移,时至今日,"江南药王"胡庆余堂国药号已然成为全国最具历史风貌、最具人文特征、最具观赏价值的中华老字号,作为全国唯一一家双国宝单位,它的确充满了迷人的气息。

孩子进堂,并不像大人进堂。

大人进堂,说药材,问郎中,询病症;孩子进堂,分辨分辨药材,议论议论郎中,看看某某病症那几个字怎么写。一进堂,堂员就分辨得清楚了,这不是真正的主顾,只是实在的游客——孩子的身上没有生意的根源。可是,孩子年轻,记性特别好,一时间,五分钟十分钟转下来,他便能认得当归是当归,石楠叶是石楠叶,禹余粮是禹余粮,虫白蜡是虫白蜡,蚕沙是蚕沙,洋金花是洋金花。水平地道,老师见孩子这般"能干",不得不竖起大拇指,啧啧称赞一轮。

突然有个孩子说:"我也懂中药的,你们来看,这是人参。"

"你只认得人参。""人参谁人不识呀?""这叫参须你不知道了吧?""好眼力,连人参都能认出来。"

一旁打趣的人,比真正关心人参品相质地的人当然多得多了。孩子毕竟是孩子,同学毕竟是同学,开得起玩笑,玩得起反语。

方回春堂内则坐着好些位老先生。一个孩子跑到我跟前:"老师老师,你进去看看,那个郎中先生我看起码八十岁了。"

说着,已经把我拉到漆门口了。

先生容光焕发,鹤发童颜,如果不是须发大白,实是猜不到他的年龄的。问过堂员,先生的确已经八十六的高龄了。单人单间,问号挂诊者,都得外头候着,待轮到一个叫一个,就差与现代化大医院那块电子屏了。先生坐在当间,玻璃隔间,外面看得一清二楚。待一个中年妇女坐入紫褐的方木凳,先生便伸出手搭在妇女的脉上了……

这方回春堂,也是大名鼎鼎,是弗逊于胡庆余堂的。

已有三百余年历史的方回春堂,是中国最古老的国药馆之一。清顺治六年,钱塘籍人士方清怡创办了该国药号。依史记载,方清怡出身中医医药世家,精通药理,特别悉心研究了明代万历年间杭城名医吴元溟的《痘科切要》《儿科方要》,常以家传秘方研制丸药,使沉痼久病之人得以康复。

相传,方清怡尚在新宫河下住处行医时,有一日,两乘小轿在他家门口停下,从轿中走出一老一少两个妇人,老妇人手中怀抱着一个双目紧闭、发着高烧的男孩,跟在少妇后面。并由一老男仆和一小女仆陪同走进门来,少妇神情憔悴,十分紧张,当时他们已经看遍了杭州的一些名医,吃了好些药,均未见效,后经人介绍,就慕名前往请方清怡诊治。方通过望、问、闻、切及对小孩进行腹部的检查和触摸后,对少妇讲:"小孩是因为消化不良,加上受寒所致,只要好好调治,病会消除的。"随即开了一张小儿驱寒的方子,又给了七粒用蜜蜡封好的药丸,交代了服法。那个生病的孩子服了七天的汤药和药丸后,病消了,精神也好了,少妇一家便分外高兴。再说这一家的主人,乃是钱塘县知县,生病的孩子是他的孙子。今见孙子病已消,也特别高兴,忙差人把方清怡请到府上面谢。至府上后,主宾相互客套了一番,随即知县取出了五十两银子作为酬谢。方清怡早就听说知县为官廉正,于是婉言谢绝了厚谢之酬金。接着,知县问起此药丸何名,方清怡说尚未取名,知县随即在书房的案桌上写了一张"妙手回春"横幅,并对方清怡说:"药丸就叫'小儿回春丸'吧。"药丸因此得名。从此以后方清怡名声鹊起,前来求治小孩病的人越来越多,生意大好。只要有人问起找谁医治小孩的病时,老百姓都会不约而同地说:"当然是方清怡,找他看保证药到病除。"使得当时杭城百姓妇孺皆知。可是,生意好了以后,方清怡发现,人手及药材方面的配备都开始显得有所不足了,常常只能顾及一两个病人,其他的病人却无法照顾到,长此下去会直接影响到生意,也于医人治病之初衷相违。于是方清怡便萌生开家药店的想法,一边医治病人一边做零售和批发药材的生意,以扩大营业范围,既治病疗人,又买卖营生。于是就选址清河坊,建造了方回春堂。开张后的方回春堂生意比以前更好了,大堂里外,各色人等,进进出出,十分热闹,而方清怡亲自坐诊大堂为病人看病,更是引来了不少的病人。据传,有一天天刚亮,就有人前来敲门,同时还传来了阵阵哭声,正在熟睡中的方清怡听到声音后,赶忙差人去开门,只见门口有一对夫妻,妻子手中怀抱着一个昏睡的孩子,只是那孩子面色苍白毫无血色,呼吸也十分急促艰难,夫妻俩跪在店门口恳求方清怡帮他们救救孩子。方清怡二话不说,立即把这对夫妻请进了门,并对孩子进行全面诊断,然而孩子确实病得不轻,于是询问了孩子的发病原因,才知道,这户人家比较穷,前几天下大雨孩子淋湿了,当晚就发起高烧,可是由于家里无钱医治,只能在家熬着,过了三天病情不见好转反而加重了,万不得以才跑来求治。而此时方清怡心里很清楚这孩子恐怕已经错过了医治的最佳时期。但是方清怡没有放弃,一边安慰这对年轻夫妇,一边加紧时间研制救小孩的药方,甚至推掉了前来求治的轻症病人,在药房里苦苦思索,尝尽各种药材后,终于把药方配了出来,熬好药为孩子送服下去,孩子苍白的脸色慢慢开始恢复了血气,呼吸也开始变得平缓。连续服用了两三天后,孩子竟然奇迹般地好了。这件事传出去后,顿时成为杭城佳话,很快传遍了大街小巷。于是,更有不少人慕名前来,只是为了目睹方清怡和他的方回春堂。有了好的名声和口碑后,方回春堂的发展一直很兴旺,后来一直成为晚清时期操纵杭城药材市场的六家大药铺(胡庆余堂、叶种德堂、方回春堂、万承志堂、张同泰、泰山堂)之一。

光听这样的历史,孩子就能听得出神;一见问诊就诊的人个个面相认真,询疑答问严谨细致,更使孩子肃然起敬。几百年方氏回春,不知道回了多少人的春,救过多少人的命?

若是要论世上谁是真正的救世主、观世音菩萨,孩子们想了想说,专做良心药的像胡庆余堂、方回春堂这样的"堂"——堂堂正正,不二质,不二价。

一时找不到一群孩子,这群孩子有四个人,组织能力最强的是个子已经有一米八的曹一桐,还有三个也挺安静的孩子。四个男生跑哪去了呢?

猜不准,想不到,钟点还只有十点半,四个孩子已经坐进王润兴的小雅间了。雅间当然不大,杭州城寸土寸金的地界上,河坊街寸土寸金的地面上,小包厢哪里大得了。坐进挨窗的靠墙的座位,要再移位别驾,自然是难上加难了。王润兴是个小酒店的名称,作为杭邦饭店之首,远近闻名。现在的王润兴,其实是在一个转角的旮旯头上,三层古色古香的板楼,木窗木门木楼梯,木桌木椅木板凳,传杭邦菜之风味,兴杭邦菜之风浪。

孩子能点菜吗?

孩子哪里不会点菜。

不大一会儿工夫,杭州酱鸭一小叠上了桌;又只一会儿,油炸响铃在嘴巴里炸出脆脆的声,蘸不蘸番茄酱那待另说;然后,地道的西湖醋鱼被系着小蓝碎花布围裙的服务员请上了桌。

西湖醋鱼,也称为"叔嫂传珍",是杭州传统风味名菜。通常选用草鱼作原料,经多道繁复的工序烹制而成。烧好后,浇上一层平滑油亮的糖醋,胸鳍竖起,鱼肉嫩美,带有蟹味,鲜嫩酸甜。

为什么叫"叔嫂传珍"?据传在宋朝,叔嫂二人为兄、为夫报仇屡遭阻拦而体会到生活酸甜之味,遂创此珍。又传,哪怕知道"叔嫂传珍"这故事的人,吃起这道美味的菜肴来,也从无面带难色。看来,若是馔肴味美,其来龙去脉是可以忽略的了。

> 裙屐联翩买醉来,
>
> 绿阳影里上楼台,
>
> 门前多少游湖艇,
>
> 半自三潭印月回。
>
> 何必归寻张翰鲈,
>
> 鱼美风味说西湖,
>
> 亏君有此调和手,
>
> 识得当年宋嫂无。

这首是最地道的关于"西湖醋鱼"创制传说的诗,这一来,流传了不知多少年了。

有意思的是,这次出行前,查得一番史料,居然查到这样的典故,不妨录在此处,以解各位读官口涎之苦:

苏轼是个大才子。佛印是个高僧。

两人经常一起参禅,一并打坐。

佛印老实,老被苏轼欺负。

苏轼有时候占了便宜很高兴,回家就喜欢跟他那个才女妹妹苏小妹说。一天,两人又在一起打坐。苏轼问:你看看我像什么啊?佛印说:我看你像尊佛。苏轼听后大笑,对佛印说:你知道我看你坐在那儿像什么?就活像一摊牛粪。苏轼回家就在苏小妹面前炫耀这件事。苏小妹冷笑一下对哥哥说:"这个悟性还参禅呢,你知道参禅的人最讲究的是什么?是见心见性,你心中有,眼中就有。佛印说看你像尊佛,那说明他心中有尊佛;你说佛印像牛粪,想想你心里有什么吧!”

一次,苏东坡请好友佛印上门吃“半鲁”,佛印很纳闷,后来才知道是“鱼”。佛印说:“明天也请你到我家吃‘半鲁。’”次日,苏东坡去了,佛印让他一个人在院子里的烈日下等了老半天。等佛印出来时,苏东坡问:“你请我吃的‘半鲁’呢?”佛印说:“你不是已经吃过了吗?”苏东坡哭笑不得。

苏轼与佛印是好朋友,又是一对欢喜冤家,常常互相调侃、取笑、捉弄,还留下不少风趣轶事。

一天,苏轼用膳,厨师捧出一碟香喷喷的西湖醋鱼,放在枱上。苏轼正要举筷,忽然仆人来报:佛印和尚来访。苏轼知道佛印喜欢吃鱼,有意不让他吃,便把那碟鱼藏了在书架上。佛印一进来,就看见书架上的鱼,却佯装不知。

苏轼问:大师光临,有何贵干?

佛印说:有一个字,要向大学士请教。

苏轼说:是个什么字,请说出来!

佛印说:大学士姓苏,不知这个苏字有多少种写法呢?

苏轼说:苏字上面是一个草头,下面左边是一个鱼字,右边是一个禾字。

还没有说完,佛便插嘴:那个鱼字是可以移动的吗?

苏轼说:可以的,鱼字和禾字可以互相调动;鱼字放在右边,禾字放在左边。这样,也是苏字。

佛印再问:那个鱼字可以移到草头的上面吗?

苏轼说:不行,不能这样写!

佛印听了,哈哈大笑起来,说:不能把鱼字放在上面,你怎么又把那碟鱼,放在书架上呢?

苏轼于是只能把那碟鱼拿下来,和佛印一起分享了。

几天后,佛印想“一报苏轼藏鱼之仇”,也烹了一碟西湖醋鱼,请苏轼来吃饭。当苏轼来到的时候,佛印把这碟鱼,藏在身边的一个"磬"里。"磬"音"庆",是和尚念经时敲打的乐器。

苏轼心里想:怎么说请我吃鱼,桌上为什么又没有鱼呢?但又不好意思开口问,却发现佛印身边的磬冒出热气,便知道鱼是藏在磬里了。自己又不能动手去把磬里的鱼拿出来,怎样才能使佛印心甘情愿,让他吃到鱼呢?

他皱起眉头,装出苦思的样子。佛印问他是什么缘故?苏轼说:有一副对联,我拟了上联,但好几天还未能把下联想出来,现在还在苦思。

这引起了佛印的兴趣,连忙问:那上联是怎样的?说出来,让我来看看,能不能替你想出下联来?

苏轼说:上联是"向阳门第春常在"。

佛印大笑起来,说:你出了什么事?这是一副很流行的对联,你怎么忘记了下联?那是"积善人家庆有余"。

苏轼说:你自己也说"磬有鱼",怎么不拿出来,大家一同吃呢?被揭穿了,佛印只好把磬里的鱼拿出来,又与苏轼来了回一同分享。

有文化教养的人,就是这般,互相调侃、取笑、捉弄,也处处都显文化气息,总至于谑而不虐。

从"理趣"到"文趣",又从"文趣"到"理趣",苏轼、佛印二人围绕鱼和西湖醋鱼留了那么几个小段子,时久失证,难辨真伪,只作为佐料,加在我们阅读与生活中,便也罢了。

只是这道西湖醋鱼一上来,四个孩子就睁大了眼睛,八箸下行,挑拨拣择,三五分钟间,肉无肉,骨是骨,没有把骨头吞净把鱼盘咽了,算是善行了。一顿呵呵间,每人一盅东坡肉也已经上来了,一大盆金牌扣肉也已经上来了。

"你怎么点两种肉?"

"喜欢!"

喜欢吃肉就可以点两种肉啊,好吧,已经点了,而且属于杭邦菜之肉食上品,想来口味一定不赖。再看那扣肉,下置喷香干菜,上有排叠肉片——肉薄如纸,入口即化,油而不腻,充分显示了厨师精细的刀功和制作之巧妙。学生不兴喝酒,孩子倒是恪守了规矩,香米上饭,肉,没过多久,也都成了腹中因果肚内轮回。

正当生腻时,一盘腌白菜炒冬笋也就上来了。正好解口,你看,王润兴上菜的顺序也是多么讲究,哪儿都显着细腻而不草率,根本而不浮夸,就像是那一人一盅的东坡肉,四四方方,半肥半瘦。

腌白菜的原料,并非大白菜,而是纯粹的荚菜。是的,荚菜腌白菜,别有一种风味,爽口鲜泽,梗白叶嫩,是杭州人近年来特别忠爱的小食菜品。不少老市民自己也能腌制,而且咸淡根据自家的口味——调来,入粗盐或入细盐也是自己斟酌,五六个夜后,新鲜的荚菜已经蔫去,失尽神色,一道酸味钻进舌尖鼻梁的光景,腌白菜,功成名就,成为名副其实的腌白菜,可以攀开来,不待洗,拗下一枚最爽口的菜芯,鲜味嚼头尽在其中矣。

头道冬笋,杭州多用临安、桐庐、建德的笋。笋肉白皙若少女肌肤,提了岨刀,都下不去手,生怕割出少女的血来,谋一财害一命,哪里舍得? 可是大厨只管做出佳肴美食,三下五除二,去皮剩肉,去杂除秒,最白白净净的笋躯躺入案板,刀刀下去,片片晶莹。

这样的菜,这样的笋,炒在一起,没有肉,他照样炒出肉香来,这,就是本事;这,就是看门的手艺;这,就是杭邦菜师傅们的大手腕与大拳脚!

没等孩子们吃完,王润兴内所有的桌子都已经满了,再要坐下吃,那至少得等个个把钟头了。这样说来,曹一桐啊曹一桐,四个孩子真是有先见了。

AA,算到角为止,四人平摊了饭钱后,不忘拿包,一兴走出店去,照在阳光下,走在和日里,面色一般红润,与一群女生撞个正着。其中几个平常很爱逗人的女生一定说他们背着老师喝酒了,而且有两个还喝大了。

有的孩子天生并不喜欢吃饭,他们从一个名人的故居,穿行到另一个名人的故居;又从另一个名人的故居,回穿到一个名人的故居,一溜地不晓得累,一色的故居能穿针引线地好几回。说话间,拍拍小腿下个腰,又没影儿了。

也有孩子中意古董的,这也在我们意料之外。有孩子不止一次两次走进荣宝斋、雅风堂、华宝斋这些古董书画行,而且能与老板对上话,有些话还不失专业,说话间能带出像"包浆"这一类的不少的术语。可见,才人之于各行各业,真是面面俱到了。

最后,最富孝心奖得颁给一个男孩子,他在专卖店花一百多块钱给祖母买回去一把肯定十分正宗的"张小泉"剪刀,他说祖母做针线活五十多年了,要不是"顶针"护手,手恐怕该废早就废了罢。听说用了"张小泉",不仅可以不用再戴"顶针",而且手一定起不了老茧!一百多块钱,也是这次旅行父母给的全额的钱了吧?

有个孩子在捏糖人的老师傅面前站了近一个小时,甚至把老师傅的生意都挡了。等我悄悄拍了下他的肩,他才回过头来:

"老师,我再看一会儿,这个能学。"

老师傅听到一半,就已经抬起头来看着我了,一边没有停下手里的活儿,一边笑容可掬地打趣道:"你是他的老师啊,这个学生好,热爱学习,有前途呢。"说话间,停了手里的活,猫了点腰,半站起身,从草插里拔出一根竹签来,竹签子上头顶了一个"哪吒闹海"的小糖人,足有两巴掌大。一边递给有前途的孩

134

子,一边说:"多好的老师,多好的学生,来,爷爷送你一个尝。"

老师傅皮肤黝黑,约莫六十岁的样子。鼻下把胡子剃得干净利索,在下巴上却留了一撮十来公分的山羊须,一派走闯江湖的范儿。

孩子笑着接了,我立即掏钱,孩子则用眼睛瞪我,想是嫌我太社会,不人情。

一番推来操去之后,老师傅终于收了五块钱。

孩子正要问些什么说些什么,我说:

"小本生意,不能让人吃亏。"

说话间,我们又看到了卖炊饼的"武大郎",还连着走过了两三家卖"扯白糖"的店。其中有一家果然显眼:

扯白糖需要相当的力气。只见扯糖的女师傅舀一斗雪白的砂糖,倒进锅里,又加少量饴糖,加热,搅拌。砂糖渐渐就变成了糖浆,将滚烫已成为拔丝状的糖浆捞起,飞快地拉过来扯过去。拉扯过程中糖浆由黄渐渐变白,由短渐渐变长,由原来粗粗的一大条变成了像银丝缠绕的线团一样。粗大滚烫的糖条在女师傅手里上下翻飞,自如地像是绕着毛线。最后,女师傅一回气,拿起专用小刀,把"线团"切成小块。如此,扯白糖,一如完工。

不待女师傅松口,好些游客早已将零碎小样品放入口中含着,尝一尝那如蜜一般甜的扯白糖了。女师傅高声喊道:

"现做现卖,十块一包!"

我回头和跟着的孩子们简单一交待,大致是说了些"他们的父母幼时都有吃'扯白糖'记忆"一类的话,于是,孩子们各买一包,回去尽孝去罢了。

也有的孩子怕我事后或要他们写篇作文、日记什么的,也有带个小本子带支笔的,参观游玩的同时,还不忘记些古朴的店名,一些专用器具的名称,甚至有孩子逐一拍下了一家小钞

票博物馆的每张样币,边走边回翻相机,生怕哪里糊了,得一徒劳。

我们的任课老师团队真好,下午三点差一刻,就聚在河坊街的一头商量开了:一个说,河坊街来一趟,咱们出钱给每个孩子买个纪念品吧,大伙一致同意;一个说,大家兴致不低,回头聚齐了,咱们央人给咱合个影吧,洗照片,每人一张,大伙也一致同意——当然,这也就是在预案之中的;一个说,孩子们今天必是累了,明天好好休息一天,后天又是全新的一周,周二班会课我们借活动的东风给期末做个总动员,咱们几个都参加吧?大伙也一致同意;一个说,后阶段,咱们征求下孩子的意见,仔细编排一下最后二十天的复习策略,共同打好有准备之仗,"我们应该有信心",大伙十分赞赏他的说法。同事们最后要我总牵头,说是大伙都听我的,果真弄得我非常难为情。

……

我又依稀记得曾教养过我的若干恩师,他们也用着各种各样暖人心意、启人心智的办法,调试我们参考前的频道,以使我这一路考来,并无大碍,得尽心情上的便利。人一愉悦,学习、工作与生活便陡生激情,一旦激活了自我,本我价值的彰显就容易得多了。

那一年,大雪纷飞的时节,孩子们快乐地走进考场。

那一年,大雪纷飞的时节,孩子们快乐地走出考场。

啫喱

"我说我剃光头,那就是随口那么一说;真剃光头,我还见不见人?"

一年前,领导要我接班,做这个班的班主任,我一口应承下来了。一则,领导直爽坦白:这个班没有人愿意接班了;二则,领导说话有水平,领导接着说:只能你接,只有你能接;三则,把场景作一还原吧,它是这样的:校长坐在正中间,手里端个紫砂的茶杯,身板挺刮地直坐在一把褐色的圈椅里;常务副校长坐在校长右侧那棵曲松盆景边的沙发上,手里紧紧握着一只水杯;书记兼副校长则坐在最靠边的地方,手里揣了几张纸,上面密密匝匝尽是些望不到边的表格——这仗势,他们这是要以"3∶1"的形式,背水一战,必须把我"拿下"的。我既识理,又识趣,减轻领导的心理压力与工作负担——我知道"接班"这种事,谈起来,肯定是碰到好说的还好,碰到不好说的他们有得烦了。于是,我应承得大大出乎三位领导的意外,以至于他们黯然神伤的脸色霎时拨云见日,大开天光,一片晴好。我不紧不慢梳理出这么几个句子来:好的,我可以试一把;当然,三位领导要允许我做些工作上的创新;做得不太对不太妙的时候,您三位多包容多予我以时日;我努力把结果做好;同时,我尽量把过程做好。承着我话音才落,书记接的话就说得很漂亮了:信任是没有条件的,你大胆地干去吧。

然后是卓有成效、地覆天翻的两年奋斗历程。

这难忘的极其历练人的两年中,也就出现了开篇说那句话的孩子。想来为什么没有同事愿意接这个班,的确是因为这个班声名在外,甚至有孩子扬言,家长老师若是再"逼"他,他便要剃了光头——提头来见。

一位面色锃亮、精神十足的同事有一次好心地悄悄告诉我,情景约莫如此——她把嘴凑到我薄薄的耳朵根上,叽哩咕噜响出几句话来:这个班,可了不得,可不得了,这不,期末了,好容易这个学期走到尾巴上了,熬得那叫一个艰难,他们哪个科任老师不想退出这个混沌的江湖?咱们可是才带完一届毕业班送走一批毕业生呐,接班的风险小不了,小不了就得加点小心,小伙子。末了,还加句"你说对不",像极了商量口吻却又再也无从商量的话。只是我前面说了,她是好心好意地提醒我呢。

我答不上来,不知道应该答"对",还是应该答"不对"。或许也是我不习惯包打听,所以各种版本的情节与典故,尤其是一概的校园故事,哪怕风生水起,我也是收罗不齐的;纵使有些风吹草动,也都权作同事们漫聊的资本,是向来不作参与与评论的。可是,同事这样的悄悄而好意的警告,确实在我稚弱的心灵上长出点负面的根须来——这样的孩子,可难教育好呢。

九月毕竟来了。

君子一言,驷马难追,我枪炮上膛,蓄势而发。毕竟年轻气盛,不失血气方刚,且要鼓足干劲,演它个正茂风华——

前奏有三:

八月最末的两三天,我像以往开学前一样,稳稳地走进教室,把吊扇开到顶档;单人徒手,先把整个教室的课桌椅逐一检查一番;然后用各种工具使劲擦去课桌椅上可能哪个孩子不小心留下的各种杰作;最后猫下腰,再把嘴对准了桌面,一口足气那么一吹,什么橡皮沫子的,一并吹落在地。它们落地的路径真美,扭扭腰身,缓缓飘飞,我似乎便看到了其实孩子们正坐在那儿看着我干这点小活儿呢。接着就是把所有的卫生工具清出教室,我可不允许教室里放卫生工具的,哪怕它们功劳有多大;把全部的课桌椅移到走廊上,开始满头大汗地用扫帚扫地,又用拖把拖地。洗洁净和着水,一并倒下去,又溅上来,吐着沫子,隐隐唱响清洁之歌,这一幕是最欢快的舞台剧了。热不是一般的热,闷得人直喘不过气来。三遍过后,教室的地面整洁如新;抹布再把乌黑的踢脚线擦出光泽;台台柜柜一并洗净刷白,墙面恢复"出厂设置"……最后直到与旁边的两间教室一比又自己点过头后,才欣欣然地极其满足地对自己说一声:这才像家,这才是家。课桌椅便像一个个机灵的小鬼一样,一个个走进教室里,横笔直,竖笔直,走到走廊往教室里面一排一排望一遍,终于对得工工整整,才默默地自我感慨,看呐,多帅,那不就是一个个整齐精神的青年了么?你看,他们不正在那整洁的环境里孜孜致学么?当然,教室的黑板上还留下一段有百八个字组成的"长篇幅"的话,算是初恋般的交待了。

然后是足半天时间的教室精致布置。标准是什么呢?家是怎么样的,教室就应该是怎么样的。家里哪儿最像教室呢,书房最像。书房里有什么呢?最多的就是书了,于是不待细细思量,打家搬进200多本书,书柜就立即被装得圆圆乎乎了,它其实就是个满腹经纶的读书人、大才子。还有什么呢?是墙上的对联和警语、案头的文房四宝——笔墨纸砚、地上的一套盆景、门口的一个站了好多年了的会说"进门多读书"的小机器人(其实就是个录了音的小播放机)、立柜上的煮水机和各色不同的茶具、清漆掸过的供读书时或要脱去外套用以张挂的衣架子、大量的时事报纸和时尚杂志……于是,家的书房有什么,开学前,我接班的教室内就有了啥。有两件是作了变通的,又是必须说的:将衣架子变成了伞架子——雨天孩子们就有地儿挂雨伞;经典的茶具变成了茶杯格,一共五十格——央木匠新打的,木匠是我前一届一个学生的父亲,恁是不要一个铜子——除去每人一格四十六格,多出四格——多出的四格里,分别置进一个家里带来的小陶瓷器具,里面各按茶叶、白糖、咖啡、果珍粉(果珍粉,还有两种牌子呢)。

电话号码和家庭住址到手后,得仔细翻阅,一是以村、居委会或者社区为单位来个"合并同类项",还特别要看清楚"组"这个编制单位和偶有的"门牌号",这对于前置性家访有莫大的益处,会提供极大的方便,也会少走很多冤枉路;二是上门家访走不过来的话,电话家访是种挺实用的办法,它话短意长,话少意白,不见面有不见面的好处;三是"倒家访"——家长带上孩子,在报到注册日的前头,就在学校里,借一个会议室,老师、学生、家长三方会面,也是能有极大撬动作用的又功德无量的巧妙办法——它的坏处是实在太热,找不到有空调的会议室那就得搁浅。于是,开学前的最后半天,我走进了五户人家;通了十四个电话——也有实在没能打通或打通了实在没人接听的,那就只能作罢;又在晚上召开了部分学生的家长会,孩子也一并参加,孩子一个个地即兴发言,家长一个个地即兴发言。无论是哪种形式的先期介入,都使我日后的班主任工作、学科教学工作,使与我搭班教这个班的同事们的学科教学工作,顺畅得多,顺畅得实在太多。

字行于此,文沐良言,开篇提到的这个孩子,我用的是什么办法呢?

其实,前文未及提起,前面的后两项工作,我邀请他和我一起干。我和他一起进超市买咖啡,就是他提的问:老师我们交多少班费?直到我笃定地告诉他,不交。他这才似乎猛然松了口气,又觉得问题问得好尴尬好尴尬,脸,一下就大红了。我是用摩托车载着他去超市的,回来的时候,我并不转头,但是我告诉他:回去时间有点儿紧,我得开快一点儿了,你抱住我的腰。

他哪里肯抱。我声音一响:抱住! 他用十分惊奇的眼光盯着我的背,然后一把搂在我的腰上,倒是把我圈禁在他的怀里了——我又没转头,但是我能看见他的诚惶诚恐;他已经知道,他碰上了一个可能脾气古怪,或者有独门要术的老师了。他又领我进了三个孩子的家中,他"朋友多""门道熟",他告诉我某个同学头一年怎样的表现对我来说是精心备课的必要素材,其功大焉。于是我的首访之旅不仅顺畅,而且功德圆满。三个孩子的家长们都称赞他感谢他,他吮着冰棍呷着嘴乐得脸上开出盛夏六月的粉嫩的莲花来。

消息不胫而走。

教室的清洁、布置,我的前置的所有工作,都没能给任何一个孩子带来开学的惊喜——那个扬言要剃光头的男生小嘴利索,洋洋洒洒,添油加醋,褒之贬之,似乎一夜之间,全班同学和全班同学的家长,甚至好几个同事,还有一个村的村委会主任,小超市老板娘及她旁边那家彩票店的老板娘,都知道我接了这个班了。

铁定的事实,规律的作息。从9月1日起,眼睛一眨,如梭时光在炎热的火热灼烧中,快马加鞭,一鞭子抽到了9月10日。

是的,是9月10日。

就是那天,我收到了迄今为止唯一一份十分特殊的节日贺礼——一瓶蓝色瓶装的"炫彩啫喱",旁边鼠标垫下压张小纸条:

一个人,说要剃光头,吓坏了人;

一个人,从不提光头,叫醒了我。

前一个人,是我;

后一个人,是你。

送您啫喱,请您收下,节日快乐,永远年轻。哈哈,您让我知道,留着头发,才能用到啫喱哦。

末了,还有另一格调突变的句子:

我申请,我要管图书和茶座,希望您同意。

所以我说,这是我收到的迄今为止唯一一份十分特殊的节日贺礼——一瓶蓝色瓶装的"炫彩啫喱"。因为他巧妙地告诉我:教育人,走在教育的细细的田埂上,下颗豆籽,收获豆子;植枚瓜秧,收获甜瓜。可是,无论哪条战线、哪个岗位上的教育人,要炫彩自己的教育生涯,还不是就在于动脑子、走步子么?另外,哪个学生不会变呢?若是他变"好"了,定是您的细心耘作化成了雨露肥养;若是他变"坏"了,定是你一不小心坏了他的根、折了他的枝、断了他的叶、蔫了他的花了。

这真是一瓶珍贵的啫喱!

高中挂职期间与过去的学生的一次谈话

前言：

这之前，我一直在一所农村初中工作了12年，我在连续教完几届初三后，突然得到一个去一所重点高中任副校长、挂职锻炼的机会。于是，我过去的学生，便在这所当地名望极高的重高深邃的校园里见到了我；我便在这所当地名望极高的重高深邃的校园里见到了他们。两者隔时异地相见，着实令双方都惊讶万分。

这种缘分，在我看来，非易可得。

孩子们惊觉奇怪：老师，你怎么调到高中来了？

于是，一日晚上，我在副校长办公室与这批大孩子们来了一次"3105谈话"：

大家好，晚上好！

实在要谈的话，我想不妨说两个词：一个词是细节，一个词是温暖。

要么不说，一说就要追溯到我到学校的当天上午，总务处陈主任突然带着榔头和起子找我，他把3105室原来的室牌起下来，又把新的室牌挂上去，我既不好意思，又帮不上忙，只是说了"谢谢"。然而，就是这样的来自学校领导的细节关怀给我带来了一种特殊的家的感觉，一种特殊的温暖油然而生。我想，细节是有温度的，它是可以给人以极大温暖的。你们看，我是来"挂职锻炼"的，坐的办公室却分明叫"副校长室"。

如果说，人生有多个微妙的契机，那么与此名校的缘分，是你们的,是我的,是我们大家的,我们有没有理由不尊重这样的知名高中? 我们有没有理由不在这样的校园里拼一拼? 没有! 既然没有,从今天晚上起,我们要长醒不眠。

徐校长是你们最尊重的特殊的人才式的校长——其实我是不可以评他的,他在我的心目中,很重,很重。他送我到高三年级部后,另外一位徐校长、莫主任、朱副主任和杨副主任等四位领导第一时间送上了高三年级部的作息时间表、课表、任课任职表等一系列我认为确实必备的素材,并引我领我熟悉了高三各种细致的环境,给了我一种认识学校、走近学校,进而走进学校,最起码的条件。我想,徐校长送我到高三年级部就是一种温暖,四位领导的全方位关照也是一种温暖。

这样说来,人在缘在,缘在情在。各位,你们也一定感染过这所伟大学校的温暖,所以,我们又没有理由不为她熏染上我们的体香,一种来自于勤奋、大气、专攻的体香,使她倍儿香,倍儿香。

大家是了解我的,正因为此,我在这个伟大的学校也要尽量给别人以一点点温暖,也要给她以一丝丝温暖。或许,还可以大一点,多一点。

之前,我在餐厅用餐,碰到一位女老师,坐下来后就和我聊天,她说,你是不是新来的挂职的? 后来又问了好几个问题。突然我说,你是高三年级五班的班主任范老师吧? 她十分惊讶地看着我说:你怎么知道? 显然这个年轻的女老师比较兴奋。事实上我是事先仔细地看了我们高三年级部老师的任课任职表的,通过对话和聊天,我判断她应该就是范老师。虽然我没有告诉她我还知道她马上就要办婚礼了而祝福她一下,但是第二个星期星期一的一大早她还是特地送上了一张精美的请柬,邀请我参加她的婚礼。我的理解是,我的突然的准确的判断显然给了一个年轻女教师以一定的温暖,而这种温暖或许也就是同事关系更加和谐的一个因子。这所学校之所以伟大，我此番之所以选择来这里，而没有选择去其他单位，这一难能可贵的温暖情怀，足以在十五年前我做学生时温暖到我，更足以在十五年后的今天在我挂职任学校副校长时温暖到我，使我感到内心一腔火热——

上上个星期一，我走到高三年级的三楼，到了十班门口时，我下意识看到第二组前面一个同学右脚边有一本书，便进去了，帮他捡了起来，他连声道谢。我说，这用不着谢的。他说，这要谢的。就是这"谢"与"不谢"，非常微弱的细节，却在一位同学的心中种下一棵和谐师生关系的绿色植物。巧的是，那一天，中午时分，我又见到了他，晚上我还是见到了他，他都已经打听到了，非常尊敬地叫我"高老师"——其实，这之前，我们素未谋面，哪里知道人与人之间会有这样的交集？在我看来，和谐师生关系，也符合"细节决定成败"的原理。我们的细节当然可以给学生以温暖，以极大的温暖。所以嘛，你们在这里，原来我和你们在一起，你们都是极能处理好与老师的关系的，这一点，我十分欣慰，也为自己能碰到你们这样的学生、朋友，而自豪不已，天天都能拥枕而笑，伏榻而眠。

有的时候，我想到师生间温度，总由细节决定——想到那种难以用一般语言表达的温暖，总是自己就笑出声来。今天见到你们，你们能在紧张的学习中抽出时间来，来到我的办公室；我又一次幸运地与你们这样优秀的孩子再续前缘，讲起故事，说点道理，真是可喜之极。这段回忆，我珍藏于心，收纳存根。

你们要继续努力，这一点，我不讲，你们都在做。

我这里想说，谁把持了细节的妙处，谁便体会到时间、空间的温暖。

如果说，要从一个管理者的角度出发，来定义细节与温暖的关系，我用一句话概括它：细节无处不在，需要你我参透；温暖无处不在,需要你我体悟。

而你们,作为这所伟大学校的学生,自然要倍加珍视细节的极端要义,在细节上取得温暖的火种,体悟学习、生活、人的生命的厚重,在细节走向温暖的征途中多些掌故,少些遗憾,葆有真正的青春。然后,再有机缘,多读一些哲学的经典——我对于哲学的经典有天然的嗜爱。读哲学,厚重自己的底盘,是你们这样优秀的人必须要做的事,将来要做,可以从现在做起。其实,读典籍,本来也就是一种温暖的行走方式。

在这里,拥有太多的温暖,需要我去进一步领会、习得与内化;你们也要监督我,我不应该在挂职此地的征途与重任中,让你们替我担心、因我失望。

耽误你们的时间了。

谢谢你们!

科艺节团体总冠军

长时间的文化学科学习,使孩子们略显疲惫。

学校领导总能从长远着眼,以综合提升孩子素养为宗旨,顺道打通一下孩子们沉醉文化学科学习的关节,以松紧相宜的策略思考教育前行的方向和孩子们发展的局面。这一点,并不是所有学校的领导都能做到的。我能遇到这样的学校领导,长期在这样的学校工作,别说有一种怎样的自豪了。

可不,科艺节说来就来,说到就到了。

孩子顷刻间欢呼成春上的麻雀,又霎时间雀跃成盛夏的知了。遍地都是张扬且大声的呼喊与叫好,分秒都有激越而拼争的身姿与风采。

校园科学界的巅峰之作——头脑奥林匹克——开始了。李老师一板一眼、气定神闲地读完竞赛规则后,抽乒乓球,现场抽定一套孩子们之前并未知的题。接着,历时一小时的"头奥"正式开始了。偌大的教室里,每个参赛队的四个孩子,个个屏住了呼吸,时不时小有深入的探讨,却也是静得吓人,生怕旁边的小组听了"隐蔽",以免我方智力之损失,为旁的队窃取了机密。伙计们尽量用手势语言,横竖撇捺点勾折,都是巧妙的信号。眼见着一桌子的材料,有的组一时都动不得手,想不出点子怎么办,有的孩子索性一屁股坐下来,思忖有三,磨刀不误砍柴功,思定而后出手罢了。有的组个别孩子确实灵光,一见材料,似乎早就有备而来,便差人一并动起手来,自己两个眼珠子乌溜乌溜转得老快老快。"监考员"老师则不停地游走在各个小方阵内,看着孩子们把废报纸折成钢筋铁骨,看着孩子们究竟有没有从口袋里掏出胶水来违规粘贴——徒手折报纸承重——可不是拼智慧的"大项目"么?窗户口子的外面,趴满了默不作声的不参赛的"拉拉队"孩子们。这些孩子有天生的"屏功",身为拉拉队队员,却从头到尾喊不得一声,张皇到就怕一发出声音,打断了参赛同学的思路,于是,一只只待食的蛤蟆就蹲在草丛中,伺内机而外动。只是场面确乎太壮观,蛤蟆叠层,谓难得的奇象。

一个小时说长不长,我班里的三个男生一个女生出来的时候,我和兄弟班的老师们都已经等在门口了。当那个平时昵称为"蹄髈"的并不胖的男生面带笑容地把双掌摊挺,一下子伸在我的面前,示意我击个掌的时刻到来时,我早就判定这场战斗他们一定是完胜了敌手!结果也并不出所料,四个孩子经过三十多分钟的两轮制作和十几分钟的调整加固,"承重系"以极其完美的姿态展现在同行和评委面前。钢是钢,铁是铁,硬得很,谁的废报纸不用其他辅助材料,高度又高,承重的杠铃又重,那就算一个好。而几者结合,取第一者,便为王,便为王中王。

一个下午下来,海模、电子百拼、无线电测向,班里的五个孩子都有不俗的表现。几个文艺女生则把头撞在一起,用精彩的构思、细腻的笔触、工整如印刷体的字体,把科技小报设计得仅有黑白两色,以色彩最少最醒目,媲之于兄弟班级色彩艳丽的画卷,而又夺第一。掌声响起之际,女孩们早就抱成一团,就差互相激吻了。

难得出个奇才,姜俊同学作为男生中的男生,居然把机械舞跳出了国际水准,以超过第二名近三分的成绩拔得头筹,令音乐老师们啧啧称赞,甚而使他们肃然起敬。机械舞是放克舞蹈和街舞中的一种风格,基本是借由肌肉迅速地收缩与放松的技巧,使舞者的身体产生一种颤动的感觉,这种技巧称作"pop"

或"hit"。舞者会以多种不同的动作和姿势来配合乐曲的节奏,舞出青春,舞出风采。机械舞舞者又被称为"popper"。这种早年流行于欧美,现在早已传向大陆的舞蹈,使姜俊这小子一时间获得了"popper王"的美誉。当我私下问起他的时候,他早已把脸涨得通红:"我平时就是健身的啊,老师,你看,肌肉,还有这边。"一边把袖子捋上去再捋上去,要我捏一把他的臂肌。"的确,练得不错! 恭喜你,popper王!"我不无赞美且不得不溢于言表地褒扬了他,使他的脸涨得更红了。

当书法专场结束时,当绘画专场结束时,当器乐专场结束时,当演唱专场结束时,我们的积分已经遥遥领先了。

两天半时间一过,我们最终还拿到了"小制作家""十佳小歌手""小舞蹈家""徽标设计大奖"四个个人单项最优奖;关键是拿到了班集体文化建设、百米长卷、中国象棋团体赛、头脑奥林匹克、无线电测向五个大项的团体前三名。积分不仅居于年级第一,还成为了全校第一,校长亲自颁给我一座奖杯,奖给班长一个红包!

校园内集体活动有它独特的功能。

有的老师能把集体活动的前期置办作为重中之重,这样的思路,活动成绩一定差不了。有的老师能把集体活动的实施期、操作期视为关键要害,这样的思路,活动的成绩一般也都比较好。有的老师能把集体活动的后期效应发挥到极致,这样的思路,则可能创造持续的、延展的、光辉的后续效应——此之为"战胜于已然",而"启发于未然"。

后两周,我们进行了为期半个月左右的科艺节回顾、反思、梳理、总结、启发。9000余字,近万字的书面报告生生参与,印发学生、任课老师、家长和学校领导,不仅向所有人呈现集体活动成果与思考,而且向所有人陈述集体活动带给我们的精神洗礼与将来奋斗之必胜信念。

信念大于天。

曾任国务院总理的温家宝同志就说，信心比黄金更珍贵。活动前，予信心，备至胸有成竹；活动时，予信心，战之神灵附体；活动后，予信心，全情中原逐鹿。

捧得奖杯归，坐上头把交椅，那，的确也是命中注定。

机械舞王(外一篇)

　　姜氏,在我华夏大地上,历富盛名。

　　印象最深,记忆不灭,有三人。

　　其一,西周姜子牙。姜姓,名尚,一名望,字子牙,也称吕尚。其间,以称"姜子牙"者为最众,口耳相传,百姓间"人脉"极广,颇得好评。相传,姜子牙生于公元前1156年,死于公元前1017年,寿至139岁,先后辅佐了六位周王,因是齐国始祖而称"太公望",俗称姜太公。西周初年,被周文王封为"太师",被尊为"师尚父",辅佐文王,与谋"翦商"。后辅佐周武王灭商,建有大功。因功封于齐,成为周代齐国的始祖。姜子牙,不得不算是中国历史上杰出的政治家、军事家和谋略家。

　　其二,三国姜维。姜姓,字伯约,天水冀县(今甘肃甘谷东南)人。公元202年生,公元264年逝。系三国时期蜀汉著名将领、军事统帅。原为曹魏天水郡的中郎将,后降蜀汉,官至凉州刺史,后至大将军,拥有最高军事指挥权。姜维后继承诸葛亮遗志,继续率领蜀汉军队北伐曹魏,与曹魏名将邓艾、陈泰、郭淮等多次交手。然而由于蜀汉国力弱小等原因,终究回天乏术。蜀汉灭亡后,姜维希望凭自己的力量复兴蜀汉,假意投降魏将钟会,打算利用钟会反叛曹魏以实现恢复汉室、中兴蜀国的愿望,但最终钟会反叛失败,姜维也被魏兵所杀。

　　其三,南宋姜夔。姜姓,南宋著名的文学家、音乐家。人品秀拔,体态清莹,气貌若不胜衣,望之若神仙中人。往来鄂、赣、皖、苏、浙间,与诗人词家杨万里、范成大、辛弃疾等交游。庆元中,曾上书乞正太常雅乐,以之闻名。他少年孤贫,屡试不第,终生未仕,一生转徙江湖,靠卖字和朋友接济为生。然而他实在多才多艺,精通音律,能自度曲,其词格律严密,堪称佳品。词作素以空灵含蓄著称,有《白石道人歌曲》等。姜夔对诗词、散文、书法、音乐,无不精善,是继苏轼之后又一难得的艺术全才。

至我身周,亦有姜氏,容貌俊俏,体姿健朗。容我短视狭野,我心目中,小姜舞王可成第四姜氏名人。不为别它,因其能跳得最美机械舞蹈,出同类而拔其萃,难得人才!

借此文字,不妨简叙机械舞种,也以广博知识。机械舞有其明显的个性化特点——它运用身体各部位的肌肉和关节的振动,随着音乐的节拍,加上自己丰富的想象力,创造出令人惊讶的舞步——这是机械舞最基本的特色。肌肉紧绷、收缩和舒张达到肌肉振动——及一用力,肌肉瞬间收紧,将力量一次释放出来,再放松,将肌肉舒张放到最松,快速连续这样做,带动关节,配上鼓点重的摇滚乐,这也就是当年迈克尔台上如梦如幻的太空机械舞步——那般完美的展现。

小姜舞王算是校园内舞者之翘楚,曾于校园科艺节的舞台上霹雳生风,钢骨软体,赢得一众女生呀呀尖叫,也搔得一众男生羡慕忌妒生过恨。做个有心人吧?我得采访一下小姜舞王,再采访一下姜妈妈。

什么时候学的舞呀?

没有学过,我是看的碟。

是的,他就是看的碟,叫他不要看不要看,他偏是看。

这么神奇?

听到音乐,我必须甩手摇腰摆摆臀,哈哈,就这么神奇。AcidRock、AlternativeMetal、CollegeRock、BlackMetal都行。

吹牛!可是,音乐一响,他就练。

坚持多长时间了?

会走路我就有这天赋,不是我说的,是小学班主任说的。

吹牛,不练哪能行,家里都是他的天下。

以前参加过什么比赛吗?

有啊,我每次获奖的。

老师,别听他吹牛,总共才参加三四回比赛,四五回比赛,倒是的确拿了奖的。

机械舞学起来,听说可不简单?

你们难,我容易的哈。

尽说大话! 哈哈。

老师、孩子、妈妈,三头点火,一番聊天,信息大全。聊天还聊出一个性格鲜明的时尚少年来。可不是,看来,时下最流行的西方音乐,他一定都了如指掌,要是说,定能说得头头是道。

"时代就需要这样的孩子。"

"有这样的孩子,会有更新的时代。"

我主观上,脑子里疾速地闪过这样两句话,似乎两道电光,就在脑海中炸出响来了;我给姜妈妈又倒满一杯茶。

"舞王",舞王一惊,"你来,我还有话呢。"

舞王过来了,蹭着舞步款款就到了我的跟前:"来,挨着我坐。"

姜妈妈正在腾个空位,我已经把舞王拉到我旁边的椅子上了,这会儿,他的面儿,正好朝着姜妈妈。

"将来做个舞者吧,甚至成为令人骄傲的舞蹈家?"我诚挚地祝福他。

"那可不行,我得学习呢。"

"'行行出状元嘛'。"可是,姜妈妈冲我眨了眨眼睛,眼睛里存着密码,只是我没有第一时间破译。

"那也不行,我学习又不好,跳了舞也'走不远的'。"舞王居

153

然这样说。

姜妈妈会心地笑了笑,插进话来:

"老师,他舞是跳得好,学习也要抓紧。"

我冲姜妈妈点了点头,然后我又挨近了孩子一点:"跳好舞,那可不是谁都有的天赋呀,'技不可失'啦。"我总是站在孩子一边说话。

孩子侧过脸,正对着我的眼,不好意思地说:"我还得努力。"

"不是你一个人战斗,至少,我们仨一起战斗。"我握住他的手,紧紧的。

……

一年多以后,他离开了我,到了一所区内并不知名的学校继续求学。在那并不漫长的一年多时间里,舞王一次参加省级比赛,向老师告假三天,结果签抽在第一天,预赛就被淘汰了,假没全也就折返了课堂。

舞王把这个触霉头的故事讲给我听的时候,他已经又坐在我旁边了。见着我,他先开的口,说是没能好好比赛,山外有山,头一箭就被射杀身亡了。我说,不见得,是你没有好好练,一心多用,往往不能得偿所愿。

还有一次,他去参加了区里的比赛,便顺利拿到了晋级决赛的入场券,而且多箭穿中他人心,过五关斩六将,一路叱咤,硝烟四起后尘埃落定,众望所归,站上了最高领奖台。

舞王还是来见我。

见着我,还是先开的口,说是一千六百块奖金,许他请我吃一顿饭。我说,拿到一万六、十六万的时候,我还是第一个给你热情拥抱和热烈掌声的人。

其实是这样的,在很长的一段时间内,他是很少练舞的,但他却总能高强度投入专注的文化学科学习。在历次并不正式

154

却被搞得云山雾罩的月考中,他鲜有明显进步,却总能把成绩稳定得完美无缺——我想,这正如他的舞蹈,机械而美丽,美丽而机械,在稳定中求发展,于发展中得稳定。

其实是这样的,在很长的一段时间内,我和舞王有过几十次的或深或浅的大大小小的交流,关于舞蹈,尤其关于机械舞;关于生老病死以及轮回后人类的二度舞蹈这样沉重而生动的哲学伦理命题;关于生活中艺术熏陶的必要与紧迫,和那些我们可以启及的艺术高度;关于健身,还有操场上那一排并不太常用的单杠、双杠、爬杆之如何热用;关于韩流、整容与心灵的塑养;关于人们对音乐不同界别、宗教不同界别的探讨与举实……

总之,我想,得一舞王为学生,幸之庆之而不及:这是我与机械舞王所有故事中当写下的最末一笔,也是论断。

"不用时请将样梯子横放"

下面这则小故事,不少人是读到过的:

在青岛啤酒集团车间的一个角落,因工作需要,工人需要爬上爬下,因此,放置了一个活动梯子。用时,就将梯子支上;不用时,就把梯子移到拐角处。为了防止梯子倒下砸着人,工作人员特地在梯子旁写了一个小条幅:请留神梯子,注意安全。

这件事,谁也没有放在心上。

一晃,几年过去了,也没有发生梯子倒下砸着人的事。

前一段时间,外方来谈合作事宜,他们留意到这个梯子和梯子旁的小条幅,驻足良久。外方一位专家熟悉汉语,他提议将小条幅修改成这样——"不用时请将梯子横放"。

很快,梯子边的小条幅就改过来了。都是9个字,这一改,效果却大不一样。果真每个人只要一用完梯子,就将梯子横放过来了。

事儿是小,可是不正是孩子们和老师们应该思考的小而正的教育角度与教育命题吗?

我曾在一个学校工作,学校给每个班配上一块班牌,制作考究,材质好,色彩美,班里的持牌员一举起它,就能昭示着一种神清气朗的良好班容班风。学校提倡好好护着这块牌儿,要整洁,更别让它受着伤。学校负责科室还给持牌员开了专题会议,把班牌的重要意义和爱护守则悉数讲清,持牌员也逐一记录,看上去毫无差池,一时间大家也便各回各家,班牌该出场时就出场,班牌不出场时就立在教室里。

一两个月过去了,还是有班牌要么是不太整洁了,要么是柄折了或者面凹了或者沿存了缺口了……

"不用时请将梯子横放",终于有学校领导眼明心亮,果断提出每个班要做四个高度统一:

一是班牌只有持牌员可以"碰";

二是持牌员持牌时左手在牌柄由下往上三分之一处着手,右手在牌柄由上往下三分之一处着手;

三是班牌不用时,统一置于教室东北角;

四是一月一护理,学校统一安排时间,由学校勤杂人员和持牌员一起对班牌进行清洁护理。

事实上,第三条一执行后,班牌即得到了最好的"养护"——从那以后的两三年间,没有班牌更换过——大家"爱护"班牌发挥了最显性的功能。当大家都不在意一块班牌位置放置的时候,"四个高度统一"中的关键一条,也是最不起眼的一条,反而与预想一样,起到了至关重要的作用。这真是应了"以小胜大"这条战争学上的奇律了。而管理的小节又正好是"管理战争学"中最应该秉持的关键性要素。

七年前,我终于到了青啤实地参观厂区,至今历历在目的是,那么大的企业,无处不见规整,当我们尝过环保袋装啤酒后,我们没有一个人不竖起大拇指。而在我的心里,这样的声音一直呐喊了好多天好多回:"以小节而取完胜,恐就是青啤屹立不倒、经久长盛的法宝吧。"

回到单位,在本职岗位看上去日复一日、年复一年的简单又复杂工作中,我便愈加投入了更多的精力于阅读学习,于行走观察,于思考应策,于改革创新,于务实求真。而求真务实这一条,使我无论在教学技艺的升华上,在德育项目的培植上,在管理思路的转型上,都迈出了重要的步伐。

近年来,"不用时请将梯子横放",更是多时萦绕耳畔,间或不得消停。

班级民俗文化节

我胆子向来不小,创新意识占据灵魂深处。

"班级民俗文化节"的创办旨在做一个小阿基米德,拿起一根名为"班级民俗文化节"的棍棒,意图扣响孩子们对地方文化相对冷漠的心门,从而撬起地方民俗文化在孩子心神中的大地球。

经过期中考试前一个半月的缜密筹备,师生在经历一场成绩优异的期中考试后,令兄弟班级羡慕和地方媒体翘首的"班级民俗文化节"拉开帷幕。说大不大,说小也不小,副镇长兼本班家长委员会委员肖爸爸来了,镇里面分管教育等社会事业发展的老张来了,校长也来了,政教主任也来了。我,一下成了打杂的了。

肖爸爸与校长等人一阵寒暄,数学老师主持开动,几句话后,副镇长宣布"班级民俗文化节开幕!"就差放鞭炮了——校园里可放不得鞭炮,况且预案哪有那么隆重——已经搞得太张扬了,太张扬了不好。学生代表恭恭敬敬地走到讲台上发了个言,言辞也是断裂的,正当我起一背脊汗的时候,肖爸爸打了圆场:"我们不在,孩子早放开了!"笑笑说话,难怪能当副镇长。并不完美的开幕式过后,为期两个半天的"班级民俗文化节"开启热火朝天模式。

第一板块,被我们设计成"知识大广场"。这一说,可有说头了。可是,若是单单编个资料,文字稿一发了事,那岂不荒废了精气,又得不着大好么?那不行,至少我们编个报,而且得在教室内的墙面上格是格框是框地裱起来,挂上去;挂上去之前,编报的孩子还得端着它合影留念呢。预案就在,头一项活动就是编辑专题报,班分六大组,每组八到九个人,全班五十来个孩子全参与。组分定前,早就借好了学校电脑房,每组俩孩子直接奔电脑房查阅资料,整理汇总,文档打印。这一头,早就准备好了纸墨笔砚,且在报头设计与绘画配图上打定了主意。可不是,孩子们一分头行动,什么都有了。看这些地方民俗,凑得规规整整,丰富踏实。

做得最丰实的小组,以"沙地行船"为民俗主题词,留下这样一个完整的资料包:

沙地平原,河流如网,以往的交通运输也就主要依靠船只。

数百年中,沙地的船只种类较多,并有许许多多的称呼。以河道论,有内河船、外江船;以载重论,有小船、大船、六吨船、十吨船等;以船篷论,有乌篷船、白篷船、满篷船、单篷船、袒口船等;以动力论,有划船、摇橹船、牛拖船、别竿船、风篷船、挂桨船、轮拖等。而同是"摇橹船",又因用途不同而有不同的称呼,如埠船、航船、快班船、罱泥船、换灰船、鸬鹚船、上坟船等。在这里,我们组选择较有特色的几种船只介绍如下——

(一)牛拖船

20世纪50年代前,沙地河浜众多,但两岸都是粉一样的沙性土壤,遇雨便泥沙俱流,河湾淤浅,一遇晴天,稍大的船只便不能通行。于是牛拖船成了最普遍的水运方式。

牛拖船是以一头水牛拖拉几只小船的一个船组,小船一般为6只。一人坐在前面的船头上,持鞭指挥水牛;另有一人手持撑篙,在后面的船上来回走动,随时矫正船组,以免搁浅。牛拖船的船只,式样统一,大致是一丈长、五尺宽,船身较浅,船面平直,宛如一般的船只斩去了头尾,只剩中间一个舱节。这很像过去绍兴一些渡口所设的揉渡船，因无专门摆渡者，行人登船后，需自己扯拉悬于两岸的绳索过渡，为求平稳而不倾覆，船身几乎都是方形的。牛拖船做成这种形状，目的也是相同的。因为船体小，吃水浅，载重量不大，牛拖船运输的主要是农具、粮食、坛装咸菜，以及杂七杂八的生活用品，总之是些较为轻泛的货物。这种船，只能成串相连，用牛拖拉，单只是不能长里程撑行、划驶的，因此也是牛拖船的专用船只。

水牛拖着这串船必然费力，它的脚必须踩着河底才用得上力，所以在河道普遍疏深、拓宽了的二十世纪六七十年代，牛拖船一般在牛背露水的近岸一带行走。由于水牛能短距离游泳，遇到十字河口等较深的河段，牛拖船也可以安然而过。船到终点后，船主的第一要务是卸去牛轭，牵牛上船，并喂以油饼、玉米等精饲料；如是冬天，还要在饲料中掺些烧酒，以给牛祛寒暖身。现代以来，随着沙地河道的疏浚和轮拖的出现，牛拖船逐渐稀少。到70年代中期，就彻底消失了。

(二)别竿船

别竿船，是牛拖船时代另一种较为普遍的行船办法。不用橹，不用桨，也不用纤，而用一支撑竿"别"。其方法是将"撑竿老头"插在船尾上，人在岸上握住撑竿梢头推行，船即前进。别竿，都是尽可能的长，而下部又不是很粗的毛竹。因为别竿行船的需要，沙地船的船尾与别处不同。造船的时候，都特意将船尾延长一尺余，形成一个中空的倒三角，倒三角的两侧钉以厚板，撑竿就从三角孔插入，别住厚板。相沿成习，即使后来普遍使用了橹，船尾仍都是这种样式，只有小划船才是例外。别竿船行船时，船头总是稍向里侧，船尾则偏向湾中央，这样才吃得住水，别得住船。岸上的推行者虽然手握撑竿，但都是将撑竿梢头抵于胸前，倾伏着身子推行的，这样才用得上力。

（三）埠船

埠船，是一种用来载客搭货的日间班船。都是早上从甲地起航，沿途停靠几个埠头，上下一些乘客，顺便搭卸货物，最后到达终点，当天返回甲地。

邻近绍兴的瓜沥镇，曾是辐射沙地的集贸中心，沙地各处通往瓜沥便有许多埠船，几乎各个大小集镇都有一只。有些谈不上集镇，只是早间有些蔬菜摊贩的地方，也有一只埠船。埠船都有三个船舱，各舱均设船篷，人在舱中不能直立，也就是所谓的"满篷船"。船篷用竹编成，中间夹以箬壳，呈半圆形，并用烟煤和桐油漆成黑色，斯成"乌篷"，但通常只叫"埠船"而不叫"乌篷船"。

埠船前舱乘客人，中舱客货兼载，后舱为船夫搭床烧饭之处。前舱和中舱两边，都搁有整排的坐板，供客人就坐。早先，埠船多用别竿撑。河道疏浚后，则用双橹摇，再加一两个人拉纤。其船篷上常写有"××至瓜沥"的字样，以及途中停靠的若干地名。开船、停靠和抵达终点，都有一个大概的时间。在即将开船或停靠时，船夫都要取出小铜锣，"堂、堂、堂"地敲一通，招呼客人上下船；有的则吹海螺，呜呜的声音传得很远；也有吹铁皮喇叭的，声音破哑难听。20世纪70年代起，埠船大多使用了轮拖，前面一只为轮船，后面拖有一两只载客装货的木船。20世纪80年代，拖拉机、汽车大量涌入沙地，埠船随之消失。

（四）夜航船

航船，是相对于埠船的一种装货搭客的船只，因是夜间航行，也称"夜航船"。它的航行距离比较远，以前它的目的地都是绍兴。这就相当于现在的长途班车了。

比起埠船来，航船的船身要大得多，一般是40吨左右的大船。但是数量较少，仅较大的集镇才有航船。航船也是通身盖篷的"满篷船"。航班时间都是傍晚从沙地某一集镇开船，次日黎明抵达绍兴。两地间常用两条船,往返对开。以货运为主,乘客较少,中途一般不停靠。

沙地航船之所以把绍兴作为目的地,首先是东片沙地通往绍兴比较方便。沙地的航船大多在东片地区,那里一过瓜沥便是河道宽阔的绍兴水乡。西部的长山、坎山、西兴等较大的集镇,则地处萧绍运河边,他们与城市之间的客运货运,可以搭载这条古运河上历来就有的绍兴至西兴的夜航船,无需自己设船。其次,萧山历来是绍兴府的属县,直到1959年才归属于杭州市。绍兴既是沙地人心目中历史悠久的府地,又是就近最繁华的城市,商贸各业是萧山县城无法比拟的。而过去要是去杭州的话,钱塘江隔在中间,犹如天堑,航船过江极为不便。

(五)快班船

快班船也是一种客货兼运的日间班船。但与埠船不同,它中途一般不停靠,或仅停靠一两处主要埠头,相当于现在的"直达汽车"或"直快火车"。

快班船的船身比埠船要小。满篷,背纤,双橹居多。为加快速度,有的采用三橹。凡用三橹者,中间一橹,兼具舵、橹两项功能。为避免与边上的两支橹相碰,这支橹几乎直立,俗称"挖屁股橹"。行船时,三人扳推俯仰,穿插合拍,很有节奏,船尾水花飞溅,哗哗有声,船只的速度极快,背纤者常作小跑步行进。三橹船的舵,都朝天倒插于船尾,紫红色的舵面写有"××至瓜沥"的字样。其运输价格较埠船略贵。

事实上,孩子们准备的资料已然过于繁复了,若是真正铅印油刷的报指定能编得下,可不是我们只能手写指抹,纵使一张很大的纸估计也是难以容下的。记得后来呵,孩子们想了一个办法,把各种沙地行船的简介情况以编辑打印的方式印成了若干"豆腐块",此后,张贴便显得自然妥帖,又不失编报之创新了。时过多年,已记不清楚评委是判孩子们符合要求,还是鼓励他们的创新精神,抑或是给予当头一棒,频叹"很好很好,只是可惜可惜,离了'报'的基本要求了"……

"不拘一格降人才","班级民俗文化节"应该不拘泥于"编报要求"这么一桩事吧,你看孩子们提供的关于"沙地行船"的丰富史料,不说,我们自己真不会去找。在我看来,我对孩子们抱以最诚挚的谢意还来不及呢,休提责怪云云了。

还有一板块,操办最花时间,展示最为热闹,孩子们的兴致最高,那就是"民俗大汇演"。这一项任务,历时半月,分三期实施,要么不做,要做就做成孩子们终生怀念的精品项目和浓重回忆。闲话少絮叨,只把正事淘。开演了,家长们邀来坐在席上,我也坐在席上,生活委员也当了把主持人,嗑嗑两声咳,腔调提起:

"谁不说俺家乡美,谁不赞俺家乡美……"

孩子们听到第一个"俺",一阵笑起;没等回神,第二个"俺"直奔而来,又引起一阵笑。

生活委员顿一顿,上眼皮一抬,其实没看观众,继续念主持词:

"……,节目精彩纷呈,请大家挨个欣赏……掌声在哪里?"

"……"

观众席就是课桌椅摆的阵型,四方四正一个"匚"字型,开口朝向黑板,主持人站在口子上。家长听得主持词,轻声议论这孩子不错,有的孩子妈妈郑重地点点头;生活委员的爸爸来了,自始至终没有说话,只是神情紧张地盯着口子看,偶时别人大笑,他仅微口启齿,两边的颧骨略一上耸,马上退回原地;孩子们乐得不行,任凭自己家长叫唤"你别吵",孩子也徒寻其乐,喜不可支。

节目正式上演,那可是孩子们的看家本事了!

　　说到萧山,除了沙地行船,当然还有不少耳熟能详的民俗特产。就说萧山花边吧,那可是萧山特别浓重且深刻的记忆啊。这一次,孩子们自编了情景剧,剧名是《挑花的姆妈》。且先不说表演若何,光《挑花的姆妈》就有说头了:我们萧山一带,"编花边",并不直称"编",而叫"挑";"挑花边"又约定俗成为"挑花",一简称,似乎也是广受欢迎而没有人觉得拗口的。多年以前,我问过邻居一位阿太,八十多岁的阿太慢悠悠地转过身来,把竹椅子靠墙里一拖,脸便朝向墙了,然后又慢悠悠地伸出一根手指来,点着墙上一排粉字,慢悠悠地说:"你看,这是我和我儿媳妇两个人挑的花。"说是"挑的花",其实,墙上只是一列的粉字,记着一些歪歪扭扭但一准能看清的阿拉伯数字。数字其实清晰,原来记载着婆媳两"挑花"的数量和应得的"汇花钿"——把挑好的花边回到放花人手上,换得一定的报酬。"挑花"其实还有大讲究,有的花,复杂一些,报酬自然就多一些,但是一般手艺的女人挑不太好;有的花,简单得很,报酬自然就少一些,有些家庭,一下雨,地里干不得活,女人会拖住男人,在"挑花"上帮手脚,尤其是简单的花,往往也会有手净的男人付诸的心血——心乌黑抹灶的男人,是拿不得白花边的,要不然,那挑好的花,放花人一准是不收的,那就枉提"汇花钿"了。至于是"汇花钿",还是"回花钿",或者是"换花钿",其实像我这般年纪的人,是很难再予详细追究了的。只是音来听声,声来仿音,糊乱写下个字,便罢了。不过,话说实了,意思一定是准的。

　　一个孩子扮演姆妈,一身对襟衣裳,一个盘头,一面老花眼镜,行头足得很。手上一根半长线一根绣花针,还有一枚十分专业的铜顶针还是银顶针——岁月斑驳,不知道这个顶针是什么年岁的产物,看上去年龄一定比孩子们的曾祖母还大,面上似起了一层不薄的老茧或者污物,连本来色彩也辨不清了。又有一张花样,下面牛皮纸称着好,上面一张画满图样的花白净白净的一抹展开,"旁簿"已经打好,就差仔细"挑"起来了。

"大丫头!"姆妈把眼睛翻到上面去,老花眼镜就退下来点,姆妈从镜子上方瞅人,一声喊。

大女儿小步快走"趋"到姆妈身边。

……

戏文只是戏文,中间情节,许是自当一笔省去的。戏文讲了一个姆妈挑花换钱,省吃俭用,把一个铜子一个铜子节约出来,铜子换票子,票子换铜子,最后大女儿像男孩子一样上了初小。似乎大女儿上学的功劳,全在一张张花上了。

《挑花的姆妈》不光光为姆妈伟大的母爱歌功颂德,更为萧山花边在特殊历史时期,作为"手工业"的佼佼者,其生产发光发热而为人们养家糊口、致学创业立下汗马功劳而大唱赞歌。

汇演中还有一台戏,唱得过瘾。

那就是有一个组演了从萝卜籽播种到腌萝卜干出国的"历史演义"。自家的萝卜籽藏得不稳,尽被耗子占了空子,搞得肉尽壳碎。于是,新品种萝卜籽被穷苦的张阿大从供销社买来,打开油纸袋的一刹那,张阿大两只眼睛都亮了,怎么有这么大的萝卜籽?

张阿大终于整好了整块的地,把秧沟也壕得整整齐齐,仿佛皮尺量过、直尺对过。于是,阿大的二儿子、小儿子在阿大的指挥下开始落籽。

"萝卜籽小,伊胆子也小,"阿大顿一顿,朝二儿子叫了一声,"放落去的辰光,越轻越好,萝卜籽胆子吓出,就不会生了……"

二儿子没有小儿子的好脾气:"阿爸,你上次不是说'苋菜籽'小么?'苋菜籽'小要吓煞个我倒相信,这个萝卜籽这么大,也会吓煞个?"

"阿哥,种得再说。"小儿子叫了声阿哥,说了句中立的话,张阿大才没有发作。

萝卜籽下地后,父子三人回到家中,张阿大给两个儿子从今往后怎么看管对付这块萝卜地,作了明确分工,又叫小儿子敲了一通背,捏过肩之后,管自己进房间去了。

……冬天来得快。

春天来得也快。其实冬天都没有过完,春天总是来得着急。年年如此,年年萝卜也都在冬的正中央开始,一直生到春的梢头上。

冬天还在继续,春疮已经长在人们的手背和手指头上了。张阿大挠啊挠,有说不尽的快乐,有道不完的苦衷:

"冻瘄这种东西,老天菩萨造出来,真正作孽。"然后他终于不挠,停一停,叫二儿子拿两只篓,拔萝卜去。

萝卜地真是神气活现,在阿大看来,再不拔,萝卜要死要活地长,会把地里所有的营养都吃干的,对下一茬作物一定是灭顶之灾。所以,萝卜,必须拔掉了。萝卜长在地下,是正宫娘娘;萝卜叶萝卜茎长在上面,风餐露宿,熬霜覆雪,辛苦到头来,什么名份也得不着。

阿大对着二儿子说:"猪啊不要吃,掼掉!"

二儿子左手一把拎,揪起一个大萝卜,笑一笑;右手菜刀捏着稳,一记削,萝卜不破相,茎叶全跌落——好刀法。拔着拔着,二儿子都懒得笑了。也就个把钟头,两只篓就满了,地上还堆了一堆,白生生,像个玩完泥巴不禁姆妈骂的小顽童。

张阿大一声"来,上肩",二儿子助他肩上一挑,扁担两头一上一下,阿大直接挑向河埠头去了。

吃过晚饭,大门外头,正好有点月亮,一家人全部到齐,掇出长凳搭好廊(廊,用以晒萝卜干,最下面两头各一张木长凳,两张木长凳之间一边一根长竹,上面铺开一下"芦簟"。"芦簟",干芦苇间隙上绳,编着有缝透气的帘子。搭廊时,平摊在两根粗竹上),端出小方桌,桌上放好家什两套:砧板各一块,薄刀各一把。砧板放在桌沿上,稍微露出一个"头",砧板"头"对下去的地方,正好放一只篓。

二儿子拿起一个大萝卜,看了一下萝卜的神色,换了个头,调了一手,一刀下去,中间劈开,一分为二。又拿起半个,杀,杀,杀,三刀变四块,块头变条头——萝卜条,说话间就成了型。刀一抹,砧板上的所有萝卜条听话地落进下面的篓里,白条条,白生生,白嫩嫩,白净净,白花花,白玫玫……张阿大看了一会儿二儿子,作出一些豆腐里挑骨头的指导,自己使上另一套家什,也开动起来。

小儿子没有桌子可以用了,晚上这么早哪里睡得着,就着月光,听得阿爸阿哥上手,也要上手。张阿大拗不过,只得让小儿子从堂前大八仙桌下拖出一条长年不用结满蛛网破破旧旧的老长木凳,叫他一边洗净木凳,又擦干,再把一只小扁篓放在凳的一头下面,拿出一把不太用的薄刀,就在凳上斩起萝卜来。说来特别奇怪,萧山这个地方,明明是切萝卜,却生生被叫成了斩萝卜,萝卜无冤,可是阎王判了它至命末时必受斩刑,"唉"的一声叹,只听得"嗒,嗒,嗒,嗒……",一时间,小院响起一阵斩萝卜的交响乐来。

"三个人,看谁最快!"

张阿大做父亲明显称职,他拥有调动孩子们劳动积极性切实有效的办法。

"嗒嗒,嗒嗒,嗒,嗒……嗒嗒,嗒嗒,嗒,嗒……"

……萝卜条正式晒干,用了四个猛太阳。

第五天的晚上,张阿大和二儿子抬出一只甏,备好一袋盐,寻出一根一旦腌货要用就必备的捏杆——张阿大的大头捏杆,大头上已经经历过不知多少次的腌制,光滑可感,褐里透红,俨然一个富有经验的腌界老者。

"萧山萝卜干,上手,"张阿大一个眼神,二儿子便递过一捧萝卜干来,"摁进去,捉紧!"一捧萝卜干,两捧萝卜干,一小手把盐,一捧萝卜干,两捧萝卜干,捉杆一顿捉。如此反复。其实,说是"捉",实则揿,揿得越紧,腌制萝卜干风味越浓,闻来越香,当年或陈年萝卜干都能涨上身价。有些萝卜干,品相一好,直接嫁进城去,甚至不明不白出了国,都能换得一手好彩礼。

捉萝卜干有一番过硬的技艺还是不够的,封甏口不是二儿子和小儿子能干成的,封甏口这种高难度的技术工种,还得张阿大亲自上手。张阿大一边封口,一边嘴里再一次念叨起他的太爷爷和爷爷,是他们传授了他这么精湛的技艺。就是扎紧口子时,张阿大轻轻说了句:"菩萨保佑,千万弗空坏。"两个儿子心里明白,阿爸还是怕甏口封得不紧,"气要逃进逃出,一甏好端端的萝卜干味道走样"。

场景一换,画风一转,演员衣裳也都换成了清爽的中山装和短夹克。

张阿大和两个儿子端出三盘香喷喷的萝卜干:两盘黄里透光,嫩中生老;一盘乌黑精亮,老成持重。张阿大郑重地在灶神面前供上萝卜干,磕过三个响头,并叫两个儿子也重重地磕过头后,突然,三个演员从戏里走出来:

"来来来,来来来,老师们,同学们,家长们,请大家品尝我们精心制作的、举世闻名的'萧山萝卜干'。来来来,请请请。"

一时,笑声盈堂。盈堂,笑声。

除了令人动心的"民俗大汇演",随后上阵的"高人大走访""古迹大收罗"都成了"班级民俗文化节"不可或缺的重头戏,使孩子们深深沉醉其中。

迟到的奖

经过仔细而全面的统计,99位社员被校文学社评定为"年度百佳写手"。

99,久久,绵延了情愫的恒久,是激情的持久,也算是成功的经久,总之,冥冥中蕴含了极其美好的含义。为什么是99位,而不是真正的"百佳"呢? 100－99＝1,差了1位。说起来,99有那么美好的内涵和外延,可是就中国传统文化凑百成足而言,总是有着那么一些遗憾与缺陷。

据文学社指导老师精确统计,凡是当年度在区级及以上报刊杂志发表署名文章,在区级及以上征文类比赛中获二等奖及以上奖项,在区级及以上文学类单项奖评选中荣获先进个人、优秀社员、优秀社长者,均直接被评为"年度百佳写手"。

可是,经过自下而上、自上而下的自我申报、本班语文老师审验推荐、材料审核、社务委员会和指导教师培训研究中心汇总评定,就是99!

不是社务委员会和指导教师培训研究中心没有想办法去找第100位,实在是几经努力,最终确定就是99,那个1,社务委员会和指导教师培训研究中心既不想无中生有,更不想因为"放宽政策",而使"年度百佳写手"含金量降低,影响了其成色。

12月30日,校文学社迎来了她的年度盛宴——年会暨年度表彰会。文学社首席指导老师主持了年会,我也被请去坐在主席台的中间,要在"年会这么隆重的会议上授牌并发表讲话"。文学社像那么回事,社长在指导老师帮助下,提前精心准备了近5000字的题为《继往开来求发展，创新求变显亮色——校文学社年度工作总结暨新年工作规划》报告，报告三个部分、六项总结、三方面思路，务实求是，全面深刻，倒是挺有范儿。报告过后，指导老师宣读了"年度百佳写手"名单——主席台够宽，99位同学只分了6批，奖就领完了。

领的奖不失丰富：一张荣誉证书；一本宽页塑封笔记本——打开第一页上贴上一张表彰名单和社团寄语，加盖校印和社印；一支油光透亮能照出人脸的黑身子金别扣派克钢笔。

领到奖，站成一排，合影留念。

主持人老师要我讲几句话，虽然没有准备，但毕竟是要代表学校讲几句的，讲话内容大体如下：

我说，"诚挚的谢意和热烈的祝贺"是过去的光环和现在的光彩，我们理应同贺共庆，我代表校长室和校务会议向文学社、指导教师、获奖社员、全社719位社员和未到场的支持学校文学事业发展的老师、学生和家长表达祝贺和谢意。

我特别加了重音向孩子们表示诚挚的祝贺。

我说，"全面的宣传和青春的追梦"是现在的工作和将来的方向，我们理应再建新功，力争创新，追求卓越，深度成长。

我向全体与会人员阐述了"文学深刻烙印青春"的重要意义和前瞻规划。

我说，"个人的成长和全新的征程"是未来的梦想与更高的追求，我们理应奋勇前行，以铸就个人文学的成长和全面的发展，以成就社团的进步和以"进一步提升校园文学人口"，从而打造青春美丽"文学校园"为目标的创业巅峰。

我提出的文学追梦口号，不新，但当然不旧。

掌声响成了一片。

年会就这样圆满结束了，表彰会就这样圆满结束了。

可是，我回到办公室，还是总觉得哪里并不太圆满。哦，就是 99，如果是真正的 100，真正的"年度百佳写手"，真正的"百佳"，那，该有多好呀。

……

后来，皇天不负有心人。也是"踏破铁鞋无觅处，得来全不费工夫"。我终于在百般努力下，找到了姒婵婵同学。

姒婵婵，女，河南籍，半年前随父母赴浙，就近上学，在萧山美丽的校园中度过了美好的半载青葱岁月，而且学习优异。这个学期起，更是不仅担任了语文课代表，更真正成为了校园文学的忠实践行者和成功的分享者。

我找到她，是在年会后第 10 天的那个傍晚，作为值周领导，我在校门口与保安和家长护苗队的成员们一起值勤管理，突然听到一位家长说：

"我女儿数理化都不太行，语文很爱好……"

"你女儿还不好？你女儿都赚了稿费了。"另一位家长似乎对一切都了如指掌，熟悉得很。

……

随后，我、家长，进行了近 10 分钟十分愉快的交流。"我女儿""你女儿"中所指的那个女生，就是姒婵婵。姒婵婵，河南省某中小学生专刊"游记栏"长驻小作家，河南省某县教育系统"小记者协会会员"，"专业写作"已进入第四个年头，当年度在河南省省级学生刊物上发表一篇散文、一首组诗，在县学生报刊上发表三篇游记、一首组诗，在原所在学校校刊上发表一篇游记！

我马上联系了文学社首席指导老师，提议给姒婵婵补发"年度百佳写手"荣誉证书、奖品，并明确，最好能够送奖上门。说干就干，指导老师次日即补印了"年度百佳写手"荣誉证书，带上奖品，送到了姒婵婵的手上。姒婵婵原来是个十分爽朗的女生，面对老师送上的"年度百佳写手"荣誉证书和奖品，她一

边说"谢谢,谢谢",一边突然责备自己起来"我都没敢申报
……"

我们知道,"姒"姓很少,有必要说一下这个姓,以广吾学:历史上的姒姓,与姬姓、姜姓长期通婚,姒氏、有蟜氏、有崇氏(鲧)、夏后氏、有莘氏、杞氏等国(部落)以及周文王之妻太姒、周幽王之后褒姒均为姒姓。相传夏禹之母吞薏苡而生禹,舜因命禹继承有蟜氏祖姓。当然,也有人说,姒姓为伯鲧之姓,鲧为尧之崇伯,尧赐鲧姓姒,禹为其子。春秋时杞国为姒姓之裔国。姓是尧赐于大禹的,见于吴越春秋,尧曰:"俞!以固冀于此。"乃号禹曰伯禹,官曰司空,赐姓姒氏,领统州伯,以巡十二部。

另据姒姓迁徙史传,夏朝灭亡后,有些夏朝后裔改为夏姓。姒姓的后代也有改为禹姓、费姓、辛姓、杞姓、曾姓、谭姓、鲍姓、邹姓、欧阳姓、司空姓等姓氏的。明清时期,姒氏后裔从浙江陆续迁到台湾定居。在绍兴大禹陵附近的禹陵村,聚居着大量姒姓后裔,自大禹至今已传至146世,辈份最高的为141世,历代都有纪念大禹的活动。

……这些传说或成真,或当假。估且非我辈应该追究。因此,我辈只要认识到"姒姓"很稀有便可以了。至于稀有,便要保护,那是外话。

我们知道,"婵"字用得也很少,多指"姿态美好的女子",古有"一带妆楼临水盖,家家分影照婵婵",确有出水芙蓉、妆影美女的韵味。这样意味美好的词,在汉语言国家,难免不得不令人生喜。

而我对于"稀有""很少"有特别浓重的异域理解。既然罕有,那就珍稀,仿如知音难求,仿如绝技难续,仿如恩师难得,仿如姻缘难觅。而姒婵婵是"年度百佳写手"中擅长写游记的难得人才,更是稀缺人才,哪里能不把她评上去呢? 这座迟到的

奖杯哪里可以不颁到她的手中呢？

这使我想起了每年的"年度百佳写手"评定，我们不仅仅把"凡是当年度在区级及以上报刊杂志发表署名文章，在区级及以上征文类比赛中获二等奖及以上奖项，在区级及以上文学类单项奖评选中荣获先进个人、优秀社员、优秀社长者，均直接被评为'年度百佳写手'"作为衡量标准，更会在评定的过程中进行属类分析，譬如这几位是"诗歌创作的高手"，那几位是"微型小说界的新秀"，而这些又是"散文新星"，那些又特别善于写出像《人民日报》评论员文章一般有些深度的杂文……

"游记"新人难得，"姒"姓不多，"婵"者美好，对于难得的不多且美好的人事，文学社"年度百佳写手"一定要尽一切努力呵护好，保障好。

——姒婵婵，在次年的校刊上，连发11篇游记散文，赢得了一片叫好；我甚至在校务会议上点名点姓地"大放厥词"：吾地有姒，灵者秀之。

一组周末作业清单上的"寄语"

我平时布置作业比较少,我以为孩子们但听我课,或在课上做些作业便罢了;大量的时间还是的确应该腾出来挪给量相对不小的理科作业,或者多学一些英语等学科的知识,完成些那种学科的作业——这也是我几年前获评"轻负担,高质量"教师,奖了一万块钱的拿手菜——没有它,我拿不下来,也不敢要。

话是这么说;然而,我却十分重视节假日作业的系统布置,做到前递后承,而且不忘每周编制作业清单——相关论文还获了奖的——又在作业清单上辟出专门的地儿,以"谈话"的方式,落实了一些"寄语",或对孩子们的成长有那么一丁点儿的功效。首次披露,不妥自是难免,阅之骂之,是可以的。

下面引其中一个学期的作业清单中的"寄语",以顾眄之心,回溯游之梦。

中考冲刺语文老师寄语1

各位好!你们有时候说,我们的语文课时间过得特快,你们知道为什么吗?是因为你们努力享受课堂!我为有你们这样的学生而感到骄傲。是的,是骄傲,不仅仅是感动与快乐!

这一周,我们经历了开学第一课"课堂启动仪式"的澎湃改革,我说:"上课!"班长说:"起立!"我说:"同学们加油!"你们说:"加油!加油!加油!"当这样的启动仪式开启的那一刻,你们知道,我们班每个人的九年级中考冲刺语文学习启程了!撬动了!冲击了!

这一周,我们也经历了难忘的"浙派诗歌朗诵比赛",每个同学都参与,每个同学都感动,每个同学都获奖。我甚至在备课中大胆地设计,让你们来制定评分标准,你们选出主持人即兴主持,你们选出评委担任要务,你们人人上台参赛……而我,只是一个服务员,给你们拍照,为你们鼓掌,替你们高兴!当天,多家媒体对我们的比赛进行了报道。次日,我们又用宝贵的课堂5分钟进行了温暖回忆……

这一周,我们也经历了不拖堂、无作业、很轻松、却高效的语文课堂学习。我知道,只要我的课备得好,只要我的课上得好,只要你们在课堂上高质量投入、参与、体验、升格,对我们而言,有什么事办不到呢?我们想要不进步,那有多么难?

而这一切,你一定感受到了,你也一定启程了。不过,我要告诉你,去年年底的那次班级语文成绩整体大抬升,不是因为我从外地求学回来了一下子产生增量了,不是的!是什么促成了你们考出了比较好的成绩?是因为我亲爱的三位同事——三位无可挑剔的语文老师代了我的课——两个月来,对我们施以了巨大的帮助,他们把他们所最宝贵的拥有产权的知识与技能,全都无私传递给了你们;是因为我们班的其他任课老师对我们施以了巨大的帮助,他们把他们所最宽容的无私传递给了你们;是因为你们的家长在我一而再、再而三的"家校合作"启发下产生了大能量,做出了大举动;关键,是因为你们,因为你们突然间在语文学习的天地间真正"长大了"!

现在,我要郑重地告诉你们:你们这个学期每次月考、检测和毕业考、中考的试卷,已经发给你们了。

题目分散在接下来的每一堂课中、每一份作业中、每一回测试中、每一次订正中……这一点,你一定要知道。不过,你肯定已经知道了吧？

那么，你，准备好了吗？如果准备好了，你完成作业的时间观、空间观、速率观、质量观，应该首先让自己满意，然后让我从内心里看见、敬服，最后为你感到自豪！这一切，你懂的。

爱你们的老师
2016年2月26日

中考冲刺语文老师寄语2

各位好！多年以后，你们若有意再翻到这份作业清单，你们必定不会没有一些小激动与小澎湃！

真是匆匆那年、匆匆初三、匆匆友谊、匆匆师恩，那一年的那个月，叫春的三月。

我打江南走过

那等在季节里的容颜如莲花的开落

东风不来，三月的柳絮不飞

你的心如小小寂寞的城

恰若青石的街道向晚

跫音不响，三月的春帷不揭

你的心是小小的窗扉紧掩

……

三月，你好

三月是远行者上路的日子，他们从三月出发，就像语言从表达出发，歌从欢乐出发。三月，羔羊大胆，世界温和，大道光明，石头善良……

而你们看，刚刚过去的这一周，我们用诗的语言，完成了新课的学习、知识的巩固、题型的定位、规范的落实、书法的评比、写作的首航……你们没有人落在后头，全走在我的前头……

　　我愿意一本一本改作业、一个字一个字读文章,是因为你们在那里付出了心血,那些纸质的成果呈现一定有你的智慧,看,它们就是星,它们,就在那儿闪烁。

　　于是我特别希望拥抱你们,给你们以继续前行的新勇气与新力量。

　　这样吧,你们把这次双休日作业做得更完美,这就标志着你真的拥有了新勇气与新力量。

　　大家都要好好的——

爱你们的老师
2016年3月4日

中考冲刺语文老师寄语3

　　各位好!这一周,我终于倒下了。

　　星期二,我感觉身体不太对——与往常明显有异,但是捱过了晨读课、上午的课、下午的课。每每上完课,背上都出汗,而且出得还不少。校内又开了两个会,坐着都觉得累了。但这一天,我还是接待了两个孩子的提问,给八个孩子进行了面批。

　　星期三,我感觉身体太不对——较前一天显然更糟,但是熬过了上午的课,上午在校内开了两个会,下午在萧山开了一个会,下午的会开到四点四十;下班高峰,城区又堵,而且一路都堵,回到学校,正好食堂关门;上了两节晚自修,你们的学习效率明显是高的。最后,我匆匆与你们道了别——"老师先走一步哈",但是心里的确拿不准,先吃饭还是先看病,先看病还是先吃饭。最终我选择了先吃饭,而且得回家吃一口。等家人全部睡下,我赶紧开车到医院,果然,39.7度。匆匆赶回家,已经是后半夜了。这一天,我又接待了两个孩子的提问,完成了五个孩子的面批,给两个发电子稿给我的孩子定型了作文的改进稿。

星期四，晨修时我就进教室了，与小依依进行了写作技能的单独交流。上午上完了课，我感觉十分不对劲了，疲意陡生，浑身发冷，背上一桶一桶冰过的水浇下来。这一天，我又接待了一个孩子的提问，经历了九个孩子的面批，与两个孩子进行了细致的以家庭幸福为话题的谈话。

而今天，终于到星期五了，与你们一样，双休之胜利，大体在望。身体仍未恢复，不过好多了。

所以，读到这里，你们应该放心了。每当我依然如常地激情上完一堂课的时候，你们中的不少孩子向我投来敬重的目光，我想，这说明你们已经非常懂事了，知道我扛着病体坚持上课、谈话、解疑、面批诸类良苦用心。

你们要对我放心。我要对你们放心。

我之所以对你们放心，也就是因为其实你们什么都懂，或许比别的很多孩子更懂！

又是一个周末到了，在布置这次周末作业前，我想先简评一下上一周周末作业的完成情况与完成质量：一是完成情况为"全员完成"，二是完成质量为"95%左右的孩子"质量优良。

我相信，你们可以把每一天的事情做得很好，做得更好。金星和王祖蓝说什么？——"完美"。我想，你，也是懂的。

爱你们的老师

2016年3月11日

中考冲刺语文老师寄语4

各位好！这一周，你们终于开始了全面冲刺"体育30分"的伟大征程，只是你们当中有些人还不太明白，为什么要这么苦干，别人是怎么巧干的，我该用怎样的态度怎样去全力地干。我特别愿意并且十分希望你们都能"挡牢"，在这第一门学科的中考中不留下这样那样的遗憾……因为,这一生,这件事,果然也就这唯一的一次!

春风骀荡,发了疯似地迎和气温的攀升。早上亮得太早了,傍晚暗得太晚了。你们当中有的人,已经习惯了吃完晚饭就静坐进自己的座位,开始个人的耘作——他已经管不了旁边的人怎样的喧哗了,他作为个人的奋斗就这样悄无声息地开始了。我从内心中景仰这样的人,我以为,他,将来会有大作为。是的,而且还挺肯定。

话说两边,单开一头:话说有的人抄几个词语,抄之前他就知道了,"为什么要抄",是为了经历就成记忆,记忆变成分数,分数即是能力。有的人诵读古诗词和文言文,背之前他就知道了,"为什么要背",是为了用时准确呈现,丰厚人文底蕴。有的人做练习题,做之前他就知道了,"为什么要做",是为锻炼心智,历练方法,训练速度。有的人一动笔写作文,写之前他就知道了,"为什么要写",是为了经过限时的习作,从文字、标点、段次、选材、表达、主题等角度,综合地更靠近满分——40分——一些,而且毫不功利地讲,是为了能拥有写一般文章的基本的优质的能力。而不是,不是仅仅是"完成"。作为老师,你"完成"了于我何益?作为学生,你"完美"了方有实效。

事实上,只要你学语文,你总要先"理解"它的用意,并且拥有完成好它的自信。而为了有自信,你,总要有行动!

这一周过去了,周末又成了进一步拉开人与人之间距离的重要时段——双休日的作业你怎么去完成?你完成的结果会是怎样的?下一周,我们在迎接第一次月度检测的前夕,你,又会怎么做?

请张大口,面对四方来风,多吃一点它们吧——

爱你们的老师

2016年3月18日

中考冲刺语文老师寄语5

各位好!

一花一叶一如来,每个人都是一朵花,每朵花都有自己的世界;每个人都是一片叶,每片叶都有自己的绿意。世界可以很大,也可以很小;比进入他人的世界更重要的,是打开自己的世界,认识真正的自我。

这一些,大家一定要懂。

爱你们的老师
2016年3月25日

中考冲刺语文老师寄语6

各位好!

考前考后,你们的表现一天天好起来,这令你们自己对自己越来越安心。这是最值得高兴的事。我做你们的语文老师,那,着实是我的幸运、我的幸福。

你们要通过自己的努力,活得像我们在田野上奔跑时那么滋润。你们要永远记得那样的情景,那是我们生活真正的追寻。

刚刚过去的一周,你们像我往常带的每一届毕业班孩子一样,在最美丽的春天,走进田野,拥抱田野,亲吻田野。在田野里那般通透地呼吸,成为语文课堂中最难忘的气息——那是一种特别的芳香。

一周时间,过得悄无声息,温婉和美。在教室里,你们读完了四篇优质的先秦散文,而且读得不是一般的好;在图书馆,你们选定了自己热爱的读本,然后抱着那里,尽情而贪婪地吮吸知识的甘露甜汁；在田野上，你们双脚踩在田埂上厚实而厚重地把"既要仰望星空，更要脚踏实地"演绎得淋漓尽致。

《萧山日报》上那张合影，那短小的介绍的文字，是我们最朴实而生动的特异的语文课堂抹不去的记忆、最青春的回响。多年以后，我们都会记得满天下的油菜花，那种黄，那种黄是真正无言可表的黄，那种黄是天底下最黄的黄！

且祝你们永远驻在春天里。

是的，永远，春天。

爱你们的老师

2016年4月1日

中考冲刺语文老师寄语7

各位好！

先请看看这一页最下面的这句话——跬步至千里，细流汇洪江。看完了吗？看完了，那相信你一定会更认真对待双休日作业的。

这一周，我非常实在地运用了"刺激大法"，你们中间的几个孩子与我之间，好好打了一回拳，过了一回招。我一开始用了达摩拳，有的孩子好好搞笑，他们看透了我对达摩拳的手法并不十分熟稔，于是，还我以太极拳。终于，我在功力抵顶后，用十成功力发力，运气丹田，行于周身，一发而不可收，以"顶级达摩拳"之气势与手法，果断出拳，反复换拳，着实令几个孩子讶煞：老师，老师，老师还会来这一手？改一日，又讶煞：老师，老师，老师居然除了昨天那一手，还有今天这一手？

手法可多着呢，兵来将挡，逢水架梁，见招拆招，总的来说，都属于心理学上的"刺激法"。

说实在的，与诸位过招，没有金刚钻，行么？那可不行，你

们通常见的仅仅是拈花指和罗汉拳呢!

好在你们每一次都不令我失望,反而都使我兴奋———一种执教者十分寻常却又特别优质的兴奋。倒不为别的,我小小窃喜的是,"刺击是一种很不错的疗法"。这个礼拜,你们的进步又很大。

祝你们好运!

还有,祝你们双休日,睡觉么,当然能睡到自然醒;试卷么,当然不要数到手抽筋。

爱你们的老师

2016年4月8日

中考冲刺语文老师寄语8

各位好!

我多次表达这样的意思:在分数与快乐之间,我果断选择快乐。所以,我那么爱你们,怎么会给你们布置老多作业呢?于人格、于渊薮、于功能、于贞节,都不会。

放学的时候,你们可以抱我。

爱你们的老师

2016年4月15日

中考冲刺语文老师寄语9

各位好!

这一周,有13位同学大胆地到讲台边来"讲课",讲给同学们听,陈述自己的思考,表达自己的观点,发表自己的见解。所有上台的同学,都有"大展拳脚"的前途,希望你们再接再厉,在下一周的考试中用分数再次证明自己。

这一周，大大小小的单项检测几乎天天上演，有25位同学一次或多次得到100分的满分成绩，这就说明你完全有潜质与能力形成"满分答案"，追求"学习幸福"，希望你们"屏住一口气"，在下一周的考试中用分数再次证明自己。

这一周，有过考试，欣怡、雨杰、小铠、兴达同学考了90多分，试题不简单，但他们照样拿比较高的分数。欣怡有比较好的语文功底，雨杰真的是仔细严谨，小铠的确在不停追赶且奔竟不息，兴达"再怎么弄"也能有比较理想的结果。还有一位是雅男，她考了112分，这就不需要老师点评了。希望四位保持稳定发挥，再加一把力量，尽情发挥才智，在下一周的考试中用分数再次证明自己。

可是我总是想，我们的学习真的仅仅到了只追求分数多少的悲哀的境地了么？我要问的是：你是先快乐，再分数的吗？如果不是，那岂非悲哀，又违了我们的愿景。因为我说了，二者俱在，我果断地选快乐；你也要先选快乐，非此不可。当然，你们最清楚不过，有快乐，分数还会远么？

可不是，还有一句：

"分数么，不是等来的，是争来的。"

分数，周三周四考，周五见。分数，我见。分数，你，你，你们见。要分数的时候，要到分数的时候，你会快乐，你大快乐。

爱你们的老师
2016年4月22日

中考冲刺语文老师寄语10

各位好！

全区全真模拟考，大家辛苦了。

爱你们的老师
2016年4月29日

中考冲刺语文老师寄语11

各位好!

在全区模拟检测中取得非常优异的成绩的同学真多,出乎意料的多,我在给你们家长的喜报上已经言尽了,不再赘述。向同学们表示祝贺!希望你们不要骄傲,反而更加谦虚、谨慎,永远记得上初中嘛,"中考最终的胜利才是真正的成功"!

另有几个孩子啊,你们的确须在平时的学习中加强自主投入,倾听老师声音,盯紧手头工作,用比别人更多的时间与精力,产出更高的效能。可以说,你们个个都有增长空间。老师特别希望每个同学都抛弃"蒙在鼓里""欺骗自己",而要伸出拳脚,绝地反击,稍多地吃点"苦中苦",争做"人上人"。

送每个同学一句话:

有梦想的人不做"选择题",只做"证明题"。

所以,年轻的你,可以犯错,可以跌倒,但千万不要怀疑自己,也不要放弃梦想。去想去的地方,做该做的事情,不迟疑,不徘徊。这一年,向自己承诺:从此刻开始,你做的每个动作,都让自己比现在快乐、充实。为此,举手投足,马上行动。

马上行动——

爱你们的老师
2016年5月6日

中考冲刺语文老师寄语12

各位好!

我们可以在一起分享语文学习最终的快乐只留下20余天了,说实在的,冲出终点,确有兴奋;然而,分别在即,又委实不舍。

我将把怎样的思想再传递给你们呢?

思来想去,还是投你们所好,把应试中关于"形成满分答案"的话题,再捡拾起来,与各位帅哥美女再作分享,也是最终的交待之一。切入正题之前,我想先讲清楚一条:在形成满分答案的过程中,各位之间的智商已经趋于极端的均衡;换言之,"没有了差异"。所以,要形成满分答案,你的思想提为首要!你要认识到"他们可以,我当然也可以"。当然光有自信仍不足以成功,更重要的是真正按部就班地去审题,去筛选,去归纳,去答题,去检验。此外,形成满分答案还有一个大前提,就是答题要破心理学的关隘。比如阅读时、审题时,的确需要全面启动"沉浸式阅读"与"沉浸式审题"——唯静方能成大事,细思考才能有准作为。如果你们一定要向我讨教一两点方法,我可以告诉你们,"深呼吸,给自信"永远是不错的选择。若能在这几天的日常答题中反复试验,你终究会屡试不爽,尝到甜头。当然,我特别希望你们中的个别孩子能突然这样想这样做:我真的该去老师那儿了,"一对一"辅导,那是多么好的求得真经的办法与契机!然后勇敢走出第一步,再有第二步,第三步……询问,自然也是一种能力!

——就像跑1000米,或者800米,我们一起冲进了最后的一个直道,"还留下最后的100米了"。是的,这时候,再也不看什么跑步的前半程的能力与素质了,这个时候只看"气"。因此,老师希望你们,在"形成满分答案"的征途上,能够屏住一口气,深吸一口气;能够长一口志气,显一份锐气;能够现一份神气,展一份傲气;甚至,你若有学习上的新老"仇人",学习沿路上"要报之仇",希望你还能吐一口恶气。

对了,周六下午、周日下午,我这儿咨询的大门,依然,洞敞。

爱你们的老师

2016年5月13日

中考冲刺语文老师寄语13

各位好!

周四晚上我们进行了考试,形式不同,意义一样。晚上在校的同学已经交了答题卷,我从周四晚上开始批改,15位同学中,有13位的卷面非常整洁,书写"筋骨"做得牢牢的,而且有的同学考试很讲究技法,不仅很好地完成了所有题目,而且留有适当的时间用以检查,而且检查的过程明显非常仔细,又没有须臾放弃——哪怕几秒钟——用足用好了分分秒秒。

于是,我想说"形势总体上是比较乐观的"。

今天是"520"。你们,懂的。在这样的日子里,每个人都更要加油,不然,不上进的人,没人要你哦! 没人爱你哦! 真的!

我本想憋住,可是我还是憋不住:亲们,我爱你们。

爱你们的老师

2016年5月20日

中考冲刺语文老师寄语14

各位好!

留给我们的时间不多了。

爱你们的老师
2016年5月27日

中考冲刺语文老师寄语15

各位好!

留给我们的时间真的不多了。

星期四的语文课,我把西瓜一块一块切好,一块一块递到你们手中的时候,有一个孩子的手抖了,他一定在想,老师怎么对我们那么好。以前给我们吃过桔子,也吃过冰淇淋,还悄悄吃过棒棒糖——老师,可是我们一边含着棒棒糖一边听老师讲课,真是一种难得的奇观了;我们的语文课课堂效率那真是高——老师今天却又来给我们吃西瓜了。怎么回事呀?老师怎么有那么好?老师老师,我好感动。于是,他抖了。

是的,他抖了呀。

其实你们是已经知道了的,抖的是谁。我是十分感谢你们的,孩子们,"与比自己年轻的人在一起,会使自己老得慢",我是真的信奉这条铁律的。

我不用任何化妆品,你们就是我的化妆品——我年轻,你们是高兴的罢。

至于为什么要吃些什么东西,我今天得捋一捋:上次那两箱沙糖桔,是我04届那届的一个在新街的学生拿来的,他说老师,快"六一"了,我不得孝敬孝敬您呀,于是,给你们分了。冰

187

淇淋是看你们实在热得很,上完体育课,这个汗流浃背的模样,看上去就挺"可怜",我是临你们快下课时,才把车开到街上,在批发部买的,就是后来你们其他老师都吃到了,我把自己这杯给忘了,你们不是还笑我么?棒棒糖么,说好听了,是"糖"老重要了,初三的你们多不容易呀,补充营养呢;其实么,是你们每次考试都好,别人老是说我教得好,其实是你们好,那么,这些红利和甜头就大家分享喽。这回吃西瓜,特希望你们走进六月,有火一般的热情,又把中考考得红红火火的;当然,话说回来,西瓜毕竟解渴。我总想给忙碌的你们每个人"一杯水一杯水"地倒好,可是又总怕别人说什么话,这不是,还得利用语文课,腾出时间来,让大家吃上瓜——你们瞧,这大红的瓜瓤,多么吉利。

我吧,老师做着做着,就觉得教知识真次要,要是我们之间——师生之间感情好了呀,知识算老几,什么都会来的。咱们这几个月吧,时间不长,就是感情上种了瓜,所以咱们最终准能收获瓜;那些个豆,吓,离我们远着呢!你们说,对不?

你们都说对啊,那就好,那就好!

爱你们的老师

2016年6月3日

中考冲刺语文老师寄语16

各位好!

留给我们的时间真的真的不多了。

你说你喜欢雨,

但是下雨的时候,

你却撑开了伞;

你说你喜欢阳光,

但当阳光播撒的时候，
你却躲在阴凉之地；
你说你喜欢风，
但清风扑面的时候，
你却关上了窗。

爱你们的老师
2016年6月8日

狮王的婚礼

这是十多年前写的一篇短文,磨我兮砺我:

狮王28世向全体动物发出邀请,请他们赴自己的婚礼。乌龟也接到邀请,于是开始出发。然而当它才赶了不远的路程的时候,其他动物已经参加完狮王的婚礼后返回了,不过它仍执意前行。动物们都笑它既慢又笨,婚礼都已经结束了,还爬什么爬。

多年以后,乌龟来到狮王洞府。洞府门口张灯结彩,绿树红花。是的,今天就是狮王29世的婚礼!

怎么看这只最终成功参加狮王婚礼的乌龟呢?

您所教的孩子中有像赶赴狮王28世婚礼的乌龟一样的"慢孩子"吗?您所教的孩子中有过像赶上狮王29世婚礼的乌龟这样的因为执着而成功的案例、成功的孩子吗?细心一点回忆一下,细心一点环视一下教室,细心一点翻看一下孩子们的训练记录,细心一点地默念一遍孩子们的姓名和小名,你一定会发现:

原来,那个他,那个她,或许就是最有可能成为成功者的"慢孩子"。

面对"慢孩子",老师还得认可他的慢,得认可他慢有慢的好处,当然,同时婉转地指出慢也有一些负面作用也是很有必要改的。允许慢应该是有前提的,慢就得对,一切肢体上的训练、习题方面的练习、检测中简单题目的反复操练与解答,慢下来,就得做对。

面对"慢孩子",老师还得开发他偶有的快,老师要谨细地发现孩子最短时间"一闪现"的快，及时肯定快带来的良好效果，并且肯定孩子其实具备快的基本素养与能力，努力帮助孩子在稍许快一些的过程中追求更快的动作、更精确的答案。

面对"慢孩子"，老师的垂范作用非常重要。老师可以和孩子一起完成一些任务，设计一定的任务，使孩子比自己快一些；同时设计一定的任务，可以使自己比孩子快一些。但设计的时候要千万注意：老师的快是孩子通过稍许努力可以达到的。譬如老师可以和孩子一起整理英语单词抄写本，整理的要求是"根据个人的看法，把'我们'认为书写工整的本子都整理出来"。整理第一叠本子时，老师自然做到比孩子快一些，但不要快得很多；如果快得太多了，那该控制一下最后几本的速度——你要用精致的余光、温和的余光瞄着孩子的手；整理第二叠本子时，孩子可能会比整理第一叠时快一些，然后最终超过老师的整理速度。为什么孩子在整理第二叠本子时的速度会加快一些呢？是因为有老师的垂范。孩子都是具有较强模仿性和动手能力的，因此，要"临摩"老师的方法并超越老师，其实并非难事。

面对"慢孩子"，保护孩子的积极性显得极其重要而伟大。老师得让孩子感觉到慢并不是很糟糕的一种素质，多少科学家都是"慢工出细活"才卓著于世的！老师得让孩子感觉到"我也可能快起来，而且快慢结合，分外相宜"是可以实现的。老师得让孩子享受若干次"快"与"慢"结合，甚至仅有"快"没有"慢"的实践之成功，看到一定的实践之成果。面对这些实践的成果，岂不就是故事中成功参加狮王29世婚礼的乌龟吗？

做老师的，发现"乌龟"式的"慢孩子"，不仅不可放弃，而且要努力培养其成为成功的"慢孩子"；如果孩子说，在坚毅与执着的一路上有老师的陪伴感觉真好，那么，你何尝不是一个好老师，一个成功的老师呢？

当然，或许我们还是"慢老师"呢？

这样的教师节

那一年教师节,逢了双休日。

我在头一天傍晚,约了在年级组负责工作的一位同事,约定第二天去做些家访工作。第二天是什么日子呢？就是教师节。所以这样说来,老师度过教师节的形式还是挺多的,我和同事度过的这个教师节也就不缺意义了。

我们做了些家访前具体的准备工作,包括通知了几个孩子和家长、了解了住址和联系方式、熟悉了孩子近段时间以来在学校的学习生活状况,我则特别通过将受访同学的同班其他孩子知道了孩子的特长、爱好、最喜欢的老师、最爱吃的食物,等等。

许是自己的节日,我醒得特别早,早上四点多,最勤奋的鸟才开始啁啾的时候,我就一骨碌坐起身来,一番洗漱便出了门。校园详和安宁,保安师傅诧异于我双休日上班居然比往日还早了个把小时,可是他没有说破,只是讶讶地,不过,他当然还是十分和气且快捷地摁下了电门,校门便洞洞地滑开了。我递给他半道上在灌汤包子铺买的两包包子和两袋豆浆后,就进了校门了。保安师傅一边客气一边顶了俩老大的黑眼圈囫囵地说了句"又是夜宵又是早餐",算是最隆重的欢迎了。我已经很多次给他们带早餐了,他们也不再谢我,我也觉得分外自然。

说是四点多,搁在钱塘的九月,天已经亮堂起来了。九月的天,也不起雾,又没有风,平静如斯,雅韵犹存。学校池子里的鱼探出脑袋来,在水面上拨弄了几下,又钻回水底去了,水草倒是晕开了圈圈细微的涟漪。一条红色的锦鲤不放过任何露美显倩的机会，趁清晨在水面上吐完一串气泡后，才折返回程。池边的七八棵银杏，正是大放光彩的时节，悠哉游哉，散布着自我的华彩，一色的青皮白袄，傲然挺立在景观大道的两侧，枝上的枝桠则早被园丁裁去，故使它们越长越高，愈发挺拔。秃秃的杆上偶有的枝叶，使它们显得愈发果敢而威猛。我不仅仅只在池边道上踅了一回，还顺道把手伸进水温正好的池里，在水里一番拨划，写出一漾漾的字来，只是水利万物而公正，是不会让人们在它的面上做手脚的，写了什么，它才不会保存呢。

大美校园，大美清晨。

当我拍完七段飞鸟的视频和几十张各色花木的照片后，年级组工作的同事也早早地来与我会合了，时间是晨间六时三刻。闲话不絮，开车上路，得早不得晚，家访是有这一条"游戏规则"的。因为好多家长双休日都还是需要上班的，因此，八点之前或要结束我们的行程，这样方才不致耽误了家长的工作。

所有的孩子住得都离学校不是特别远，三五分钟的自驾车程，便到了。一个中年男子站在路口的一棵梧桐下向我们招手，梧桐很矮，他便不高；他的T恤蓝汪汪的，经过不下数十次的净洗，一块一方走向蓝白——我说不清楚像"蓝白"这样的词，算不算得上有仓颉的做派，只是觉得用了它，我才放心。我把车停稳了，然后被中年男子迎着进了他的出租房。他的出租房在一幢萧山农村最普通的别墅式民居后面，一溜的一层低矮平房，褐的墙面，黄的瓦片，吐出舌头的油毛砖，三口供汲水洗用高出地面两尺的井，还有一块不大的角上尽是青苔喧闹的土褐色的地坪。中年男子一把拎开挡在井沿子上的水桶，才领我们进了一间约6平米的小房间——这就是他、他的老婆、他的儿子，三口之家六年来的家。房间逼仄无隙，有一个朝东的窗，最显眼的莫过于窗棂上系了些昭示着运道的红绳，六页小玻璃投进晨间第一道光,日日催促他们起床、劳动。房间是小,却整洁如新,墙上贴着的报纸整齐有序,两幅明星挂像油光可鉴,青年的刘德华冲我笑了笑,我居然看到了这位天王穿着整齐的双排扣的西服,一抹的中分的油亮的头。整个房间不仅没有因为平房而发出一点儿诸如霉味儿之类的气味,而且还锃亮温馨犹如我们偶时住的星级酒店。"家不在于大小,在于温暖的经营",不知道从哪个角落缝里,钻出这么句话来,我悄悄紧了紧拳头,没有说出口。

中年男子边上已经站定了一个中年女子和一个有些害羞的男孩儿。

中年男子见房间里坐不下那么些人,利索地从里头掇出三条小板凳来,最新的那张递给了我,一定要我先坐下,我拗不过他,便先落了座;然后邻居一个老乡房客又急滚地从自家屋子里提出两条矮板凳来,终于,五个人"各得其所"。

我的同事是个非常谨微的人,办事仔细,认真劲儿值得人敬佩。才坐下,便又站起来了,回进他们的小屋内,迫得中年女子急急忙忙也跟进了屋。我的同事一边问些"平时做作业有地方的吧""那张小桌子腾出来做作业用挺好的",一边回顾了些孩子在学校的表现与各色情况。中年女子一色的喏喏,过后,五个人终于又坐定了下来。家长、孩子、老师,十五分钟左右的交流,相谈甚畅,实而不浮。可是,我总觉得我的话份量不够,缺些什么,于是我大头大脑地补了一句:"到萧山来,六年说长不长,说短不短,你们挺不容易,为萧山做的贡献可不小了呀;生活上要是有什么困难,我们能帮上忙的,孩子,你尽管说。"害得中年男子一把抓起我的手,握得死死的,死死的。

我其实是知道的,但凡外出打工谋生者,似乎都有一双有力的大手。其实,与其这样说,倒不如说一句"他们都有一颗坚强的心"!

中年男子不善言辞,总是笑,又回进房里的他的老婆却突然摸出两个带水的大苹果来,一边甩甩水,一边支吾着:"没什么好吃的,也没烧水,老师,吃个苹果吧。"我盯着大苹果,红色,圆个儿,大块头,的确不枉大苹果的称号。只是我们都不敢接,更不要说咬上一口了,我且突然深深自责起自己来:我怎么也不买点水果牛奶给孩子带来呢?

啪,内心里,自己给了自己一个大嘴巴。

推来递去,我终于把大苹果推进了孩子手心里,孩子不敢吃,摊开两只手,才把大苹果捧在了手心里。两手搁在腿上,腿因为凳子太矮,曲拢在一起,这倒好,才不至于因为苹果太大,手都持不住。

最后,我还是借故再进房里看了一圈,并在窗下的搁板上压了两百块钱,又悄悄地移过一个水壶把钱盖上,然后才有心思往下一家走。"道别是深重的记忆",道过别,又与中年男子拉过手,把手轻轻拍在孩子的肩上,与孩子的妈妈说了"再见",道别的仪式才算是真正完成。

转个弯,才是停车的路。

路上车水马龙,路人行色匆匆,上班的大军东西挺进。晨风撩动人们的衣衫,电动车不声不响,汽车喇叭按固有的节奏鸣动,阳光做着梧桐的斑驳的早课,喃喃嘤嘤只有灵慧的人听得到它的虔诚。

习惯被他拥抱

"在沉浸式写作的世界里,真沉浸,才会写出真切感……"

这是我在学校的一个突击提高班里给孩子们授课。

"当我们习惯于文本精读精答的同时,我们更需要的是文本粗读粗答,这一点,我们谁都没有办法否认……"

这也是我在这个突击提高班里给孩子们授课。

"中华文化渊薮,遑论,且要有切中的习得与输入……"

这也是我在这个突击提高班里给孩子们授课。

"……"

整个班十四个孩子,来自于十个班。

总共五堂课,每堂课九十分钟,满打满算,四百五十分钟,七个半小时,四个专题,十九项口述的基本功,没有资料,没有讲义,心口相递,口耳相传。做文化与技术的传布,没有涉及解题、考试、分数。

然后,孩子们奔赴一所高一级的学校,参加该校的自主招生笔试;成绩次日发布,功德即时显现。

最后,孩子们高高兴兴地或提前录取,或预录取,嗨在心间,高兴写在整张脸上。老师们为之祝贺,家长们也乐开了花儿,"中举"了的孩子成为了校园里一下子就耳熟能详的大名人!学校的电子屏里滚动播放着他们的大名,升旗仪式后校领导宣读了他们的大名,校园网紧跟着以红色大体字加粗的形式宣告着此役大捷,孩子凯旋。

午餐的音乐嘹亮在校园的上空,盘旋,从不低落,伴随着激情、奋进、拼搏、执着、坚守等积极向上、阳光乐观的正能量元素。这样的音乐响起到结束,足足花了半个小时。半个小时的首,是师生进入餐厅,端正地享用他们的午餐;半个小时的尾,是师生离开餐厅,幸福地或在操场的跑道上散步以助消化有利健康,或返回他们的主战场——办公室或教室,继续他们的工作或学习。

教学楼与餐厅间的廊道很长,夹杂着一丛的灌木、虎皮爪、一个以浮石和小型喷泉汇成的小景观、四根粗而高的架了空的石柱子、一块整洁的地坪、两条鹅卵石结构的下嵌式过水沟、一个足有八九平米的黄梁木为主角的绿坪子。

那天,我行经此地。

突然一个男孩跑向我,一把抱住我,且说:"让我抱抱你。"——先抱住的我,再说的话——这个要讲清楚。真是说时迟,那时快;而且抱得紧,说得响。冬已深入骨髓,抱团取暖或者真好,可是他也穿得棉,我也穿得棉,两个大块头一忽儿抱成一团,可想真是滑稽到了极点了。我随他抱,想来他抱有他的原因罢。

男孩是十班的孩子,也是人事有缘,才让我在突击提高班遇见了这个聪明的孩子。孩子长得俊俏,短促干练的一头黑发、明亮洞透的双眸、水嫩光泽的面肤、清净整齐的穿着,足使他成为校园里闪亮的星星,这样的阳光男孩一定是校园最美的风景。我说了,上过五堂课,见过五次面,时间本来不长,缘分本来不深,概念本来不强,可是,孩子毕竟是真真切切地抱了我。

孩子抱得还挺紧。

其实孩子抱我的时候,旁边有好些老师,更有很多很多不知情的学生,不仅有初三的孩子,更多的是张大了眼睛的初一、初二的孩子。这一抱,可不得了,把一群男男女女的青涩孩子逗得一下子就起了哄了。可是我反应慢啊,孩子已然紧紧地死死地抱住了我,一只手搭在我的左肩上,一只手从我腰部的右侧一把把我圈进了他的胸前;说也奇怪,我似乎很会"回抱"别人,他这样抱我,我也就相当利索、十分熟练地用同样的手法抱住了孩子。对啊,就这么抱着,他抱得紧,我就抱得紧;他抱得死,我也抱得死。有人说,拥抱是最疏远的方式,因为看不到对方的脸;而我却认为,拥抱是最亲近的方式,因为心贴着心。

这真是这个校园里难得一见的奇观。

这个奇观是不止半分钟的,当抱着的两个人听到起哄声,还没有一下就分开,终于还是抱在一起的。说来更怪,我觉得被人拥抱和拥抱他人,是那么令人愉快,使人舒爽。是师生间很少会有一方或者一人主动去使用拥抱这种动作么?是我平日里严肃而至于鲜有孩子敢伸出双手来么?是我太纠结于世俗,而恪守了纲常风纪,胆子太小,不敢突破一些条条框框道道杠杠了么?

真是要谢谢这个男孩,我有勇气抱了他。

可是毕竟拥抱这样的花色新闻在校园里是可以沦为热谈的,一时间,校园里的风一股脑就刮向了男孩和我,可是那又怎么样呢,我俩才不管什么言风语风,我们只要感到教与学内心里最深处真切的幸福,那就足够了呀。

我想,如果需要,以后的突击提高班,我还会挺在一线任教;我想,我应该已经学会了习惯被他拥抱;我想,并且我可能会先拥抱孩子了。不为别的,只因为,在我看来,胸膛和手臂,是一种力量!

突然的发表

　　我得先把孩子在报刊上发表的文章先引在头里了。孩子发表的文章题为《好棒，刘帅帅》的微小说，列此共飨：

　　刘帅帅是我们沟庄小学的老师，名字又帅气又文雅，人可既不帅气又不文雅。

　　话说刘帅帅每天都穿着一样的衣服，这都让我们烦透了——他着实是一点都不养眼。

　　刘帅帅嘛，是既能吃又能睡，每次刘帅帅都是第一个走向食堂，打食堂出来时刘帅帅的肚子又大了一圈，刘帅帅的肚子像一个圆圆的大西瓜，而这个调皮的西瓜却学会了跳，刘帅帅的衣服都快被撑破了。

　　刘帅帅吃完饭偶尔会来教室监督我们写作业，刘帅帅累了则会去椅子上睡个满觉，睡觉时会打出节奏感超强的呼噜，这极端地使我们难以聚精会神写作业。可怕的是，当着我们的面，刘帅帅还学会了睡觉时流口水，而脸则红得像一个苹果，此情此景，我们不由地反复惊叹：好棒，好帅。

　　刘帅帅的一天还特有规律，上午上完课，到办公室拿水杯咕噜咕噜喝水，玩会儿手机，手机玩好了再玩会儿电脑，时常浏览点新闻——看新闻不时会笑一笑，或者不时与另外老师聊个小天——这中间，也是不乏段子的。

　　刘帅帅在我们的自修课和作业整理课时，每次都会像幽灵一样，来无影去无踪地飘过闪过飞过掠过，且能拍电影似的火速拍下一个个使我们十分被动、极其尴尬的镜头，然后便是一

次次的趁热打铁或秋后算账,于是,我们开始十分讨厌刘帅帅。

直到有一天,我们对刘帅帅的印象彻底改变!

——刘帅帅做了一件惊天动地的事:我们下了课,突然有位同学口吐白沫,一下子倒在地上,不省人事。哦,是同学的癫痫又发作了! 说时迟,那时快,只见刘帅帅一下跪在地上,伸手一把掐住那位同学的人中;直到同学终于缓过来些,便立刻把同学往背上一扯,飞快地背下楼。你们还真别看刘帅帅人胖,下楼的速度可算惊人,没两一下子就到了一楼,一摁车钥匙,就把同学背进了自己的小轿车里,立马送往医院。直到下午,同学平安返校上课了,我们才一个个地给刘帅帅竖起了大拇指,并且啧啧称赞道:刘老师,真棒! 刘老师,真帅!

那一天,我的日记本上郑重地写下了这样的文字:其实,每个人心灵行走的速度决定着他人生的高度,决定着他到底有多美。

这是孩子第一次发表作品,这个肯定不错;这是这个孩子从学以来第一次既扬眉又吐气,那叫一个痛快,这个肯定也不错;这是这个孩子邋里邋遢的书写、"天下最蹩脚"的文字、几乎与正常人完全不一样的情感,第一次转型,第一次令语文老师、其他老师,尤其是小学里看到报的老师无法想象,并且反复猜疑,最终彻底拜服。

孩子天生的胖,十四岁,靠二百斤。

孩子说的每一句话都不太完全;可是,他究竟是说了"句"话,那么,他的话,就该作句子论。

孩子小学时语文基础特别糟糕,"待合格"之外的成绩,每次都使他自己都感到特别意外,似乎他不该有那些突然的令自己无法接受的优异成绩。他对于自己的语文成绩,最敏感的是写作,从来都是悲多乐少,哀众喜寡。

孩子的妈妈曾经说他是"榆木疙瘩"。

孩子的班主任曾经说他要是语文坚挺一些,他理科又不差,他的成绩坏不到哪里去。

孩子的语文老师对他感到十分担忧,每每提及他,都不敢大声评判;或者阅他的作业,总是把红笔攥得死紧死紧的,能捏出几手心的汗来;很多时候,为了不打击他,只是小小地写个日期算了。

这样的孩子,报刊上发表了他的处女作!

这份沉甸甸的半月刊,是一份热门的地方报,一份中小学教师和学生都热读的报。每当送报的卡车停稳当,送货的司机身兼两职,一是开车,二是卸货,他把一摞一摞的报扔到站在车下的仓库管理老师手中时,孩子们就已经睁大眼睛了,大有第一时间检索了哪几个作者是自己认识的人的特别的热衷。

送到办公室的报,老师们也像孩子们一样,热心地检索,有时会啧啧称赞:"这个孩子的文笔真是老成,可不是个作家的料么。"有时偶尔也挑挑文章的刺:"这样写恐怕也不是很妥当,手法上还可以,可是过于直白,虽然典型却不典雅。"

这一次,是一个分配才三年的青年老师发现的,好好办公翻报的她,刺破寂静一声响:"你们看,这孩子也有文章!"然后,陆续地,青年女教师的身后沿着椅子就围上了四个老师了,孩子的语文老师也在列。

语文老师一把夺过报,一字一句、仔仔细细、十分神圣、哑口无言地把文章读过两遍后,她用柔和且坚毅的语气果敢地判定:"我就说这孩子能写好!"然后是老师们对语文老师的一番贺喜,说她是学生作文的"再世华佗",一经她语文教学的"刮骨疗伤",哪个学生的作文不会"药到病除"?

《作品发表通知书》寄到的那一天,十五块小钱的稿费也通过老师的微信,转到手了,七八个好事的同学围得他团团转,硬是要孩子起码揪出个七八块钱,用来放学后"请一回客","大家

分享分享成功的喜悦"。孩子可乐得不得了了。

可是,放学后,孩子偷偷地敲了我办公室的门。

"请进。"

进来一个胖孩子,太熟了,不消寒暄,所以谈话就直奔了主题。孩子向我道谢,三谢我的举荐之功;我向孩子道喜,三喜他的发表之幸。

然后我目送孩子离开,并且之前约定,此事不言他人,始终严守秘密。

孩子是走了,可是我想多了:

每个孩子都是天然之璞石,雕琢之功,就该在老师,而雕琢之前的助力设计与规划,于眼界、视角,的确有莫大的干系,忽视不得,更漠视不得。

也是从那以后,我的"学生观"再度完善。

也是从那以后,我只会发现孩子的优点;纵使孩子有缺点,我也默默地照着优点的方向助他渡劫、改良、变化、新生,最终幻化成真正的大写的优点。

一次突然的发表,一张平常的报纸,一回观念的升级。

两道身影

这一节,实在令我念兹在兹——

严冬一到,气温降到零度。

全国的媒体大量的信息,都与华中和华东这一次大面积寒潮侵袭沾边。杭州的气温也不高,省市区三级气象信息发布,都带有大量的关于"防寒防冻"的字眼。于是,校园里一下子棉起来厚起来了,最要风度的男孩子也不得不塞进一条秋裤,然后把秋裤塞进袜子,完成对冬天最起码的尊重的礼节。

风过墙头,墙瑟瑟发抖。

这个时间,是晨修时段,天十分固执,暗得不肯亮起来,霜蟾在望,蓝莹未现。逾了六点半,才吝啬地放出头一道光来;可是,勤奋的孩子已经自觉地进入自修状态了。天太冷,早训前段时间已经被取消了,住校生一律从一个窝换蹿进另一个窝,"晨修"成了一道校园中寒流里不失暖意的风景。

风又过窗口,窗啪啪作响。

一个多月前,我也从此过,霜飔阴阴,并不是这般概念。今日一路走,一派窅冥,只能张大了眼,巴巴地瞅着道儿。纵使加了万般的小心,也还惶恐得不轻。

我从教师公寓一直往南走,路上煞煞地醒着一些草木,秋褐难捱,冬霜披戴,使人不禁一个寒颤接着一个寒颤。天没有大亮的意思,路上只余一人,和着校园围墙外大马路边上几盏摇摇晃晃大紫大暗的灯,形成一幅难得的写意画。卷轴太宽,笔墨到处,淡素阴稳,没有什么新意。然后,我急急地经过了孩

子们住宿的一幢公寓楼,把领子往上拉了拉,又把脖颈往领子里缩了缩,算是禁锢了自己,仿佛这下终于使自己密不透风了。转过一个弯,便经过了八年级所在的教学楼,那里一色的植物,几年来,我都没有认真查过它们的名姓,也总是错过咨询些见闻广博的同事,它们今天倒是便嬛美好,不失自我的本分。后来,终于又弯过了一个道,那儿,是一条窄仄的连廊。这连廊,平时程短,今天走来,阴风直进直出,狂傲不羁,终究将这连廊的两头上都画了辅助线,把它加得那么长,那么长。墙和窗朝向风的一头,吼起来,是那么自然,那么动听。我不知道我怎么会用"动听"这样的格格不入的词来摆布与形容它,转念一想,自然是就了教室里那些明晃晃的日光灯的便与好了。与其说教室里的日光灯就是物质的灯,倒不如我时常盘算着说的"教室里的日光灯怎么可能仅仅是物质的灯呢,那分明就是照亮孩子前程与国家前景的灯,然后孩子们以及孩子们所在的国家打开心灯,为个人美好的前程与国家美好的前景再亮各色的灯"。

灯。无灯不成夜。

古有蜡盏油灯,照过世代贤良,也曾照见黯然神伤。到了现代,电在人类生活中无孔不入,于是,教室里的那十一盏白花花的日光灯成了伴随孩子们知识博问、技能娴熟、情感透明路上恒久的挚友。

走进九年级的教学楼,隐隐的,一楼的楼梯口闪过两道人影,不用说,其实我是看清楚了的,一道标准的冬装校服,一道在校服外披了件棉迷彩。我没有疾步趋前;自然,他们俩也看到了我,可不,他们遁得倒快。

老鼠见到猫的把戏,自古有之,在本该和谐生智的校园里显然成为过大众话题、热门用语。如此代代相传,从那两道身影的祖辈传到他们的父辈,又从他们的父辈传到他们这一辈。

这不是什么揣测和猜度，要不然，他们逃什么？

风愈加紧起来，至少它不肯收手。一楼教师办公室的窗没有关实，一卷窗帘被风撩出窗外，轻轻呢喃，无处申冤。楼梯口的书架旁原有的盆栽——那么可爱的文竹、雍容的君子兰和一团长着十分结实的带着长刺的足有地球仪大小的仙人球——都早已被哪位先知的同事搬走了，估是冬眠，起码算是避避风头，省得命殒大寒。我转头进了每个班的教室，一间一间走，一间一间拿鼻子嗅，嗅出哪儿有迷彩，有多少迷彩。

这种嗅，说来也怪，总像是扮着侦探的相，然后做着最柯南的事。可是手头上又不曾有过什么先进的器械，破不了案成了常态，破得了案也都是瞎猫撞上死老鼠。我是有过同事戏言的：孩子们要是反侦察能力稍微再强一点，我们哪会不败在孩子们手上？这话诚实不虚啊。一边进教室，一边给孩子们捡点他们偶时掉在地上的书笔，一边向咳得厉害的孩子问清楚身体情况并示意孩子如果再不济则快请假快瞧病，一边解答每天都会有孩子提出的一些学科上的疑难问题。其实，进教室并不是要寻迷彩，找身影，定准位；进教室，早已成为几年来我的分内工作了——同事不在的时候我得补位；同事在的时候，有同事呢！孩子们也最习惯我在一早进他们的教室，大家微微点头，或者什么都没有，或者大家相视一笑，孩子拿眼睛说："您又来了？"我说："我又来了，这段路，我们一起走。"终于，我还是在一楼的第一间教室靠北门口的第一个座位上，看到了一件簇新的迷彩，厚棉，立领，连帽，韩版，百搭，潮流，帅气。

是的，这件迷彩，是世面上最流行的青年迷彩棉袄了，不特帅的男孩子穿不起来。这件簇新、厚棉、立领、连帽、韩版、百搭、潮流、帅气的迷彩安安静静躺在一个帅气的男孩子的前面那张空课桌上。因为不是全体同学住校，所以那些空着的课桌往往成为住校孩子们很衷情的对象，那里曾经逗留过温暖的水

杯、一沓沓十分厚实的讲义与卷册、用来擤鼻涕的一盒一盒的一包一包的纸巾,偶尔还会有一些杂七杂八的其他品种的东西,这就不尽而谈了;既然不尽而谈,便不谈也罢。

也是我不好,我好像喜欢这样的迷彩,我终于将眼睛从迷彩上拔出来的一刹那,那个帅气的男孩已经抬起头来看我了,这时我才回神,刚才我看他的迷彩,这会儿他看我的皮鞋呢。我正要开口,男孩两眼一放电轻轻说句淘气的话:

"您喜欢呐?"

实在是把我打个措手不及。

我说嘛,现在的孩子机灵着呢,岂是我辈力智可以企及?这么帅气的男孩,穿上这个迷彩可不要帅死人啊?正想呢,男孩已经一边半起身,一边嗫嚅道:"老师,外面。"好在外面的风被四间教室挡得严实,他便站定在我的对面了。

"刚才一楼是我,老师。"

"哦,我看到了,没事,你俩进教室的时间点掐得准吧?没迟进教室吧?"

"不是,还是迟了,十秒,也可能十五秒。"

说话间,漏过墙的风真是牛劲大发,两句话的时间,便一个寒噤打在了我的胸肺上。我下意识地马上进了教室,一把扯起那件迷彩棉袄,又走到男孩身边,递在他的手里,要他快些把棉袄穿好了。他用奇怪的眼神看我,我用怜惜的眼神看他。但这样只是关心地让他穿得棉一点不要着了凉,总使我感觉少了很多教育的养分。于是,"一不做二不休",首先在穿棉袄上加加码——我伸出其实也冻得冰凉像铁条一样的双手,往孩子棉袄的两边领子上一搭,左右一齐发力,拉链便一把拉到顶上了,扣住了男孩的下巴。

"这才不冷。还戴不戴帽子?"

男孩刻意看看我的脸,又盯住我的眼我的鼻,生怕我冻出眼泪流出鼻涕来——真要那样，那不是得窘到家了？还好，我算是精神百倍的人，是不至于那么狼狈的。话么，总是一来二去，当然我就知道了因为天实在太冷，孩子已经出了公寓又折返取了这件"该死的棉袄"，便略略晚了那么一小会儿。也就因为这，他和他的同学看到我这道熟悉的身影，我便偶遇了一道醒目的迷彩。

一个人，无论老幼青壮，诚信的品质，使人肃然起敬。我这样告诉这个站在我面前，裹得严严实实的帅气的男孩。男孩眼里一下子放出跟刚才打趣我时不一样的光来，他知道了，我开始来"真"的了。

一个人，注重自己形象的同时，不忘注意身心的健康，热天取凉，冷时保暖，最该是为人起码的素质，这也是令我欣慰的事儿。我这样告诉站在我面前的大男孩，他听得越来越专注。

一个人，处身世间，有友为伴，有伴为友，是人生莫可缺失的重要支柱，这是多么让人羡慕；请转告刚才与你一起的同学，独行远，众行明。我这样告诉站在我面前的这个看上去愈加帅气明亮挺拔的男孩时，男孩的右手在迷彩棉袄的拉链上不停地移动，投射出惊讶的目光。

一个人，清晨致学，难能可贵，我们都在世间行走，朝夕必争，分秒不失，你这样学，会学出新的人生高度，你一定是个比现在还睡在床上被里的人清醒得多的人。我这样跟男孩说话的时候，男孩突然插了一句："老师，抱抱你。"

"先别抱，"我说，"一个人，懂得礼节，明辨是非，清楚孰轻孰重，孰真孰假，是极智……"

这下不好了，还没等我把陶行知先生的"五颗糖"全部送完，我真的被抱住了——这个礼节性的轻轻的拥抱终于点亮了我们头顶上的天，天开大眼，炯目有神，教室内外分明紧紧呼应，天地，一下子，亮成了一片。

　　"明天起，"他顿了顿，"老师，我科学实在不太行，我每天早上在科学上用点苦功，老师，您觉得还来得及么？还有就是，明天起，老师，我可以找您问一些语文上的问题么？会不会很麻烦您？"

100元小奖金

　　小城故事多。

　　耳熟能详的歌词,进入我的教育生活,到了我的笔下,本身就是真人真事。一个叫小城的大男孩儿,阳光普照着他,青春洋溢着他,英俊眷顾着他,帅气氤氲着他,健康伴随着他,他什么都得到了。内心来讲,我是经常会揣度的:他究竟有多少粉丝,圈过他,正在圈他,将来会热火朝天地圈他?

　　他什么都得到了,他什么也都失去了。

　　他的前任语文老师在一个刚入夜的晚上,就在校园的那条林荫道上,她与她的先生一并踩在松散的银杏叶儿上,并不悄悄地告诉了我一节关于小城的生动故事。

　　小城体育好,腿粗壮结实,长跑短跑都在行,曾经不止一次站上校运会的领奖台,有一次还站在最上面那块台板上,胸口被别上过一朵紫花儿,颈上也曾被挂上一块镀了金色的圆形奖牌,校领导笑容满面地给站在领奖台上的他塞进过一捧循环利用的塑料花。

　　小城学习有股子牛气劲,钻起牛角尖来,有不到长城非好汉、不见黄河不死心的霸气,总要把题解得个水落石出、通天透地为止,因此,小城每次都有资格参加竞赛,且屡获高奖。时至今日,他的分数和排名还在一路攀升。

　　小城的家人却不太妙。

　　他的前任语文老师顿了顿之后,把身体站得笔直,终于打开话匣。

小城的父亲因为经营上"有所不善",而欠了不止一屁股的债——我平生头一次听说欠债还可以欠不止一屁股的这一说法,便心想,可不是应该是两屁股,还是三屁股吧,那不是多死人了——于是,远走高飞,逃之天天了。母随父走,小城却丢给了爷爷奶奶,这一来,时年又过,几载复承,外头说是音信杳无,事实上家里人应该是信息灵便的,否则不知死活,父母孩子多年不见,可哪里受得了呢?爷爷奶奶照管着孩子,从小学送进中学,一来二去,"三口之家"不但成型,而且也算是再正常不过的架构了,从亲眷、邻居、同学、讨债的人看来,切切默认了此番境地……

天暗得可怖起来了,我还有晚自修,于是,他的前任语文老师和听她漫说的她的先生才一并朝她们的私家车走去了。

我踩着松散的银杏叶,嚓嚓发出别拗的声响,便使我听到了它们骨裂肠断的哭泣,于是,我有意识地踮起了脚,一步一跳才走过了感觉好长的一段黑路,终于迎得一头光明,进了教学楼。

楼道的灯迎着我,晚自修便开始了。

我终于还是敢看,而且切切实实地看了小城几眼,并且脱口而出:

"白天的检测,小城拿了第一,"我扫视了孩子们一周,自己拍起掌来,于是在孩子们一阵并不十分整齐的掌声后,我接着说,"下个星期么,大家是知道的,全科竞赛向我们'扑面而来',竞赛不是日常的检测,如果谁能拿下第一,你们听好,如果谁能拿下第一,而且得分又很高,我的袋袋里拿出几个铜板来,作为给你们之中最优秀者的奖励,那的确,那的确是未尝不可的。君子不食言,看你把戏演。"

又是一阵并不十分整齐的掌声——这群孩子是不是被我惯坏了,掌声总不至于十分整齐,而且总不至于十分有气势

210

——我对孩子们的掌声是真不满意,同时,我对接班后孩子们几个月来语文学习的表现与成绩则非常满意,口上鲜言,心里却抑着一捧热血,疾待喷涌。

"奖金"一说,有没有多少效果,我其实是不太清楚的;孩子们一如既往地自学、听课、提问、订正,诸如此类之学业的反复纠葛,在校园内也算是最最常见的风景了。

说话间,全科竞赛到了。

说话间,全科竞赛结束了,过去了;就孩子们的话来说,滚蛋了。

说话间,分数出来了。

说话间,我的"奖金"一说也急急到了兑现的日子了。有没有机会把口袋里的铜板掏出来,并且递到某个孩子手中呢?每一场考试,老师其实都并没有十足的把握——底,还是没有的——这不是不自信,而是这个班里,语文的头名状,总是一会儿东家抢得,一会儿西家夺走,并无定数。

"牛了,那么难的试卷,你们班一个孩子居然考了101分,整个学区么也在前三名了。"一个同学科的女同事一边抱着一叠答题卷,一边趋近,一边向我贺喜。

我急着问:"真的呀,谁那么厉害?"

可是女同事并不熟知我班里孩子的一众名姓,于是,我开始翻启那三百多份答题卷,我得寻出那个他来;笔落不生惊,猜都已经猜到了,状元者,小城也。

答题卷到了,晚霞已经遍布了西天,艳红的色泽光鲜靓丽,是米开朗基罗大笔一挥成就了天穹壮美的图景,是天帝神灵撒播幸福的颜料于神圣的时刻,我居然嗅到了来自室外的莫名云霞的馨香。

同事告诉我,是走廊上盆栽的一种白颜色的小花今天早上突然就开了,而且一下子开出了六七朵,还留了八九个花苞正含苞欲放,心情急切地想浏览这个不缺生动故事的世界呢。

浴着淡淡的花香,我拉开最下方的抽屉,那儿,有一打红包;我抽出最上面的一个,又拿出一支碳素墨水的笔,在反面郑重地写了两行字。第一行,大体字:奖给小城,小城美丽故事多。第二行,小体字:爱你的老师。

我挑了张最新的面值一百元的钞票,又十分郑重地塞进了红包,两手一齐一折,把口子封上。

时间终于捱到了周五的傍晚,双休在望。在多少孩子口中心里,那是"众望所归"的时间节点,那是点亮幸福美妙时刻的最关键时间节点。在这一神圣的时刻,孩子们并不十分专心摘录老师布置了哪些作业,新时代的孩子们,反而会或一番各色花哨的作别,或东拉西扯的漫谈,或与老师打一个不算怎么正规的告别招呼,或飞速地经营于教室与寝室间带走他们一周未洗的衣袜。

他们将走,他们又要和我有两天的分别了!

舍是真舍不得的。

这会儿,我叫住他们,我说我有事儿说。一个平时特别爱打岔的孩子已经背上了他那个绣着唐老鸭看上去特别童趣的双肩包站在门口了,可是他一回头说:"老师又逗我们,你布置的作业,老夫已经全记住了。"又将迈开步子离开教室。我也和他打趣:"乖乖,老夫真有话说。"

然后,是满教室一片打趣的欢笑声。

孩子们一一坐定,我晃出一个红包:"诸位,老夫,老夫有言在先,胜者得之;老师略表心意,以奖励小城拔得头筹,以激励众将士们将来奋勇杀敌,个个旗开得胜,人人凯旋而归,把老夫的钱包榨干喽。"

然后,是满教室一片欢腾的说笑声。

众人敬仰的目光、羡慕的目光、猎奇的目光、怀疑的目光中,小城领走"奖金",我拔步离开教室,掩在门外。缝里一偷眼,每个孩子都要求小城立马拆开红包,倒要看一看里面究竟是几个铜板——

然后,是满教室一片起哄的叫好声。

小城满脸通红,只是一番推搡,一把把钱塞回红包,又一把把红包塞进书包,糊乱搬了些书啊簿啊的在红包上,以保红包万无一失。

"请客请客,请客请客……"

分鱼颂

我对生命的头十年,存有莫大的感激。

感激之一,是淳朴的乡风把我和一帮孩子濡染成直骨笼统的人,以至于看到要饭的,我们便飞也似的奔回屋里,掏心掏肝地给他盛饭夹菜;那个时候要饭的果真要的是饭,有一个碗,多半漆了层不薄的胶,似乎终年没有怎么洗过;他递给你碗,你接过来,还不得一跑飞奔背着姆妈把好吃的偷出来交给他呀。同理,我们是接待过兑糖人的,也是接待过修篾席的,我们的床拿来给人睡,我们的水烧来给人喝,我们的饭菜照例做来给人吃,门户洞开,不曾偷得,当然也不曾丢得。感激之二,是丰富的乡村生活给予我厚重的生命记忆,泥巴裹满裤腿的影像历久弥新,一时半会儿经年累月都哪里淡忘得了? 我从村的西头走到村的东头,能够跨过四条秧沟。我在每一条秧沟里都能捉到活物,有不禁骗的癞蛤蟆或者田鸡,有错回家的旱地里的精瘦精瘦的螃蟹,有肥实圆润的一扭一扭的蛐蟮,有木悸悸沿到秧沟上的驼了背的乌背田螺。然后我回转去,又从村的东头走到村的西头,又跨过四条秧沟。我在最末的一条秧沟的正中央,见着一个泥洞口,便拿了左手的食指,在洞口里圆圆地一抹,便是知道了,里面住的是黄蟮还是蛇。假如断定住的是蛇,则也是知道它是什么蛇的。事实上,在我的身边,只出现过三两种蛇,品种之局促总使人感到老天的气量实在太小太小。然后我才风尘仆仆抵达村的西头,村的西头是一片茂密的竹林,我们习惯了把这样不大不小的竹林称作竹园,想来是因为觉着竹林过雅,竹园才接地气呢。竹园里才有蛇呢,我不敢直接进去。我在石子路的尽头,挑准了几手把石子,一手把一手把往竹园里扔,想是终于把蛇全部吓跑了,我才紧随其后,兴冲冲地跑进竹园里。邻居的德钊阿太眯着一对眼,把老花镜推上去,再推上去,缓缓地喊我一声:蛇当心。这个句子也特别美,相当神奇,在我幼年的心底里种上了语法倒装的底。我每次都一边摇着竹竿,一边和善地回应她:太太,有数哉;有数哉,太太。我要用上顶针和反复,以至于德钊太太不会在我的父母面前说我有时候懂事有时候理都不理她;是的,她耳背。感激之三,是这样的乡村养出来的一群儿童,裹挟着纯粹的心灵——譬如他们一个一个地跳进八字湖里。八字湖其实仅仅是个池塘,紧邻着洋界湖,洋界湖不用说了,则仅仅是个比八字湖还小得多的池塘。八字湖声名远播,明清时起,就定了名号,因形似一个斜躺的开阔的"8"字而得名,虽不大,也有几亩方圆。一旦夏旱严重,则小池必干,河蚌螺蛳泥鳅黄鳝乌鱼统统受劫;于是,人们大大小小、老老少少、男男女女,则必赶赴八字湖取水。传说,八字湖从未干涸过,迄今不知真假。在我生命的岁月里,倒着实算作确论,因为老辈的人都这么说;说的人多了,也便成了确论了。八字湖一到夏天,就泅满了村里的娃,男孩儿,女孩儿,比我小的,与我同龄的,比我大的,什么都有。更不乏几个老欺负人的青年点缀其间,算是比较成熟的品种。落到水中,本能的反馈是,没下两回水,我便自己会了游泳,游得还利索,不带喘气的;我曾大言不惭过"游泳嘛,简单"这样的狂妄的话,至今犹悔,悔莫大焉。更神奇的是,我们的小脚只要伸下去,就能辨别水下两种不同的泥、两种不同的地形地质,我的堂兄当初近二十岁,像个饱读诗书的学者,在我们这批小孩面前炫耀他的学识:这是活泥,这是死泥;死泥也叫板泥,活泥也叫烂泥。前面我们个个听得仔细端正,直到听得"烂泥"这么俗气的词,方知堂兄的

学识其实一般,便一下漾开几圈水,远离了他了。他快快地驻在水中间,半天从额头上抹下了把水,自言自语道:不相信么算。不单单一起游泳的小孩是好兄弟、好姊妹,一起钓鱼的也是,一起摸虾的也是,一起在池塘边的几垄地里拗甘蔗的也是,这是农村里童年生活难以忘怀的恒久回忆。

我且有一段深刻的记忆,至今时时若在眼前;这种深刻的记忆,让我带进了教育生命里,焕发出一种别样的华彩,也促使我一再认真起来,把它的深层之思想的精髓揉捏进活生生的教育使命中。

有池就有水。有水,就有鱼。

浮标过处,尽是垂钓人;一网撒去,皆是归渔者。

我要说说年末打鱼分鱼的事儿。

在农村,过了十二月廿三,灶王爷上了天,算是真正进了年关。我小时候,专穿一双灯芯绒布面的棉花鞋,仍不可以确保脚上不长冻疮;因此除了穿上灯芯绒布面的棉花鞋且把鞋带拉得紧而又紧,还得经常活动,足气上升,浊气外排,通络活血,方可保脚上真正不长冻疮。如此想来,那双乌黑的灯芯绒布面的棉花鞋,替我抵挡了那么多年的寒冽的风,使我至今双足生风,依可健步如飞。我的小脚疾步赶到八字湖边上,算我事面木,赶到时我的站位已然不是最妙的了,伯林大伯、伯生二伯、伯春三伯的位置最好,在一个高起的小坡上,一丛瘦蔫的芦竹立在一边,一则挡风,一则确保人不至于直接掉到冰冷的水里。说来非凡,我们这里不把芦苇叫芦苇,更不叫"蒹葭苍苍,白露为霜;所谓伊人,在水一方"中的蒹葭,是不赋那般浪漫的。我们断然把它叫作芦竹。其实我是很小就知道有芦笋这么一种东西的,盖因乡村闭塞,未曾亲眼瞧见过。那么芦笋长大了不是芦竹么?一个长我七八岁的后来早早去世了的半吊子曾经告诉我说,笋么大了都是竹。所以我至今没有分清芦苇、芦笋、芦竹之间究竟有着怎样的血缘关系。伯林大伯、伯生二伯、伯春三伯见我猛撞上坡，便硬是挤出半个位置来，容下了我。立锥之地，足矣足矣。我分外满足于这一足之域，翘首张望大人们吃力地拖着一张网。

大人们不停地拉一张黑色的网。黑色的网从八字湖的北面吃力地往南面赶，说是赶，动作之缓，语言都难以说清楚，只是几乎不动，又确乎在动。冬天的水，冰得要命，只是浅下去再浅下去，再浅下去鱼都要晒太阳了，所以最终停止而不再浅下去了——这也是老天爷高明之所在，最懂得适可而止。拖网的大人个个穿得不厚，生怕穿厚了拉起网来不便，更重，消力。一眼看去，起码有二十来个男人，个个好筋骨，一个个穿了半身衣——这种半身衣，是渔工特有的装备，橡胶制成，隔水，外头叫阳面，里头叫作阴面，厚实却又轻番。渔工拖着网，由北朝南，艰难地在淤泥地里拔一脚，再拔一脚，一脚接着一脚，一步步脚踏实地走来。鱼则有了大动静，再不安耽。有的翻身出水，跳得老高；有的把白肚皮一现，突地又回水里去了；有的尾巴打扇，活络得像个精怪；有的跳上来头冲上，回水里头冲下，当空旋转一百八十度，俨然一名出色的跳水健将。围看的人们，大大小小的没大没小的叫几个渔工的名字、小名或者绰号，用最激将的激将法叫渔工使出吃奶的力道来。鱼打水过，飞溅起华美的弧线。渔工不管，渔工也指不定听见没听见岸上人们起的哄；渔工只顾拉网，而且越收越窄，越收越小，这便是职分上的敬业与乐业了。终于，鱼没有躲处，团团被围了起来，这下可好，鱼上是鱼，鱼下是鱼，鱼左是鱼，鱼右是鱼，鱼前是鱼，鱼后是鱼，甚至鱼中是鱼。围看的人们终于耐不住寂寞，有的一卷裤腿，就跳进水里，顾不得水冷刺骨，一边搭手，一边说起无伤大雅的零碎话。更多的是池塘边站定的老头啧啧的称赞"今年鱼大，鱼多"，更多的是小孩们挣不出妇女两条粗壮的臂膊，否则早也跳下去了吧。

　　沙地人家,多备半靴。这也是种怪异的东西。特在沙地,人们称之为半靴,其实就是雨鞋、胶鞋,不过水,绑临到小腿的一半就不长上去了,故称半靴。有早就领到事面的人,是早换好半靴的了,他们就等在收网的一刻,冲下堤去,帮一把手。你可千万不能误解,误解是不是会有人跳下去抢个一条两条鱼啊,那就大错特错了,在我们这儿,哪有人会干出这等龌龊事呢。不可能。不可能。绝不可能。

　　虽然该到收网的一刻了,反而水里凭空多出十来个人头,人数达到了三十来个。不过,此景时短,一忽儿工夫,就有壮汉攀着芦竹上岸来了。缘是拉网太累,乏力所至,不得不换个手,跳下去的人权作替补了自己渔工的伟大工作。上得岸来,听得观众一席好话,脸上堆笑,一根烟燃起,便算大功甫成,功成名就。

　　鱼是终于被整篓整篓地装好,倒在了小队的稻地上了。

　　装鱼的器物又是特别,本身鱼是离不得水的,而篓是装不住水的,以篓装鱼,难怪谁发明了它,难怪谁想得出来。鱼装满一篓,便有两个壮汉拿一根木棍或一根正宗的扁担抬到小队的稻地上。小队的稻上围满了人,伯林大伯、伯生二伯、伯春三伯和一群白头发的、黑头发的人都站定了,围住了一个圈,只露出一道口子。这道口子明晃晃的,亮晶晶的,把鱼腥气散得愈来愈开,愈来愈开。又有两个壮汉抬一篓鱼进来了,人们"吼,多"一声喊,几个刚跑开的小屁孩又露着屁股夹着开裆裤回来了。多事的娃要想去摸一摸一条跳得厉害的鱼,德钊阿太马上缓缓地说一句:"鱼菩萨,摸弗得。"任它跳,甩尾巴,扭头,没有人管它;小屁孩的姆妈早一手打在娃手背上,印起一道红口口。

　　天公作美,临傍晚了,天还没有暗下去的打算。

　　最后两个半篓鱼上来了,是外小队的一个五十多岁的男人一个人用扁担挑进密不透风的人墙的。太公是兼小队长的,太公站在内圈的最里面,朝南,太公往后退一步,他后面的人依序自主地往后退一步。太公退了两步,他后面的人依序自主地往后退了两步。太公只退了两步,太公说:"圈打大!"外三层的大人往后退了三五步,有的退出去一两步;里层的小孩有的木,根本不动,有的退出去一两步。圈是打大了,可是不完美,圈不圆了,出来几个角,几条棱。太公眼尖,正色道:"圈打圆!"人们似部队的士兵一般听话,生生地左瞟右瞄,好几秒钟过去,圈才圆。太公出手,请过鱼菩萨,朝天拜了两拜,分鱼仪式笃定正式开始。分鱼是该颂的,分鱼不是一般的分鱼。分鱼时,大的鱼论条,仿佛鱼是无轻无重的。太公自己不动手,随便央两个稳重的成年男人,叫他们把大鱼分开。两个稳重的成年男人生怕数错,单是大鱼,一条一条扔,堆在一起,就数了两遍。太公不用开口怎么分,两个稳重的成年男人就落了数了:"每户三条,多七条。"太公不用回应,两个稳重的成年男人把鱼分成一堆一堆,这是个棋盘格,小队里三十二户人家,三十二堆,每堆三条,形成一个方方的矩形——这可都是大鱼,纯种的鳙鱼,头很大,又很黑,水和着泥,泥和着水,上水这么长时间,几乎条条都还活着。太公用眼色使使,两个稳重的成年男人就分外聪敏地收到了讯息,开始分鲢鱼。鲢鱼远没有鳙鱼受人们欢迎,大小更不论了,差不多大,就一条一堆地扔过去。这其间,多嘴的女人偶尔吱声"这堆大,与那堆调一条",这也纯粹是插曲和神来之笔,我等对此没有什么特别的兴致。最多的就是鲢鱼,鲢鱼是鱼中的窝囊废,最没用,离不得水,一离水,命就勉强了;因此,待到分鱼,多半已是死鱼;可是死鱼也是好的呀,当晚的醋鱼,过夜的爆腌,还可以是节后的鱼干……鲫鱼也是特别多,至少多于鳙鱼与草鱼,鲫鱼一家也能分得好几条,草鱼则不一定,有的时候要杀鱼。什么是"杀鱼"呢? 这就是此番分鱼仪式最高妙的手法了。当大头落定,三十二堆几乎平均,一定会有些"轻头重"的——有的鱼堆明显份量上偏重偏多或者鱼偏大,有的则明显不济,这毕竟是随手一扔的结果,落不定准数在所难免。但凡此时,太公是需要出手的,太公央两个稳重的成年男人中的一个,把老早准备好的菜刀提起来,握准了,把诸如前文所述多出来的七条鳙鱼作一切分。切法有两种:一种是糊乱切,管不得鱼痛不痛,只要切出三十二份或者补缺某些鱼堆的份额来即可;一种是选出人们认为的最大的一堆,又选出人们认为的最小的一堆,一相比较,刀起鱼开,血赤呼啦,把一大块鱼贴进小堆里,如此按序补足。这种被切的鱼,往往是特别大,方才只是扔显得不公平的鱼;这种鱼的补足,也仅仅是人心上脑子里掂量的分量的补足,与秤无关。是的,还是与秤无关。

三十二堆鱼落定了吗?

落定了。

依次编定号子。

太公央两个稳重的成年男人中不杀鱼的那个做好了三十二颗号子——摸阄仪式正式且隆重地开始。太公早就不站在鱼堆边上了,又退出去一些,在一堆焦黄焦黄的陈年麦草垛的南面气定神闲地坐定,那堆焦黄焦黄的陈年麦草垛散出一股霉烘烘的臭味来。太公一点都不觉得心翻;他么,坐着不动,看看就可以了。男人女人、老人小孩,大家看了半个来钟头,讲了半个来钟头的话,到终于要抽号子决定谁家是哪堆了,也并不计较,依旧碎语连篇,仿佛是十万个《一千零一夜》也不够他们讲的。摸号子,一家只能派一个代表,我家总是派我为代表。我更小的时候去抽号子,每次抽完,姆妈都说我抽得好;后来我才知道,每家每户只要是小孩去抽的号子,大人都说抽得好。其实我们后来才知道,抽号子不过是种形式,其实抽与不抽,鱼的大小、死活,差异小之又小!太公是有本事的长者,两个稳重的成年男人的确是稳重的男人,他们分得是那么的匀。

　　鱼是一堆一堆的,我家离小队稻地近,我在抽号子前已经拖了一只沉重的不锈钢脚桶等在圈子边上了。然后我准确地走到我抽到号子的那堆鱼边上,三下五除二,把死鱼搁桶底上,不容易又急滚地把活鱼搁在死鱼上头,有的时候看看它不行了,就死命掐开它的嘴,往里头吹几口猛气,使得鱼嘴巴啪啪地张几张,又合上了。说来神奇,在我印象中,我是救过很多条鱼的命的。

　　我家邻居乘风比我大一岁,领鱼的光景,总要回转头对我说一句"我堆大",我从来没有理过他。我想,太公和两个稳重的成年男人分来的鱼,我死活不信有大小有多少。我只是没有秤,我只是有秤提不起来,要不然,过秤试试,一定一样多,一样大,分量是一样一样的。

　　后来,乘风经商做买卖。

　　我,在邻镇的一所初中里站了讲台,当了老师。

　　步入师途已然多年,远离了宁静的只有鱼跳动的声音的小村子和小队,已经很多年很多年了,太公那个时候那么老,现在还依然健康,九十多岁的人精神头仍旧十足,有的时候还到街上把地上吃不完的菜去卖掉一些,买两条鱼回去炖;只是他说鱼的味道没有以前小队里分的过年鱼鲜了。是的,分鱼是那么些年前的事了,现在哪还分鱼呀?

　　可是,我却天天在分鱼。

　　一天都没有消停过呢。

　　我翻开一沓试卷,孩子们已经完成了。有的字正一些,有的则显得飘逸。然后我又开始匀速地平均使力,我在每个孩子的每份试卷上,停留了足够的时间,我边阅卷边思想,边思想边沉淀新思想。我知道的,其实孩子们等着看试卷上的分数呢,不如慢一点,不漏改,不糊改,不错改。

　　我打开一本又一本的随笔,孩子们的随笔尽情随性挥洒他们的热血青春,点染如水或如火的心境。于是,我开始匀速地平均使力,我在每个孩子的每本随笔上,在孩子们的文末,用红笔判写评语,指导改进,切磋升格。几年来,我在孩子们随笔的文末写下了不止二十万字的评语;每个孩子都有,每次随笔都有。

　　我以周为单位,编定上课提问的人次,在备课时注明回答问题的人名;在周四的傍晚,清晰地梳理四天来课堂回答问题的同学名单,在周五的课堂上补足没有足量均量作答的同学的"份额"。孩子们心明亮着呢,他们内心深处盛赞着我端平的一碗水呢。他们只是不屑于表达,有一天,只要他们想拥抱你,想说出来,他们会抱你会说"好"的。

　　我习惯了用陶行知先生"五颗糖"艺术表扬或批评孩子,两者间或使用,却从未忘记对特殊的或者暂时学有困难的孩子加以鼓励和鞭策,而每次我都尽量凑足五颗糖,哪怕一时凑不足的,过后我一定记得补上——毫无例外,次次如是。孩子们喜欢吃糖,吃些有益于他们身体健康的糖,哪里不好呢。

　　想想,我毕竟生于斯长于斯,质朴无华、黑白两色的影像始终没有离开过我的大脑,就像我们小时候看的尽是黑、白、灰三色的黑白电视一样。那寒冬腊月里,那麦草垛子前,那渔工汗臭中,那一堆堆黑白相间的鱼头鱼身鱼尾间,无不训示我良善、正义、公平,不失原则,又不去计较。

　　我的邻居乘风会吹一曲叫什么乡村的曲,悠扬动听。太公则会骂人,骂地主老才,骂世道不公,骂小队里但凡不孝的儿媳,他的声音也如曲般,清脆悦耳,"此曲只应天下有",原来,我们的根子上,就是天上。

　　伯林大伯、伯生二伯、伯春三伯,有一次看见我开着车回老家,看望太公,都赶下来,说我老师做得好,有名声;我说,太公、伯林大伯、伯生二伯、伯春三伯,你们都有功劳。他们笑得欢快得像四个小孩儿:我们哪有功劳?

可是我想,你们有的呀。

为立刚书作序

爱徒立刚终于要出书了。

时隔数年,他以极重癖爱语文的姿态从我的班上毕业,走过高中,然后一路上积沙成塔,以文字的游弋致自己的青春,"莫使青春虚度",且"留下斑斓厚重的记忆"。也终于,小刚最终想到要我这位曾经的老师为他的书写一则序言。

序之经日,附之于此:

序言

早些年,听人说起八零后天才个性怎么怎么样,总是觉得八零后在四零五零六零,甚至七零后的眼中,是一种另类;四五年前,随着九零后也开始唱响"祝你生日快乐"歌,他们便与八零后合为一体,被称为"新的一代",其实两者的时间跨度长达20年,却没有人理会;而当我们通过互联网读到零零后这一新世纪产物也风云涌起以后,我们的内心真的不可以再平静了——我们分明知道,时间过得真快,才穿裤衩,就套上了秋裤;才脱秋裤,就穿上了裤衩。

然而,无论春秋如何更迭,不管服裳怎样变易,它们总的根系不会变化,那就是它们年轻的本色。

我曾在一所初中担任过班主任兼语文老师。

本书的作者是我多年以前的学生,在十四五岁的青春当口上,他也曾经提戟带刃,充满一腔激情,予年轻的生命以最朴实的写真，在教室方圆内、在校刊方寸中、在习题方略里，上下左右，摸爬滚打，辗转挪移，从来不失英雄的气概。我不清楚他为什么会突然在文字的运作，甚至流水的操作方面有了一番似乎天然的顿悟、全新的天地，我只是猜想他或者在年轻的征途上，比同行者早很多年意识到"若有几年的放纵，换来的可能就是一生的卑微"。于是，他爱上与文字成伍，比一般爱上文字的同学更勇猛地战斗在思想的阵仗上；方格纸上涂满了各种各样的修改符号，这种精益求精的灵魂精髓，最终促使他成功出书。他想，文字的游弋能丰盈他灵动的人生，也能斫祛人精神的肿瘤。"不放纵，可以不卑微。"这或将是青春的第一层要义，那就是要有青春之思想。

其实作者出第一本书之前，也约我作序，只是我当时已在另一所新成立的学校担任行政职务，身兼四职，忙得不亦晕乎，又料想以我拙劣的笔量是断不能登台折枝——写什么序言的——序言在我看来非大家动笔而不可。终于，我没有动笔；作者也便只好作了罢。此番再约，我居然没有推辞，一下便应承了下来。你知道为什么吗？你想，现在的年轻人，还有多少人愿意花那么多心思，丈量文字的距离，计算文字的容积，而作者却抱守本真，在传统汉学广泛博览的基础上，把握时代的脉搏，完成时代的写作。因为作者是知道的，"想再多的点子，不如跨最实的步子"。于是，在青春逝与未逝之间，替自认为青春已逝的朋友们上下求索，找回了青春；为广大同龄人和后来之更青春之青年打开了一扇扇通往青春真实的大门，在灵感升华的间或，挑起一盏清灯，照亮人们前行的路。这或将是青春的第二要义，那就是要有青春之行动。

尤其是夏季这样聒噪、冗长的篇幅，读起来，知了单调的叫声总是喊不醒空调的摇控。因此，人们便十分倦于生计。人们最多就是握部手机或夹个平板，勤快者才击打键盘，愿意在此之前花上些时间等待电脑的启动……作者不一样，当我听说作

者在"十九楼"发表连载初获成功的时候，我不仅兴奋得像个小孩，而且一下子做了几十个转发的链接。网络平台与视野空间是信息对等与价值创新的完全媒介，作者恰恰是运用了这样的平台展示了个人特有而拔萃的文字驾驭功能，并且经年累月而持之以恒，从来不怠不懈，无论春疮初生，还是秋虫绝鸣。我想他必是想到了"创新是最强大的生命力"。他创造了个体化温馨的青春诉说方式，他也创造了网络平台高造访率的新神话，他更创造了年轻人独辟新径的新勇气。这或将是青春的第三要义，那就是要有青春之创造。

如此说来，我倒是勉强可以完成作者交于我的任务了，关于"青春"，写个短文。其实，对于"青春"，我这个八零后，没有特别强烈的回忆，没有特别浓厚的兴致，没有特别耀眼的事迹，没有特别炽热的情感，所以，我说，我服我的学生，他能站在青春这道门槛的里里外外，真挚醇厚地写出一卷清书，那真是极好的；而我写不出。

我们这一代，事实上早就不怎么清楚四零五零六零七零后青春的故事了，不太清楚也就往往不太愿意拿了铁耙把它们逐一挖掘出来。我们这一代，当然希望伸出有形无形的手去，抓一抓青春的尾巴；若是一把没有抓着，那是多么希冀有人帮我们一把。或许，《叹青春》就可以帮到我们！

如果能够这样的话，那么穿裤衩与套秋裤的时间间隔便分明能够人为地缩短了。要是这样，我该否了作者，青春又何叹之有？

学生记我的几篇习作

前言:

有一次,我读一组文系,曰"中国现代经典美文书系"(陈子善、蔡翔主编,人民文学出版社出版)。其中有一"系",曰"师"。入选文系的作品多有大家运笔,文章也都耳熟能详,是为名家名篇。诸如顾颉刚的《悼蔡元培先生》、梁实秋的《记梁任公先生的一次演讲》、鲁迅的《关于太炎先生二三事》、丰子恺的《怀李叔同先生》、罗家伦的《回忆辜鸿铭先生》、孙伏园的《哭鲁迅先生》、顾学颉的《听胡适之先生讲课》、废名的《知堂先生》、吴组缃的《敬悼佩弦先生》……

不仅仅是名家名篇,写的也是名家。其文"蔚为大观",其量"不可斗量",其情"感人肺腑",学生写老师,篇篇精华,文文至采。

于是,心血来潮,在班里讲了一堂"名人笔下有恩师"为题的作文课。作文课是怎么上的且不去论它了,只是课至尾上,突然站起来一个男生:老师,既然上了课,我们学得些方法,课后我们写写您吧。

这是哪里话?

你们写我,我可是不够格得很。只是你的心意非常善,这样吧,你们想写的同学,想写哪个老师,的确可以一写……只是,若是这样说来,我有个小要求不知当讲不当讲?

先生请讲。

不,不,不是先生;我哪里论得上是先生。

可是孩子们一堂作文课完结，他们深受濡染，列序名篇，名家们尽用了"先生"一称，于是，我也就被无限拔高到了"先生"这一级别了。不安之余，惴惴即时，便开始大言不惭地布置起任务来了：

"受你们启发，突来一计。不如这样，各位可以把自己往后推它十年、二十年、三十五年、五十年，再来写一篇回忆性文章；这倒搞笑，看看你们能写出什么来……"

教室里一时起了兴头，几个叽叽喳喳的女生说"那个时候我儿子来你那里读书，我来参加家长会……"，几个平时不太响的男生说"五十年后，你老早退休了，我们来看你呗"，几个班干部说"以后经常有同学会"，课代表站起来郑重地补了一句"写归写啊，咱们丑话说在前头——可不准把先生'写死了'哦"。然后是我和他们一起包圆了笑，笑得自己都心里发起毛来：他们能写出什么呀？

第一篇文章，交上来的是成绩中等的陆子锋。这孩子，聪颖，却总是集中不了神智，以至于一到上课，每每总有几回，我要用各种方法既保全他的颜面，又唤醒他的神智。他会怎么写呢？

他的文章题为《记我的一位先生》，写的是我。

人们都说老师就像蜡烛，无时不刻不在照亮我们；老师就像辛勤的园丁，无时不刻不在给我们浇水；老师就像天上的月亮，无时不刻不在照亮我们这些像星星一样闪耀的孩子。

我特别认可这样的表达与首肯。

今天，我又一次站在母校的校门前，情愫澎湃，要忆一位我的恩师——高先生。

我上中学那会儿，先生正是学校的副校长和副书记，他有两间办公室，一间的门口除了写了前面这两个职务和他的姓名，还另加了两块牌子——"纪检工作组""名师工作室"；另一间则方便于我们，就在教室边上，与另外的近十个老师同室；同时他又是一个十分特别的语文老师，他就在九年级时教我们班的语文。

第一次见面时，这个其貌不扬的副校长给人威严的感觉，上课时气氛相当紧张。于是，我们都以为高校长第一天定会"新官上任三把火"，尤其是那个梳着辫子的王小楠同学，她私下里那句"肯定很凶的"传遍了教室的大江南北、塞外岭南。可是，可是就是万没有想到，先生上的第一堂课便十分幽默——他是极擅长把全班气氛调动起来的——而且他只要用一些极小的幽默就能使我们记忆十分深刻，你看，他那篇自我简介的竖排的文言文，足堪以一当十的效果，可不是，不仅不凶，才华在那儿摆着呢。

我特别清楚地记得，有一次我们学到一篇关于"齐鲁长勺之战"内容的古文，里面有个人物叫"曹刿"，可是显然这个"刿"字现代已经鲜见少用了。班里的葛小桢到黑板上写，可是一下就写错了；可不是，说时迟，那时快，先生眼珠子一转，就来了句"岁月是把杀猪刀"，一瞬间，全班同学一阵欣喜与赞叹，一下子就记住了这个字、这个人名，恐是一辈子也忘记不得了。你看我，时至今日，仍记忆深刻，那番教学的场景也仍历历在目，鲜嫩得依可掐出水来。

尽说些乐事了；说来惭愧，以前我们班是有几个老油条的，他们可是一上语文课也得睡一会儿的！我于是十分佩服先生的"社交能力"了。他接班后，一方面因为上课幽默风趣，又能旁征博引，很多同学马上就被他圈粉了；可是另一方面，很快也就有同学没那么拘束了，以为学得轻松，效果又不差，可能走点神问题也不大。但你可千万不能神气喽，先生可是学过心理学的！他一眼洞穿才一走神的你的灵魂，然后很轻松又不失效果

地"巫七巫八"地慌兮兮地喊一句"回来,回来——我招你的魂回来"。于是,被招魂的同学不失脸面地返回地球!我想,整个他的教学生涯中,无人入眠,无人在语文学习的历程中突然离席,这也促使我们班的语文成绩青云直上了。真不知道先生的这番功力何以得之?

不但如此,我且另有十分疑惑的事:先生是个十分瘦削的人,可他板书遒劲,终使得擦黑板的同学经常抱怨老师的板书实在太有力道了,仿佛刻在黑板上了似的,得花老大的劲儿才能把板书擦去,然后又不得不感慨一句"这才是入木三分,这才是入木三分"!偶时先生听得,回笑半句"功力使然,功力使然",然后拿了板擦自己去擦。今天想起,先生的笑答,真算不上吹嘘,的确就是他教育我们的"火候到,时辰时"罢。

先生,副校长,在偌大的校园内,"身居高位",工作繁忙,可他还是想方设法安排课余时间,一个一个地面批面授,一个一个地谈心交流,红笔过处,圈点知识,圈点技能,圈点语文伟岸的江山,更是圈点我们语文学习的正确且巧妙的走向,更多的时候告诉我们为人处世的道理——圈点我们的人生质量与生命品位。师者为师,师者又为友,这种火候确难把握,可是到我们这儿,居然圆了。

先生不是板着脸的先生,先生是笑着的先生,这一点,我的文中已经阐述多遍了。先生对我们不是一般的好,课后他总与我们友好相处,训练时陪我们一起跑步一同锻炼一气出汗一齐吃苦;运动会时他掏钱给我们买来令旁边班级的同学十分艳美的冰淇淋,逐一发给坐在看台上的我们,我的同学和我没有一个不幸福得像鸟儿一样,有的甚至跳起来要去抱住这枚瘦挑的先生;先生或是在我们班悄悄地和风细雨地不失效果地处理过几例特殊事件的,既不起风波,又不失教育人的效果,因为,听说他用了别的老师不太用的甚至十分奇特的说不上名儿的方法。

如此说来,蜡烛吧,园丁吧,月亮吧,先生都是,先生尽是。

转身,二十多年过去了。

今天,我如我父亲当年把我送进这扇校门一样,终于把我的孩子也送进了这扇校门。于是,我又一次郑重地回忆并郑重地写了这篇短文,的确是拿来记忆与感恩的,又的确是希望我的孩子能在这所近百年历史的老校中,与我一般,再遇良师,在青春的跑道上,收获更多更美的各色成果。

以此为记,切望先生长寿。

学生陆子锋顿首。

陆子锋的文章写完了,虽然是写实,也尽用了一些文学上的手法,以至于"源于生活,高于生活"了。

第二个交上来的是高雨潇——这孩子,竟在九年级第一个学期的末了,已经被预录取进了当地一所极有名望、极为高端的高中了。说起这孩子,最大的长处,莫过于勤勉而谨微。因此,"三余"之学,她尽用了,她也就比别的同学"早成功"了一步。那么,她的笔下,会写些什么呢?

她的文章题为《想起了高先生》,写的也是我。

"妈,这是什么呀!"声音从书房飘出,接着小步子的哒哒声越来越近。

我无奈地笑了笑,放下了手中的书本,道:"这又是怎么了!"

映入眼帘的就是《萧然山随丛》,我随即愣了愣,但记忆的大门已经在这午后的暖阳中缓缓敞开……

见我呆愣了好一会儿,婉儿嘟着嘴伸出手在我面前晃了晃,我幽幽地叹了口气,嗫嚅开口道:"这是我初中时的随笔。"

婉儿兴奋地调皮,又问道:"这五个字儿,是你那个老师写的吧?"

"胡闹,你都十一了,怎么还这么不懂事?要叫高先生。"

婉儿见我眼中的怒意不减,便自然地耷拉下了脑袋,继而又抬起新奇的小脑袋继续"探索"道:"可是妈妈,你为什么那么崇敬高先生呢?"

听着她抑扬顿挫的声调,我半笑着开了口:"怎么,见了我的随笔本还不知道什么原因吗?"

"嗯……不是太懂。"她边说边翻阅着我的随笔本,一面说了些"妈,你当年写作怎么那么优秀"之类恭维我的极其中听的话,一面看着一页页鲜红的评语又不住地点着头。看着她认真的模样,我的嘴角弯过了一个慈爱的弧度。

她看着看着,却又突然蹦出了另一个句子:"可是我看不懂这些字呀,好潦草啊!"

刚准备拿起书的我又好气有好笑地看着她委屈的笑脸,继而又叹道:"那时,我还没你这般活泼。"

听到这儿,婉儿觉得一股浓厚的年代感向她袭来,又继续眯起眼睛,似乎还有很多话说:"那……"

"是高先生,"我抢了她的后半段话,看着她的眼眸说,"初三的时候是高先生接了我们班的语文,那时的第一节课碍于他——副校长,没有一个人敢睡觉。可上了他的第一节课后,就真没有人想在他的课上睡觉了——这之前,我们班有几个不太爱读书的同学可是睡觉大王呢,有你认识的典叔叔,那个在银行旁边住的雯姨,小学前面那个晨伯伯,好几个呢——于是,我十分佩服他的'社交能力'。他语言幽默风趣,很快所有同学就没那么拘束了,我的性格也渐渐被先生所带动,开朗了起来。你不懂,这种'征服',那叫一个彻底。哎,可惜时光不惜美,一转眼,你妈都是中年人了,你看,这一转眼,连你都十一了!"

"那高先生很忙吧,他不是副校长吗?"

"是呀,可他总会挤出时间批改我们的作业,和我们谈谈心。你没有见过他,哪里知道先生的厉害,身为语文老师,暂且不论他的语文教学的水平,刚到我们班级的第一天就无人不惊叹先生的记忆能力了。可是最让我难忘的并不是这个……"看着听得更加认真的女儿,我顿了顿,把思绪一整理,停了手中的活,接着说,"初一时我也是班长,先生让各班班长做一件事……嗯,好像是要写什么报告吧,哎,的确,现在回忆起来,记得不是特别清楚了。但是当他再次在广播中催促时我才记起这件事,匆匆忙忙地填完报告跑到他的办公室……"

我抿了一口茶。

"当他发现我这个班是超过规定时间交报告的班级时,本来大大的眼睛瞪得更大了,我只能说对不起,把头埋得低低的,哎,现在想起来还是害怕得很呐。"

"所以这就是你一直让我遵守诺言,珍惜时间的原因,对吗?"

我没有吭声。她把《萧然山随丛》递给了我。

"可是妈妈,为什么你一直没有提起先生呢?"

望着她的不解,我还是选择了沉默。我翻开《萧然山随丛》,仔细地复习先生当年写下的对我作文所有激励的言辞,指点过的改进的技法。

……

翌日傍晚,我拿着"母女俩前一天对话"的写实文章给女儿看时,她笑了笑说:"先生不是在您的随笔本上写了,要尽量减少双引号出现嘛。"

"是啊,他是这么说过呢!"

我出神地望着西边渐渐被染红的天,半晌才再开口:"可是这毕竟是近二十年的崇敬,不是说减就能删的事啊……"

然后,这次本不打算"写一写"的作文课的后续,居然全班孩子都交了作文簿。一篇接一篇,一文续一文,我不知道孩子们怎么了,只是边读他们的文章,边生了很多很多的感慨,直到鑫阳把一篇文章端端正正交给我,我都已经是用双手恭敬地去接它了。

鑫阳没有很好的语文底子——按照很多人的说法,我把这种话复制粘贴过来。然而,我至于这样说,不至于这样想,更不至于顺着这个思维渠道这样去做。我还是很郑重地向自己宣过战的,我怎么可以不去改变这个阳光的大男孩儿呢?

要的,一定要!

而且我的不遗余力要恰到好处,既不能使得潮面生浪,也不能使它仅是暗流相涌。于是,一次又一次弥补式的面授,一回又一回重复型的讲解,都提上了鑫阳前进的议事日程。没有经过,是不会有结果的。在鑫阳的成长道路上,注定有我,注定有我们的"从相识到相知,从相知到相爱"。

鑫阳的作文题为《我的先生》,他是这样写的:

"哈哈哈",笑声从我们的教室传出去。

路过的老师、邻班的同学、搞卫生的阿姨,都习以为常了。因为,我们在上语文课啊!

我们的语文老师是学校的副校长,他更是特属于我的、属于我们的语文老师。然而,我们都觉得叫老师还不足以表达我们内心的崇敬,于是,我们一并称他为"先生"。

先生平日忙于处理学校大大小小的事务,开各种会,听课评课,专题讲座,填交报表,撰写工作心得和管理日志,等等,给人"日理万机"之感——做管理的人,应该是威严到家的。然而一到上课,先生却分外幽默风趣,一下子变得十分搞笑。先生擅长在课堂上,时不时用几个网络热词来调动全班的气氛。一次上一篇文言文,讲到一个"刿"字时,先生见我们有点不积极,他灵光一闪,蹦出来一句"岁月是把杀猪刀",引得我们全班发笑;这个字,这一辈子也就很难写错了。这样的课堂风景,岂止一两回呢?

碟带倒回去,犹记得自从上完先生授的第一节课后,全班同学便一味地感到他的课根本上就是浓而有味,他的身上散发出通透迷人的语文光彩,就再也没有在他的课上哪怕出过一会儿神了——若是出了,岂不太可惜了。于是,大家都醒着,始终用醒着的态度与姿态开展语文纵深学习,语文哪里还会差呢? 没多少时日,我们班的语文成绩就已经领先了。

不要以为我们的语文学习尽是欢畅,其实我们也怕过。因为,我又听说,先生可是学过心理学的,而且还学得很透;一旦谁在课堂上"犯点儿错",可是没人能逃出他的法眼的,他甚至能猜到刚才某某在想某事,或者在想某某。所以我们每逢上课,都会打起十二分的精神,乃至"全副武装",生怕被他看出我们的小心思、小秘密、小破绽。

……

这一晃,三十多年过去了。虽然如今我和我当时的同学都事业有成,可是回想起来,那段青葱岁月里,我及我的同学与先生的交往,接触,切磋,还是如斯而存,历历在目……想想,若是没有这位先生,我们是不是不会走得那么远,走得那么好?

今年,先生正好70,他还是那么健朗,你看他,走路生风,犹励你我! 我倒是真切地希望,希望他永远这般健朗……

我的先生,是一位优秀的校长,是一位高明的老师,他的优质教学令我至今受用，以至泽衍后辈。所以，时时我自言：师道存焉，学生不敢不稽首。如此反复。

文章篇幅很短，言切意简，扼要透亮。我终于难掩激动的情愫，就在批改的过程中，突然当着七八个同事的面，突地站起身，几乎是大喊了一声：

"我就说鑫阳能量大！"

同事们一个个拿最惊奇的目光打量我，我且猛地逃离了那个办公室。这之后，两天没敢再进那间办公室，生怕同事的目光扫射我，以至我周身千疮百孔。

鑫阳的文章相关的先后事由与结局，恐是多叙了，作罢，作罢。

下面，还有一个孩子也得说一说。孩子不是本地的孩子，她的身上弥漫着特殊的文学的气息——她至于把散文写成像诗一样，难说她的文章归属不归属散文诗。但是，毕竟，这样的初中生还是难得之才，对我来说，是极崇拜这样的孩子又极力去捧红这样的孩子的。那么，她是怎么写的呢？

她的文章题为《想起了我的高先生》。文章存此：

微雨，我漫步在冗长的雨巷。

路过了人情冷暖，路过了世态炎凉，我统统不念，一笑而过。

时隔多年，我再一次踏入这方土地。

阔别稍久，眷与时长。

看着它，我忘不掉的是那个身影，忘不掉的是那份情怀。

那个在我挥洒汗水时一直陪伴着我的人，总是能在我迷惘的时候拉我一把的人。那个往那儿一站，挺拔刚毅，满是文人气息的人。

就像是鲁迅的藤野先生，那他就是我的高先生了。

又忆高先生,在冗长的雨季。回想起那些年少轻狂的日子,每每想起数次与先生的交谈,便觉那是那一段时间里的一股温暖的清流。

那是一次心扉的敞开、灵魂的洗礼、精神的升华。

是的,我与先生相识在那个蝉鸣的夏日。

知了聒噪,不休不辍。

铃声响起,先生从容进入课堂。

对于先生最初的认识,是那个由先生自制的幻灯片中了解到的,幻灯片是文言文形式的。

先生乃是文笔极好的人。

先生,一个十分有才华的人。

我们每周的随笔,先生都会认真批改,在后面写上自己的评语,点出同学的不足,再悉心教导。每次总是期待着本子的下发,看到先生的评语——每一次,都是盼冀初恋的情人。那时觉得看的不是评语,是灵魂的沟通。

我们每周的作业清单也极具先生自己的特色。先生总会在后面加上寄语。内容,是关于我们的。

……

梦里,我与先生促膝长谈。梦里,他挽住我的手,要我无论走到哪里,都要常驻青春的精神。梦里,他依然年轻。梦里,他说他时常记得我,我说我时常记得他。

末了。微雨中那条冗长的雨巷,是我的青春漫步而过的地方。

那么,此去经年,君,可安好?

其实,当老师的,安不安好,自己心里最清楚不过了。学生能像快乐的飞鸟一样翔集于自己的天堂,懂得用付出的水桶去汲取收获的井水,不失感恩之心,身上集聚起各种各样的

正能量,喷射出青春的蓬勃朝气,奋斗出这个年龄应有的状态与战果,有些创造精神,甚至突然生发一些家国情怀,那么,做老师的,还能不安好么?

所谓幸甚至哉,无非如此。

图书在版编目(CIP)数据

师者有道 / 高均著. -- 北京：中国广播影视出版社，
2018.10（2024.4重印）

ISBN 978-7-5043-8197-2

Ⅰ.①师… Ⅱ.①高… Ⅲ.①故事 - 作品集 - 中国 -
当代 Ⅳ.①I247.8

中国版本图书馆 CIP 数据核字(2018)第 246507 号

师者有道

高均 著

责任编辑	王 佳	
封面设计	东风焱	
出版发行	中国广播影视出版社	
电 话	010-86093580 010-86093583	
社 址	北京市西城区真武庙二条9号	
邮 编	100045	
网 址	www.crtp.com.cn	
电子信箱	crtp8@sina.com	
经 销	全国各地新华书店	
印 刷	永清县晔盛亚胶印有限公司	
开 本	889毫米×1194毫米 1/32	
字 数	187(千)字	
印 张	7.75	
版 次	2018年10月第1版 2024年4月第2次印刷	
书 号	ISBN 978-7-5043-8197-2	
定 价	30.00元